JN033210

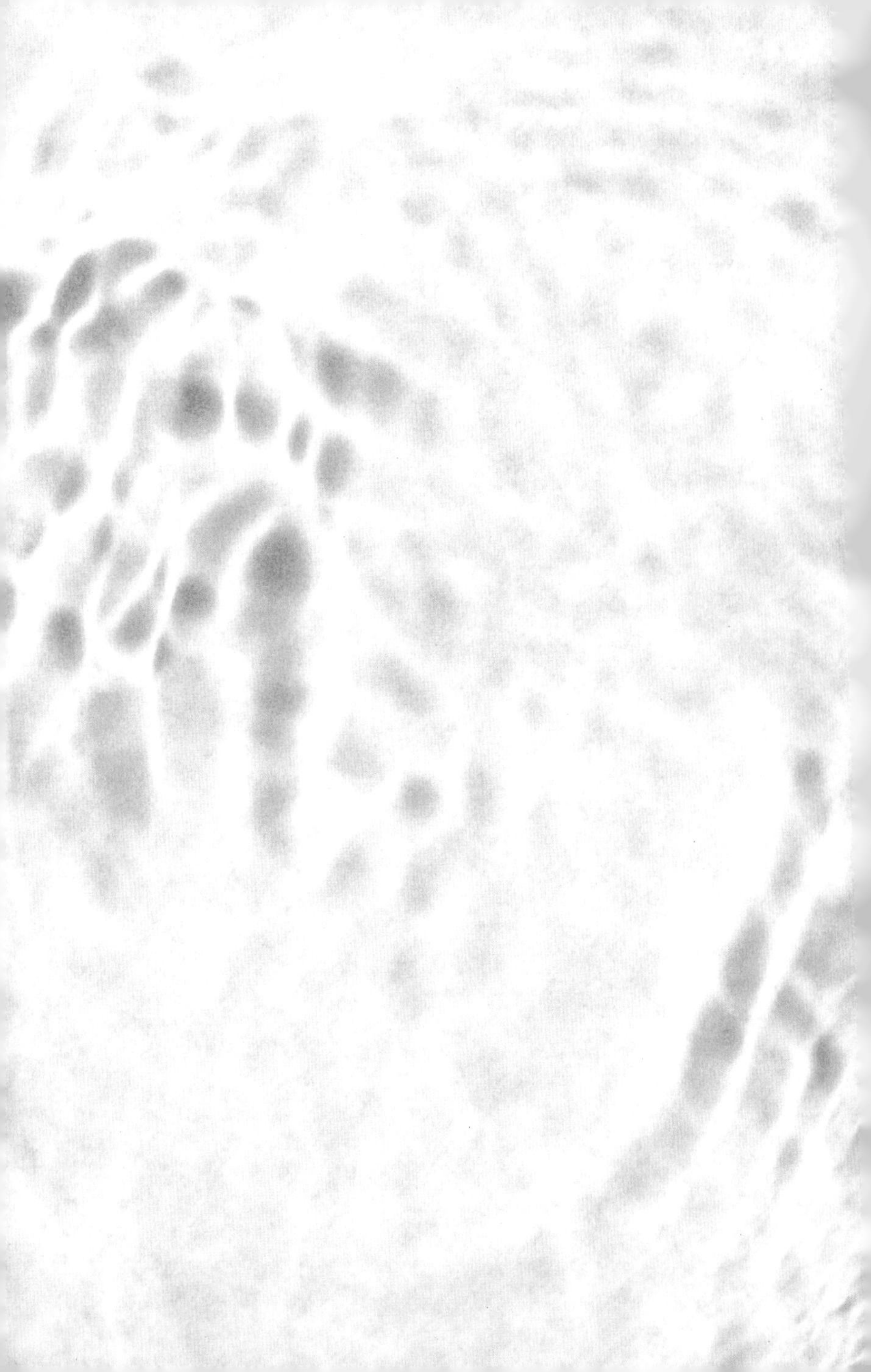

正欲

朝井リョウ

新潮社

たとえば、街を歩くとします。

すると、いろんな情報が視界に飛び込んできます。

空の青さ、人々の足音、見かけない地名の車のナンバー。色、音、文字、なんでもいいです。ただ歩いているだけで、視界はさまざまな情報でいっぱいになります。

昔は、その情報のひとつひとつが独立していました。たとえば、電車の壁にずらりと並んでいる、英会話を学ぼうとかダイエットをして健康になろうとか、そういう前向きな雰囲気のメッセージたち。子どものころ、それらはあくまで、「英会話を学ぼう」「健康になろう」と、各々が独立した主張をしているように見えていました。場所を、たとえば商店街に変えてみても同じです。今イチオシの商品とか期間限定の割引セールとか、そういう派手なデザインの看板やチラシも、それぞれが独立した主張をしていると思っていました。あのころは、街を歩くだけで飛び込んでくるあらゆる種類の情報を、あくまで、あらゆる種類の情報だな、と思うまででした。

だけど、私は少しずつ気付いていきました。一見独立しているように見えていたメッセージは、そうではなかったということに。世の中に溢れている情報はほぼすべて、小さな河川が合流を繰り返しながら大きな海を成すように、この世界全体がいつの間にか設定している大きなゴールへと収斂されていくことに。

その〝大きなゴール〟というものを端的に表現すると、「明日死なないこと」です。目に入ってくる情報のほとんどは、最終的にはそのゴールに辿り着くための足場です。語学を習得し能力を上げることは人間関係の拡張や収入の向上に繋がります。健康になることはまさに明日死なないことに繋がります。他にも、人との出会いや異性との関係の向上を促すもの、節約を促すもの……その全ては、「明日死なないこと」という海に成る前の河川です。私たちはいつしか、この街には、明日（歌詞みたいに、「みらい」と読み仮名がふられているイメージの明日、です）死にたくない人たちのために必要な情報が細かく分裂して散らばっていたのだと気づかされます。

それはつまり、この世界が、【誰もが「明日、死にたくない」と感じている】という大前提のもとに成り立っていると思われている、ということでもあります。

そもそも「明日、死にたくない」とは、どういう状態なのでしょうか。

明日、ひいてはこれから先の長い未来、すすんでは死にたくない人たち。最も典型的なのは、人生を共にする人がいる人、でしょう。パートナーや子どもなどがいる人。他にも、両親、きょうだい、友人、恋人、ペットなどを含めた、自分以外の命と共生している人たち。自分の命が存在していなければ生命活動が止まってしまう恐れのある生命体が存在する場合、「明日、死にたくない」と思う可能性は高いでしょう。思う、というか、無意識的にそういう状態である、というほうが近いでしょうか。そして、「明日、死にたくない」状態に該当している人は、自分がそういう状態であることに自覚的でない場合がほとんどです。なので、どうして人間は生きているのか、生きる意味とは何なのか等という疑問を呈したとて、去年の夏は暑かったとでもいうように、「自分にもそういう時期があったけれど」なんて語ってきたりします。

クソみたいな返答です。

「そういうこと、若いころはよく考えたなあ」「そんなこと考えたって仕方ない。毎日を生きるだけ」「人生の意味は、死ぬときにわかるんじゃないかな」「むしろ、そんなことに悩めて羨ましいよ。目の前の家事や仕事で精いっぱい」。

これらはすべて、人生に、自然と他者が現れてくれた人たちの言葉です。「明日、死にたくない」人たちが、その日常を問題なく進めていくための盾として磨く言葉たちです。

そういう人たちが世の中の大多数を占めているため、そういう人たちを基にこの世界のゴールが形作られることは、自然なことだと思います。

また、この数年の間に、幸せには色んな形があるよね、という風潮も強まってきました。家庭や子どもを持たない人生。結婚ではなく事実婚、同性婚、ポリアモリー、アセクシャル、ノンセクシャル、三人以上またはひとりで生きることを選ぶ人生。多様性という言葉が市民権を得て、人それぞれの歓びを堂々と表明し、認め合う流れが定着しつつあります。ゴールはそれぞれだよね、時代は変わったよね、昔と今は違うよね、常識や価値観は変わったよね。高らかにそう宣言するような情報に触れる機会がぐっと増えました。

この文章を読んでいるということは、あなたもこう思っていると思います。
うるせえ黙れ、と。

多様性、という言葉が生んだものの一つに、おめでたさ、があると感じています。自分と違う存在を認めよう。他人と違う自分でも胸を張ろう。自分らしさに対して堂々としていよう。生まれ持ったものでジャッジされるなんておかしい。清々しいほどのおめでたさでキラキラしている言葉です。これらは結局、マイノリティの中のマジョリティにしか当てはまらない言葉であり、話者が想像しうる〝自分と違う〟にしか向けられていない言葉です。

想像を絶するほど理解しがたい、直視できないほど嫌悪感を抱き距離を置きたいと感じるものには、しっかり蓋をする。そんな人たちがよく使う言葉たちです。

私はずっと、この星に留学しているような感覚なんです。いるべきではない場所にいる。そういう心地です。

生まれ持った自分らしさに対して堂々としていたいなんて、これっぽっちも思っていないんです。

私は私がきちんと気持ち悪い。そして、そんな自分を決して覗き込まれることのないよう他者を拒みながらも、そのせいでいつまでも自分のことについて考え続けざるを得ないこの人生が、あまりにも虚しい。

だから、おめでたい顔で「みんな違ってみんないい」なんて両手を広げられても、困るんです。

自分という人間は、社会から、しっかり線を引かれるべきだと思っているので。

ほっといてほしいんです。

ほっといてもらえれば、勝手に生きるので。


でもどうしてか、社会というものは、人をほっといてくれません。

特に組織の中で働いていると、本当にそう感じます。人は詮索が大好きです。生まれ持ったもので人間をジャッジしてはいけないと言いつつ、生まれてからその人が手に入れたものや手に入れていないもの、手に入れようとしなかったものの情報を総動員しては、容赦なくその人をジャッジしていきます。

最近、わかったことがあります。

それは、社会からほっとかれるためには社会の一員になることが最も手っ取り早いということです。皮肉ですよね。でも真実です。ちなみに、社会の一員になるとはつまり、この世界が設定している大きなゴールに辿り着く流れに乗るということです。川のひとつとなり、海を目指すこと。そうすれば、他人からの詮索なんてたかが知れたレベルで収まります。自分の命が存在していなければ生命活動の止まってしまう恐れのある生命体の隣で「明日、死にたくない」と思いながら生きることができれば、社会からほっといてもらえる可能性は高くなります。


最後にひとつだけ。

たとえば、街を歩くとします。

「明日、死にたくない」と思いながら。

世の中に溢れる情報のひとつひとつが収斂されていく大きなゴールを、疑いなく目指しながら。

そのとき、歩き慣れたこの世界がどう見えるようになるのか、私は知りたい。

本当は、ただそれだけなのかもしれません。

ここまで読んだら、これを私に返してください。

そのあとのことは、実際の声で、直接伝えようと思います。

■児童ポルノ摘発、小学校の非常勤講師や大企業の社員、大学で有名な準ミスターイケメンも　自然豊かな公園で開催されていた小児性愛者たちの〝パーティ〟

〈では明日の午前十一時ということで、よろしくお願いします。お会いできることを楽しみにしています〉

摘発された佐々木佳道容疑者（30）は、〝パーティ〟に参加する仲間にコミュニケーションアプリでそう伝えていた。やけに落ち着いた文面は、おぞましい〝パーティ〟が彼らにとってはどれだけ自然なものであったかを物語るかのようで、かえって不気味だ。

7月16日、神奈川県警など7県警の合同捜査本部は、男児のわいせつ画像を撮影したなどの容疑で佐々木ら3人を逮捕・送検したと発表。押収された画像は合計で1000点以上、被害を受けた児童は少なくとも15人にのぼる。

■発覚は意外なルートから

捜査で明らかになったのは、愛くるしい子どもたちのすぐそばに「小児性愛者」が潜り込んでいたという衝撃的な事実だ。週末、閑静な住宅街にある公園にて、集まった子どもたちに様々な道具を与えては、まるでボランティアを行う善人の如く共に無邪気に遊ぶ大人たち——それが、倒錯した性欲を持て余した者たちだったとは誰が想像しただろう。幼い子を持つ親にとって、これほど許しがたい犯罪はあるまい。

今回逮捕された3人は、小学校の非常勤講師である矢田部陽平容疑者（24）、国公立大学3年生の諸橋大也容疑者（21）、そして先述したメッセージの送り主である〝パーティ〟のリーダー、大手食品会社勤務の佐々木佳道容疑者だ。この〝パーティ〟の存在が発覚したのは意外なルートからだった。

「きっかけは今年の6月、東京都内で16歳の少年が補導されたことでした。その少年が調べの中で、インターネット上で出会った男と金銭の絡んだ性的な関係を結んだことがあると明かしたのです。その男というのが、今回逮捕されたうちの一人、矢田部でした」（捜査関係者）

その後、捜査本部は矢田部の自宅に踏み込み、大量の動画や画像が収められたパソコンと携帯電話を押収したのだ。

「少年の下着を脱がせ、性器をつまんでこすっている動画に始まり、他にも内容を具体的に説明することも憚られるようなデータが続々と見つかりました。補導された少年以外にも被害者が多く存在することが予想されたためコミュニケーションアプリの履歴を洗い出したところ、公園に集まり、そこにいた子どもたちと交流するという〝パーティ〟の存在が明らかになりました。〝パーティ〟とは佐々木がリーダーを務めるグループで、そこに矢田部も参加していたんです」（同）

捜査関係者は続ける。

「昨今どんどん厳しくなっている児童ポルノ禁止法に引っかからないラインを突いたつもりだったのでしょう、〝パーティ〟は非常に巧妙な手口で子どもたちに近づいていました。手口としては、まずは夏の公園で、無償で水鉄砲などの遊び道具を与える。そうすれば子どもたちは汗や水で濡れた服を自然に脱ぎますし、大人として濡れた子どもたちの身体を拭いてあげたりする作業が生まれます。そのタイミングで身体的に接触したり、写真や動画を撮ったりしていたんです。他にも、怪我をした子どもに傷薬や虫刺され薬を塗るふりをして接触し、その様子を撮影していたものも見つかりました。もちろん、その動画や画像は、メンバー内で共有されていました」（同）

■何も知らなかった家族、友人たち

「〝パーティ〟のリーダーである佐々木には妻がいますが、ショックが大きいのか、塞ぎ込んでいるようです。佐々木は勤めていた食品会社でも新商品の開発を任されるなど期待されていた人材だったとのことで、影響は計り知れないでしょう。本人も、弁護人とまともに会話ができる状態ではないようですね。また、佐々木と共に逮捕された諸橋は学祭のミスターコンテストで準ミスターになるほどのイケメンだったため、キャンパスでも大騒ぎになったようです。ダンスのイベントにも出演しており、有名人だったようですよ」（同）

某大学の3年生である諸橋大也の友人にも話を聞いた。
「キャンパス内でも、イケメンで有名でした。私の友達にも、彼に片思いをしていた子がいるので、みんな驚いていています」（諸橋容疑者と同じ大学の友人）
諸橋大也容疑者（写真は所属していたサークルのInstagramより抜粋）

■〝パーティ〟に課されていた三つのルール

「今回の事件の怖いところは、東京都内で補導された少年が矢田部の名前を挙げなければ、おそらく今後も明らかになることはなかっただろうという点です。それくらい、情報コントロールが徹底されていたのです」（別の捜査関係者）
〝パーティ〟には、厳格な三つのルールが課されていたという。
「一つ目は、『好みの動画を撮影し合うときは、可能な限り人目につかない環境で行う』。二つ目は、『撮影した画像や動画を、関わりのない第三者には渡さない。インターネット上にもアップしない』。三つ目は、『撮影した動画や画像を共有するときは、可能な限り直接会って行う。それが難しい場合はメール等でやりとりしてもいいが、その履歴はすぐに削除する』。この三つです。データからアシが付かないようにしていたんでしょう。そのルールによって、今回被害に遭った子どもたちの画像等が世間に拡散されていないことは、不幸中の幸いかもしれません」（同）
ただこれは、今回摘発された事件は氷山のほんの一角だとも受け取れる話だ。私たちが知らないだけで、卑怯なやり口で子どもを性的に搾取している大人がごろごろ存在するのである。

■佐々木は容疑を否認

驚くべきは、〝パーティ〟のリーダーを務めていた佐々木が容疑を否認しているという事実だ。

「矢田部は容疑を概ね認めていますが、諸橋は黙秘を貫き、佐々木に関しては否認しているようです。わけのわからない主張を繰り返しているらしく、精神鑑定に持ち込むつもりなのかもしれません。不起訴になったとて、勤めていた大手食品会社はクビでしょうし、離婚は免れないでしょう。それ以前に、あれだけ大量の写真や動画が出てきた限り、不起訴になることはあり得ないと思います」(同)

本誌は佐々木の自宅付近にて、帰宅途中の妻に声を掛けた。夫の話をしようとすると、妻は目を伏せ足早に自宅に入り、すぐに鍵を掛けてしまった。

そこは、何ということもない、閑静な住宅街。善人面をした悪魔は、あなたのすぐ隣にいるのかもしれない——。

２０１９年7月×日配信

特集「『児童ポルノ』悪魔はあなたのすぐそばに」

2019年5月1日まで、515日

――寺井啓喜

変な事件ばっかりだ。寺井啓喜はネットニュースの見出しを眺めながら、ぼんやりとそう思う。

朝食の御供が紙の新聞だけでなくなったのはいつからだろうか。啓喜は白飯を咀嚼しながら、紙とウェブの両方で、目を閉じていた間も更新され続けていた世の中の出来事を把握していく。そうしてやっと、睡眠という形で社会から離れていた数時間の穴を埋められるような気がする。

焼き鮭の脂の甘さが、白飯を運ぶ箸の動きを加速させる。

この数年、毎朝ニュースをチェックするたび、自分が子どものころに想像していた社会の形と現実のそれが全く異なっているということを強く認識するようになった。賃金水準が下がり続ける一方だなんて、結婚や出産が贅沢品と言われるようになるなんて、政治家がこんなにも嘘をつくどころか公文書の改竄さえしているなんて――それらは全てかつての自分が想像していない社会の姿だったが、検事という仕事を続けるうち、そんな出来事は星の数ほどあり、その中で一等星ほど輝いてやっと、その残光がニュースの見出しとなり民衆の目に触れるのだということもよくわかった。若いころは、時間さえ経てば何もかも忘れてしまうことを寂しく思っていた。だけど今では、神様がこの世界で生きていく人間のために忘却という機能を拵えてくれたような気さえしている。

ただ、と、啓喜は各報道の奥に潜む被害者の心情を、そこに滲む辛苦を感じ取ろうとする。様々な現実を知った今だからこそ、検察という組織が目指す社会正義の実現、その一翼を担う人になりたいと決意した瞬間を忘れてしまいたくない。

「そういえば、今日夕方から雨降るっぽいよ」

　台所に立つ由美（ゆみ）が、シンクの中で忙しく手を動かしている。この家を建てるとき、妻の由美が最も気にしていたのがキッチン周りの動線だった。多分ここが私の部屋みたいなことになるから、と話す由美は、啓喜にとってはよく知っている〝社会〟の姿だったが、今ではそんな台詞が住宅会社のＣＭ等で使われようものならあっという間に炎上するだろう。そもそも、一時的ではあるものの、今の由美の〝専業主婦〟という状態が珍しいものとして受け止められる時代なのだ。

　社会は日々変わりゆく。価値観、考え方、常識、昨日はそうであったものが今日そうではなくなる。そんな、物差しの目盛りがいつだって揺らぎ得る時代だからこそ、法の下の平等だけは守られなければならない。啓喜はそう感じている。

「雨か」天気予報を確認できるアプリをタップし、画面を少し目から離す。四十代半ばを超えて、物理的な意味でも社会の見え方が変わってきた。老眼が始まっているのだ。

「夜までギリギリ保（も）つかもしれないらしいから、折り畳み傘でいいんじゃない。多分玄関の靴入れにある」

「ああ、ありがとう」

　啓喜は携帯を裏返し、朝食に視線を落とす。由美は毎朝、啓喜のために和食を用意してくれる。息子の泰希（たいき）が毎朝腹を下すようになり、より喉を通りやすいリゾット等を作るようになってからも、啓喜にはそれまでと変わらず和定食を準備してくれる。

毎朝、複数の種類の朝食を用意する煩雑さを、煩雑だと表明せずとも受け入れてくれている妻に啓喜はとても感謝している。ただ同時に、その煩雑さを受け入れる余裕のある環境を整えているのは自分の給与なのだという思いも、うっすらと生まれる。

生活を支えてくれる妻への感謝と、生活費を稼ぐ立場としての苦労。別々の部屋に入れておくべき感情なのに、その感情は時に廃油と化し、互いを滑らかに融合させてしまう。その、別次元にある宇宙が混ざり合ってしまう感覚は、警察から送検された書類を読み込んでいるときなどにもよく起きる現象で、啓喜は様々な事件を担当するうち、自分の中にある想定外の部分に自覚的になっていった。

「そういえば、前に話した泰希の習い事の話、どう思う？」

「習い事？」

啓喜は記憶を掘り起こす。泰希の習い事。そんな話、したことがあっただろうか。

「ほら、NPO団体の話。覚えてない？　不登校児のために基礎体力をつける運動を教えます、みたいな。何度か話したでしょ？　保土ケ谷公園とかでやってるやつ」

「ああ」啓喜は頷きながら、それなら最初からNPOという単語を使ってくれ、と思う。ある話題を、時間を置いて再度俎上に載せるときは、テーマを象徴するキーワードを統一すべきだ。かつての由美は、〝習い事〟という言葉を使っていなかったはずだ。

そこまで考え、啓喜は、今は家にいるのだからと自分を律した。少し前、若い修習生たちと触れ合う機会があり、その未熟な情報伝達能力に苛立つ機会が多かったのだ。だけど、そんなことを家庭に持ち込んではいけない。

「年明けに体験会みたいなのがあるらしいんだよね。土日だったし、休める日だったら一緒に行ってみない?」

私ひとりでもいいけど一応、と付け加えつつ、由美が軽く水洗いした食器たちを食器洗浄乾燥機に収めていく。息子の私立小学校合格に、内装にこだわった一軒家。それらが揃ったとき、啓喜は、これまでの四十数年の人生がまるでパズルのように美しく組み合わさったと感じた。その後、泰希が三年生になったあたりで、奇跡的に合格した小学校に通わなくなるなんて全く想像していなかった。

検事は勤続年数に関係なく二、三年ごとに全国転勤を繰り返す。だが啓喜は、直近の何度かの異動を、家を建てた横浜市南区から通勤できる範囲に留めてもらえていた。単身赴任を希望しない理由として息子が第一志望の私立に合格したことを挙げており、人事院にいる同期からも「息子さん、よかったな」等と祝いの言葉を受け取っていた。

それなのに。

「まず考えるべきは体力より学力じゃないかと思うけど」

「それもわかるよ。でもね」由美に加勢するように、チン、とオーブントースターが鳴る。「あの子、ただでさえ家から出ないのに、寒くなるともう全然だから。最近はまともに歩いてすらない気がする。それだと、いざ学校に通える状態になっても身体がついていかないと思うんだよね」

今から半年以上前、泰希は久しぶりの登校を試みた。当時はまだ、学校に通えなくなったことに対して罪悪感を抱いていたらしく、学年が上がりクラス替えが行われたことにも背中を押されたのか、小学四年生になった四月のうちの数日、ランドセルを揺らして家を出て行った。だが、帰りのホームルームが終わるまで教室にいることができなかった。

途中で疲れてしまう。泰希は帰宅後、自分の視界に入らない位置にランドセルを置くと、そう項垂（うなだ）れたらしい。何が疲れちゃうの、と由美が問うと、うーんとひとしきり唸り、なんか体が、と呟いたという。偶然にも、そのとき由美が読んでいた本に、「不登校児からは、学力よりもまず、一定時間椅子に座り続けたり一日を学校で過ごす体力が奪われる傾向にあります」というような記述があったらしく、元々看護師として働いていたという視点も相まって、それ以降由美は泰希の体力の向上を目下の課題に設定している。

「体力体力って、問題の本質から目を逸らしてるような気がするけどな」

とん、とん。啓喜の言葉を遮るように、階段を下りてくる足音が聞こえる。

「おかーさーん」

足音の間から、弛緩しきった声が届く。啓喜は、なんとなく止めていた箸を再び動かし始める。

「お腹空いたー」

カチャリと音を立てて開いたドアの向こう側から、母の愛で編んだようなパジャマに身を包んだ少年が現れる。啓喜は、自分がもうあと数か月で小学校五年になろうとしているとき、これほどまで心身ともに幼かっただろうかと思う。そしてこのような、どこにも正解を見つけられない比較が何の意味も持たないことも、もう飽きるほど理解していた。

泰希と目が合う。その顔面の肉が重力に負けていく。

いつも自分が朝食を摂る場所に父親の姿を認めた泰希は、甘え声に象徴されるご機嫌なオーラをすっかり体内に仕舞い込んでしまった。

「ここで食べる？」

優しく問いかける由美に向かって、泰希は顔を横に振る。その動作から、先週、啓喜が泰希の主張に対し毅然とNOを突きつけた事実が思い出される。泰希は由美から朝食が乗った盆を受け取ると、そのまま啓喜に背を向け、二階へ続く階段へと消えてしまった。

沈黙が、ダイニングを覆う。

繊細な我が子をもう一度学校に戻すことを酷に思う気持ちは、啓喜にもある。ただ、同じくらい、このまま自宅という絶対的に安全な空間の中で泰希が守られ続けていていいわけがないという焦りもある。啓喜には、一人息子の心身が、柔軟剤をたっぷり使って洗濯されているパジャマにより似合うよう、どんどん変形して見えていた。

愛情不足、過保護、育児放棄、子離れできない毒親。今の息子に対し学校に通えと言っても通わなくていいと言っても、何かしらネガティブな言葉を当てはめられる気がする。誰も正解を教えてくれないし、何を選んでも間違いだと言われてしまう気がする。

毎朝目覚めるたび、日に日に変わっていく社会の不確実な状況と、泰希にまつわる問題がただただ先送りされているだけだという確かな現実が、啓喜の五感すべてにそっと蓋をする。そんな、視覚も聴覚も奪われるような不安を誤魔化してくれるのは、いま自分がいるこの空間は紛れもなく自分の努力で手に入れたのだという事実だけだった。この場所さえあればきっと、先行きが想像できない状況でも暮らしていくことはできるはず。まだローンは残っているものの、何よりもこの空間に啓喜の精神は守られていた。

「元号、ほんとに変わるんだね」

いつの間にか向かいに座っていた由美が、テーブルの上に広がる新聞に視線を落としている。

二〇一七年十二月二日。今日の日付のすぐ下には、天皇の生前退位が決定したことを告げる記事がある。【天皇陛下が退位する日程を話し合う皇室会議が1日午前、宮内庁で開かれ、陛下が2019年4月30日に退位する日程を会議の意見として決めた】。存命中の天皇陛下の退位は、記事によると、一八一七年の光格天皇以来約二百年ぶりのことらしい。

「何になるんだろうな」啓喜は味噌汁を飲み干すと、箸を置いた。「まあ、まだ一年半くらい先のことだからな」

あんまり現実味ないけど——と続けようとしたとき、由美がかすかに口を開いた。

「あっという間だったじゃん」

一年半なんて。

そう呟くと、由美は、新聞を裏返してテレビ欄を眺めた。泰希が学校に行かなくなって、そろそろ一年半ほどになる。

横浜市営地下鉄、通称ブルーラインの弘明寺(ぐみょうじ)駅と蒔田(まいた)駅のあいだにある住宅街は、高台となっている。それぞれの駅から自宅に向かうには急勾配の坂をせっせと上らなければならないが、毎朝の登庁のため駅に向かうときは、眼下に広がる街にソフトランディングするような感覚に浸れる。啓喜は自分の吐いた白い息を割るようにして、足早に駅に向かう。今日は土曜だが、取調べがあるのだ。横浜地方検察庁の最寄りである関内駅までは、蒔田駅からブルーラインでほんの四駅。

通常の時間帯に登庁するときはいつも、自宅から駅までの道に、泰希と同じくらいの背丈の子どもたちがいる。色とりどりのランドセルを揺らしながらそれぞれの歩幅で学校へ向かうその姿は、今の啓喜にはとてつもなく逞しく、そしてあまりにも勇敢に見える。

深いため息を、自分の足音が搦め捕っていく。今は、「そんな深いため息、老けるよ」なんていう由美の小言も気にしないでいい。通勤は、ひとりの時間を自然に設けられるという意味で、今の啓喜にとってとても大切な時間となっている。

泰希が学校に通えなくなったとき、啓喜はまず、上司や同僚に知られてはならないと思った。南区に一軒家を購入したこと、そして泰希が希望の私立小学校に合格したことを担保に遠方への異動を免除してもらえているはずなので、担保の片方が無効になりつつあることは出来れば内密にしておきたかった。だが、組織に属する人間の人事への興味とは侮れないもので、噂はどこからか漏れ、そして広まっているらしい。

スクールゾーンという白い文字が、まるで影法師のように道路にたっぷりと伸びている。いつもこの辺りで見かける子どもたちはみんな、通学中だというのにスキップでもしているようだ。顔なじみの友達同士でこれから学校に行くことが楽しくて仕方がないのだろう、みんな、小さな身体をスーパーボールの如く弾ませている。

もう学校は必要ない時代になった――そんな泰希の主張をあの子たちが聞いたら、どんな顔をするのだろうか。

休み始めた当初、泰希は学校に行けなくなったことに罪悪感を抱いていた。見るからに意気消沈している息子に口うるさく提言することは憚られたが、啓喜は様々な犯罪加害者を見てきた経験から、社会のルートから一度外れた人間の転落の速さを知っており、もどかしい気持ちを抱いていた。

啓喜はこれまでの検事人生を経て、人間にはそこに収まるべき通常のルートのようなものがあることを学んだ。基本的なことで言えば、空腹だから食事を摂れる、疲れたから休める、夜だから眠れる、寒いから暖かい場所にいられる、そんなレベルのことだ。だけどこのルートからも外れてしまう人は大勢いて、その人たちと犯罪の距離はとても近いものになる。さらに言えば、家族に愛されて育ち、友人や恋人に恵まれ、学校を卒業し社会人となり自分の生活基盤を築くというルートの内側に生まれ落ちることができればそれだけで、人は犯罪に手を染める確率をぐんと減らせる。ただ、どんな環境に生まれるかは本人の与り知らぬところで決められることであり、だからこそ、このルートから自ら外れようとする者に出会うと、啓喜は激しい苛立ちを抱くのだ。

だから啓喜は、泰希に学校に戻ってほしかった。せっかく通常のルートの内側にいられるのに、それを自分から手放す愚かさを知ってほしかった。ただただ息子が心配だった。だが、啓喜がそう伝えるたび、泰希の顔面の肉は重力に負けていった。

泰希はそのうち言葉を返してこなくなり、啓喜も次第にコミュニケーションを取ることを諦めていった。それは泰希への気遣いというよりは、啓喜の心の中にあった「いつか時間が解決してくれるはず」という楽観的な考えに拠る甘えでもあった。また、育児に関してはこれまでほぼ由美に任せっきりだったというところもあり、正直なことを言えば、心を閉じた息子とどう接すればいいのかよくわからなかった。

その後、持て余した時間の中で泰希が由美のスマートフォンを頻繁に触るようになり、事態は変化した。泰希は、「不登校であること」かつ、「これからの時代、学校はもう必要ないと説くこと」で注目を集めている小学生インフルエンサーに傾倒していったのだ。

その日、啓喜は家で夕食を摂ることができていた。とはいえ厄介な否認事件を抱えており、自宅にいても精神的に余裕があるというわけではなかった。だからか、賞状でも自慢するかのように泰希が掲げてきた動画の内容が、自分でも驚くほど受け入れがたく感じた。

【ぼくたちはひとりひとり違うのに、同じ格好で同じ授業！　バカみたい！】

【学校ってもう古くないですか？　自分が興味あることを勉強したほうが絶対にいい！】

【ぼくから見れば、みんな洗脳されてるみたい。学校の勉強、社会出て、役に立つの？】

動画には、泰希と同世代だろうか、線の細い少年が忙しく両手を動かしながら話す様子が映っていた。声変わりの済んでいない甲高い声が、喉仏の予兆もない滑らかな首を通って放たれていた。肉体を形作るすべてのパーツがまだ借り物のような姿から打ち出される主張は、自分は学校に行かない選択をした、という現在の状態にしか根差しておらず、十数年後、自分と同世代の人間がほとんど学校という場所に行かない年齢になったとき、この少年は何を声高に主張するつもりなのか、啓喜はそちらのほうに興味が湧いた。

【これからは個人の時代、学校で学ぶことにはもう、意味がない！　社会は変わった！そのことに気付けていない大人が多いだけ！】

泰希は動画の再生が終了したあと、まるでその少年の隣にいるような顔をして、「おれもこの子みたいに、学校に行かずに、自分の力でやりたいことをやってみたい」と言った。

啓喜は泰希を目の前に座らせた。そして唾を飛ばしながら、いま自分は、息子を正したくて話しているのか、その浅はかな思考への嫌悪感をエンジンにただ加虐しているのか、よくわからなくなっていた。ただ、湧き出る言葉が自分を追い抜いていくような感覚は、被疑者に自白を促しているときに抱く感覚と似ていた。

泰希の顔面の肉は、ますます重力に負けていった。怒られて怯えているというよりも、この人に説明しても無駄だとでも言うような表情に、啓喜の苛立ちはますます増幅した。

「私は正直、無理やり学校へ行かせることが正解なのかわからない」

その夜、寝床に就くと、枕を並べる由美が不意にそう呟いた。由美は啓喜のほうに身体を向けているわけではなく、仰向けに寝転んだまま、まっすぐ天井に向かって話していた。

「結局学校側は、クラス内アンケートの結果いじめは認められませんでしたって繰り返すだけでしょう。また無理やり学校に通わせたって、嫌なことがあったら、またすぐ行けなくなっちゃう気もするんだよね。泰希って優しい子だからさ、男の子同士の空気とか遊び方とかが合わないのかもとは思ってたの、幼稚園くらいのときから。私立だけど色んな子がいるし、そもそも人がたくさんいる場所が苦手なのかな、とか」

隣で啓喜は、目を閉じていた。その話をあまり聞きたくない故の行動だったが、暗闇の中で目を閉じると、聴覚はずっと敏感になった。

「学校だけが全てじゃないって言葉に、あの子は励まされたんだと思うの。時代的にも、学校に行って就職してっていうのとは違う形で生きていける社会になりつつあるのかもしれないし」

スクールゾーンを抜け、街の景色が住宅街から市街地のそれへと変わる。地下鉄の入口に滑り込みながら、啓喜は、自分の意識が寺井家の父親から一人の社会人へと入れ替わっていくのを感じる。

――ぼくから見れば、みんな洗脳されてるみたい。学校の勉強、社会出て、役に立つの？

あの動画の少年も、泰希も、由美も知らないのだ。検事として相対する被疑者の殆どが、そこで踏みとどまっていれば、というルートから外れてそのまま、法律の定めるラインを軽々と飛び越えていったことを。

――社会は変わった！　そのことに気付けていない大人が多いだけ！

検察という組織が目指す社会正義の実現、その一翼を担う人になりたい。横浜地検に向かう地下鉄に乗り込むと、啓喜の頭にはいつも、検事になった当時の誓いが蘇る。

だけど最近は、社会正義という言葉のうち、〝社会〟のほうが自分から遠ざかっている気がする。啓喜は、どんどん近づく〝正義〟の場に向けて、意識を引き締め直した。

――桐生夏月（きりゅうなつき）

2019年5月1日まで、515日

意識を引き締め直したとて、体感温度は何も変わらない。モール全体で設定されていることなのだから仕方がないのかもしれないけれど、どこかの季節でくらい、空調の温度が自分の身体にしっくり来るときがあってもいいのにと夏月は思う。

「すみません、マットレスを探してるんですけど」

こちらが声を掛ける前に話しかけてきそうな客は、いつからかなんとなくわかるようになった。自分で考えるより先に人に聞くという習性を持ち合わせた人間は、その風貌や立ち振る舞いに頼りなさのようなものが滲み出ている。

「はい、マットレスですね、ありがとうございます」

客から声を掛けられた瞬間、夏月の体にはスイッチが入る。嫌味なほど人当たりの良い声を自分の耳で受け取りながら、ミスをしないということだけを遂行すればいい勤務時間はなんて楽なのだろうと思う。

「マットレス、様々な種類を取り扱っておりますが、ご希望の条件などはございますか」

「腰への負担が少ないものを探していて……あの、ＣＭでやってたやつが気になって来たんですけど、すみません、名前がパッと出てこなくて。ほら、あの、スポーツ選手の人が愛用してるやつ」

「＆Ａｉｒシリーズのマットレスですね。こちらでございます」

淀みない口調で話す夏月に、声を掛けてきた夫婦は安堵の表情を見せる。年齢は六十代前半くらい、子どもがいたとして、もう実家からは巣立ち、貯蓄を自分の健康寿命のために使う世代とみた。夏月が勤める寝具店がまさにメインターゲットとしている顧客だ。

「あ、これこれ、これです。わーでもこの中でも色んな種類があるんですね」

女性のほうが、そう呟きながらも、種類の違いというよりはそれぞれの値札にサッと視線を泳がせたのがわかった。男性のほうは逆に、値段を気にしていないことをアピールしたいのか、あからさまに、性能を解説している文章のほうを読み比べている。

「たくさんご用意しております。少し説明させていただきますね」

夏月は脳内にある文章を、口のあたりまで丸ごと引きずりだす。

「ＣＭでもご覧になっていただけたかと思いますが、＆Ａｉｒの特徴は、就寝時の体圧による負荷が分散されるという点です。寝返りによってどんな姿勢になったとしても、血行を妨げることがなく、疲労が溜まりにくいんですね」

女性のほうが、あまり理解していないけれどとりあえず頷いている、という実態丸出しの様子で「はあ」と頷いている。男性のほうは、若い女性店員による口頭での説明よりも自分の読解能力、理解力のほうを信頼しているという姿勢を見せつけたいのか、解説が書かれているカードから目線を逸らさない。

「このシリーズは、ぜひ触ってご確認いただきたいのですが」夏月が促すと、女性のほうだけが、サンプルのマットレスに手を伸ばした。「このように、マットレスの表面が凸凹構造になっているんですね。面というよりは、多くの点で、お客様の全身を支えるというイメージです。そうすると、マットレスと体が接触する部分の血行が妨げられにくくなるんです。お値段が高いものほど、その点の数が多かったり、バネの層の構造も緻密になっています。もちろんこちらのスタンダード版でも効果は感じていただけますが、起床時にすでに腰の痛みなどがあるようでしたら、こちらのプレミアム版をご検討いただくことをおすすめいたします」

そうですか、と、女性のほうがちらりと男性の顔色を窺う。その様子から、この家庭における問題解決のプロセスが伝わってきた。とはいえ、この店舗で高級マットレスなどの寝具を買おうとする高齢世代は、ほとんど全員がこんな感じだ。

寝具店と聞くと未だに高級布団の訪問販売のイメージがあるからか、両親に転職先を報告したときの反応は芳しいものではなかった。いまどき寝具ねえ、不景気なのに大丈夫かねえと絵に描いたように不審がっていたが、社員割引で購入したマットレスをプレゼントしたところ、その寝心地の良さにあっという間に白旗を揚げた。働き始めてわかったことだが、寝具業界は今、高齢化に伴う健康志向、ワークライフバランスという言葉の浸透と共に広まった「家で家族と過ごす時間をより快適に」という風潮など、様々な要因に後押しされているなかなか好調な分野だ。

女性は相変わらずちらちらと夫らしき男性に視線を送りながら、「うーん、どうしようかなあ、いろいろ寝転んでみてもいいですか」と尋ねてくる。もちろんですよ、と微笑みながら、夏月は、少し寝転んだくらいではこのマットレスの良さが伝わらないことを強く自覚していた。こういう買い物に必要なのは、納得ではなく勇気、ただそれだけだ。

岡山駅に直結しているイオンモールにこの寝具店が入ると決まったとき、前職の同僚たちは昼食を摂りながら「すぐ潰れるわなー」と笑っていた。「布団なんてニトリとかでベッドのついでにバーッて買うもんな」と話す同僚たちの隣で、夏月は、寝具店の採用情報を検索していた。人間の三大欲求のうちの食欲を旺盛に満たしながら、睡眠欲に関する商売を軽視できる感覚が夏月にはよくわからなかった。

「ありがとうございました。またいつでもお声がけください」

結局その夫婦は、もう少し検討したい、というよく聞く一言を置いて、店舗をあとにした。最大のネックはおそらく、値段だろう。でも夏月は知っている。あの夫婦はきっと近々、あのマットレスを買いに来る。一度、「お金さえ出せば毎日の睡眠の質が良くなる」と知ってしまった人間は、結局財布の紐をゆるめる可能性が高い。睡眠、という、毎日必ず通過する数時間を善きものにしたいという思いは、脳からなかなか出ていかない。

力を入れる商品と売り上げ目標、目標達成のための宣材や取り組み方などは本社の営業部員を通して月初に共有されるが、個人でノルマがあるわけではない。店長ともなればプレッシャーはあるだろうが、店舗に立つ販売員の一人という立場であれば、精神的に追い詰められたりすることもない。いい職場だ、と、夏月は思う。

店舗に立つ販売員の一人、という立場のときは。

夏月は、モールの中を移動する人々を眺める。時間帯もあるだろうが、土曜日だというのに学生はほぼいない。多くが、高齢の夫婦やベビーカーを押す女性、そして若いカップルだ。生活にまつわるものが全て揃うこの空間の中で、生活を共にする者たちはとても居心地が良さそうに見える。

やっぱり、空調が少し寒い。

夏月は踵を返し、店内に戻る。接客と接客の隙間に落ちると、この巨大なモールを覆う空気の中に、自分だけが馴染めていないことを再確認してしまう。

休憩スペースにあるコンビニで昼食を買い、テーブルに腰掛けたときだった。

「お疲れーなんかちょっと久しぶり?」

どこからともなく沙保里(さおり)が近づいてきた。

「お疲れ様です」

「なあ、桐生さん平成生まれなん?」

「そうですね。元年なんで、ギリギリ平成生まれです」

「へー、そうなんだ」沙保里はそう言うと、コンビニで買ったらしい豆乳のパックにストローを突き刺した。「元年生まれか。じゃあ元号変わったら、私ら昭和生まれの仲間入りやな」

まるでもともと会話をしていたかのように話し続ける沙保里の声は、いつだって少し大きめだ。だからいつも、周りの人たちが一瞬、眉を顰めたり迷惑そうにこちらに視線を飛ばすのがわかる。

二か月ほど前、イオンモールの従業員ならば誰でも使える休憩スペースで、突然声を掛けてきたのが那須（なす）沙保里だった。顔を見れば、向かいの雑貨屋で働いている声の大きな店員だということはすぐに分かったけれど、店舗の垣根を越えて友人関係を築こうとする人なんてほかに見当たらなかったので、夏月は面食らった。

「なあ、隣座ってええ？　私、向かいの雑貨屋の店員。わかるよね、いつもおるから」初めて声を掛けたとは思えない滑らかさで、そのときの沙保里は夏月の反応を待つことなく、隣の椅子に腰を下ろした。「お店の中で一番年上になっとってな、誰とも話が合わんのよね。隣、ええ？　ってもう座っとるけど。向かいに同世代くらいの人おるなー、仲良くなれんかなーって、狙っとったんよね」

本当の気持ちを伝えてもいいのならば、結構です、と言いたかった。ただ、仕事中も常に視界に入り合うような関係性のため、無下に扱うこともできなかった。

それからというもの、沙保里は、夏月が大切に築いてきた一人の空間にいとも簡単に押し入ってくるようになった。そして、一方的に会話を吹っ掛けられるうち、沙保里の言っていた〝友達になりたい〟とは決して、その言葉通りの意味ではないということがわかってきた。

「平成生まれって肩書がこんなにも早よ古くなるなんてなー。一年半後とかなん？　もう明日にでも変わりゃええのに、元号とか」

楽しそうに話し続ける沙保里の休憩時間は、何時からだったのだろうか。もう昼食を摂り終えている様子から推測すると、これから四十五分間ずっと休憩が重なっているということはないだろう。「そうですねえ、一年半後はまだ現実味がないですね」沙保里の機嫌を損ねないよう同調しながら、夏月は、昨日のニュースを思い出す。

退位、19年4月末に　首相「皇室会議で意見決定」――見慣れない言葉が多かったが、とにかく、あと一年半くらいで元号が変わる、ということが報じられていたはずだ。一つの元号しか生きたことのない夏月は一体何が起きるのかあまりピンと来なかったが、昭和と呼ばれる時間を三年ほど生きたことがあるだけの沙保里に勝ち誇ったような態度を取られる筋合いはないと感じた。

「次の元号、なんかすっごいのにならんかなー。カタカナとか英語とか」

「どうですかね」

早くどこかに行ってくれという夏月の願いとは裏腹に、沙保里の声が大きくなる。

「もう十二月かー」

沙保里は両腕をテーブルの上に投げ出すようにすると、「今年の目標、子ども作って仕事辞めることだったんだけどなー」と言った。

沙保里の話し声のボリュームにもともと眉を顰めていた人たちが、今度は、自ら耳を欹（そばだ）てたような気がした。

「若い子入ってきても皆すぐデキ婚とかで辞めちゃってさ、私だけ取り残されとるわけよ。副店長だし辞めづらいのもあるけどな」

病院行くのも金かかるしなー、と続ける沙保里は、こういう話題を周りの人に聞かれることを気にしない。先週、同じ店舗の中で唯一話を合わせてくれるらしいアルバイトの若い女の子とも、大きな声でお互いの夜について話している場面に遭遇したことがある。そのときも沙保里は、「終わったあとドンって乗っかってくるのがもう、重くって！」とか、「デキやすいタイミングを狙ってるのになかなかうまくいかんのよねー」とか、まるで周りに聞かせるが如く喧伝していた。相手の女の子は、「この日やるって決めて、盛り上がりますぅ？」と同じく大きな声で笑っていた。

環境や年齢の変化と共に、付き合う人間は変わっていく。だけど全員、怖いくらい、話していることは同じだ。

「私もう早よ降りたいんよね、いろいろ中途半端なこの状況から」

降りたい。沙保里はよく、その言葉を使う。

さっさと妊娠して、いつまで経っても結婚しない彼氏へのイライラから降りたい。毎日好きでもない立ち仕事をするのももううんざりなので、一旦家庭に入って、全然売り上げが伸びない雑貨屋で働く日々からひとまず降りたい。さっさと孫を見せて、パワーを有り余らせている両親の相手をする煩わしさから降りたい。

「年末年始は？」突然、沙保里が夏月に水を向ける。「桐生さん、実家暮らしよね？　彼氏とどっか行ったりせんの？　海外とか」

「特に予定はないですね」

前も言ったと思いますけど、と付け加えると、沙保里は「相変わらず冷めてるよね」と背中を反らせる。周囲の人たちの聞き耳が、そっと、閉じられていくのがわかる。

夏月は、イオンモールが直結する岡山駅から見て、百間川を越えた中区にある実家で両親と暮らしている。職場からは東の方向へ車で二十分ほど移動するだけなので、よくニュースなどで見る満員電車なんて本当に存在するのかと思っている。地元の高校の商業学科を卒業したあと、他の卒業生たちと一緒に何人かで地元の運輸会社に正社員で就職したが、七年勤めて転職した。同じ高校の卒業生がいないところを探して、人生単位で会社と繋がることのない雇用形態で働くことを選んだ。

「那須さんはどこか行くんですか、年末年始」

礼儀として、沙保里にも質問を返しておく。だが本人は、両腕をテーブルに投げ出したまま、「行かんかなー。旅行って疲れるし」と吐き捨てただけだった。

夏月は、海外に行ったことがない。そもそも飛行機に乗ったことがないし、実家のある市区町村以外で暮らしたこともない。沙保里もその可能性が高いだろうし、もっと言えばそれは今この休憩所にいる過半数の人にも当てはまるだろう。こんなのは、この世界にあまりにもありふれた人生の形だ。

だが、そこに当てはまっていても居心地が悪くないのは、この世界にあまりにもありふれた人間の形をしていれば、の話だ。

「桐生さんって何で彼氏おらんの？　欲しくないん？　いつからおらんの？」

匍匐(ほふく)前進でもしているかのように、沙保里の放つクエスチョンマークが迫ってくる。

「別に、特別欲しいとかも思ってないんです」そもそもクエスチョンマークが見えていないかのように、夏月は答える。

昼食が進まない。話さなければいけないから咀嚼できないというよりは、それなりにあったはずの食欲が、いつの間にか指の隙間から溶け落ちてしまったような感覚だ。

「桐生さんってなんか、余裕よな。もう平成生まれも若いことなくなるでー？」

「そうですねえ」

そもそも若いと思ってないですから、と夏月は小声で付け加える。沙保里は銜えているストローをずるずると鳴らすと、自分の爪を見ながら呟いた。

「桐生さんってなんっにも話さんよね。私は何もかも話しとるのに」

「あ、副店長！」

背後から、若く、高い声が飛んできた。

「ちょっと、店長が探してましたよ！　もう休憩時間終わってるはずなのにーって。早く戻ったほうがいいですよ、店長あんまり機嫌よくなくて、さっきから」

「やっば、バレとる」

声を掛けてきた若い女の子は、確か、この前沙保里とお互いの夜について楽しそうに話していたまさにその人だ。「早く早く」と沙保里を急かす彼女のネームプレートには、脇元、の文字がある。

「じゃあ、桐生さん、またー」

沙保里が席を立つ瞬間、脇元に目配せをしたのがわかった。環境や時代がいくら変わろうと、変わらず在り続ける光景。

沙保里がいなくなると、テーブル全体の空気が少し和んだ。沙保里の声の大きさは、自動的に沙保里をその場の主人公にする。

脇元は夏月に会釈することもなく、特に会話をする気もないという意志を明確に打ち出したうえで、沙保里の座っていた席に腰を下ろした。脇元は、沙保里がいない場所では、夏月に話しかけてこない。彼女からすれば夏月は、年の離れた向かいの店舗の販売員に過ぎない。夏月も特に脇元と距離を縮めたいとは思っていないため、彼女の自然な振る舞いがありがたかった。そして、夏月に対しては自然にシャッターを下ろす様子を見ていると、この子は沙保里と話しているときも、決して心からそのような態度を取っているわけではなく、沙保里が最も心地よくなるように自分を変形させているんだろうなと感じた。

そして何より、自分という存在は沙保里と脇元にとってただの遊び道具に過ぎないということを夏月はよくわかっていた。沙保里が自分に話しかけてきたのは、決して友達になりたいからではない。うまくいかない日常の中で、職場の仲間と一緒に盛り上がれる〝玩具（おもちゃ）にしていい対象〟が欲しかっただけなのだ。

出産のため退職する人が多い職場でいつしか自分が異端な存在になりかけている今、そんな自分が異端だと指をさせる対象が必要なだけなのだ。

休憩時間は、あと二十五分。夏月は、手元にあるサンドイッチの断面を見つめる。少しだけ食べた状態で時間が経ってしまったからか、いよいよ、自分はお腹が空いているのかすら、わからなくなってしまった。

食欲は、こうやって、たまにわからなくなる。自分を裏切ることがある。だから、いつだって正しく宿ってくれる、いつだって自分を裏切らないでいてくれる睡眠欲に関する職場を、転職先として選んだのだ。

夏月は、相変わらず自分にはしっくりこない空調の温度の中で、サンドイッチを口に詰め込む。よく考えれば、空調が合わないなんてどうってことない。そもそも、この世界が設定している大きな道筋から自分は外れているのだから。

――神戸（かんべ）八重子（やえこ）

2019年5月1日まで、515日

「ほんとにそう、今どきミスコンとか時代から外れてるよね」

八重子がそう言いながら足を動かすと、向かいに座っていたよし香（か）が「痛っ！」と顔をしかめた。八重子の爪先がよし香のスネを直撃したらしい。

「あ、ごめんごめん」

「いたたたた」

よし香が、かくれんぼの鬼から隠れるかのように、テーブルの下へと上半身を畳む。八重子はその動作を見ながら、自分だったら腹の肉が邪魔でこんなふうにスムーズに屈めないだろうと思う。

「とにかくよし香が今言ってくれた、全員がミス・ミスターだって伝える企画に私も賛成。それ、すごくいいと思う」

八重子は、テーブルに拡げたノートに『ミスコン廃止』、『全員がミス・ミスター』とメモする。文字を視覚で捉えると、改めて、次の学祭の目玉企画として相応（ふさわ）しいアイディアが生まれたという自信が漲（みなぎ）ってくる。

「そもそも、人の美醜にランク付けする企画が全国的に人気っておかしいよね」

八重子はそう言いながら、今年の学祭について思いを巡らせる。金沢八景大学の学祭の目玉企画がミス・ミスターコンテストであることについては、毎年恒例ということもあり ほぼ思考停止状態で受け止めていた。だが、打ち上げを終え少し冷静になったころから、八重子は「これは、自分が時間と労力をかけて作り上げたいものなのだろうか」と疑念を抱き始めた。外見や振る舞いなどから、男女それぞれの一位を決める企画。そこから漂う違和感を無視したままでいいのか。

だけどそれを口にすることは、八重子にはなかなかできなかった。それは決して、自分が一年生という立場だからではない。

ブスの僻み(ひが)だと言われるに決まっているからだ。

「八重子もそういうの気になるタイプだって知らなかったよ。私、コンテストの候補者への質問とかも実は結構うんざりだった」

「わかる。ミスには得意料理聞いてミスターには聞かないのとかモヤるよね。そもそも」

八重子はちらりと、よし香の表情を探る。

「全員が恋愛を好きみたいな前提で色んな質問するのも、どうなのって」

好きなタイプ。恋人としてみたいデート。理想のプロポーズ。男女問わず、コンテストの候補者には異性との恋愛をベースにした質問ばかりがぶつけられていた。皆それぞれに答えていたものの、八重子からすると、男女間でそのような視線が交差することに対して何の抵抗も抱かないことが大前提となっている世界観に、全く馴染めなかった。

八重子は彼氏がいたことがない。家族以外の異性に触れたことも、触れられたこともない。

「わかる。世代的に恋愛至上主義じゃないしね。運営に多様性の視点がなくてどうすんだって感じだよ。好きなタイプとか聞いたところでやさしい人とか尊敬できる人とか当たり障りない答えばっかりだし。私だったらもうジュウォンですとか言っちゃうわ」

よし香はそう言うと、手元のスマホを光らせる。すると、よし香の待ち受けを占領している、人形みたいに肌の白い美男子と目が合った。八重子は、よし香が大好きなK－POPアイドルの名前をいつまで経っても覚えることができない。

よし香の待ち受けは頻繁に変わる。だけど、被写体はいつだって彼だ。今みたいにばっちりメイクをしているもの、ライブ中に撮られたような汗まみれのもの、マスク姿で道を歩くもの、鍛えられた肉体がよく伝わるようなもの――どんな待ち受けのときも、よし香は彼を穴が開くほど眺めながら、「推しがいれば現実の彼氏とかマジでいらないわ」なんて呟いている。

「あと」

八重子は頷きながら、ノートに書いた『ミスコン廃止』という文字を見つめる。

「ＳＮＳのコメントも、ひどいの多かったし」

実行委員が管理するミスコン用のＳＮＳには、いつからか、主に女性の候補者を性的に値踏みする内容のリプライが幾つもぶら下がるようになっていた。そんな言葉を浴びるとも知らず微笑んでいる写真の中の候補者たちが、八重子にはとても不憫に見えた。

何よりも、恋愛に関する質問をすることとそのようなリプライがつくことには、大きな因果関係があるような気がしてならなかった。そして、そんな違和感を誰にも話すことができなかったことも、とてももどかしかった。

「あー、セクシーですねとかでもちょっと気持ち悪かったな、正直」

「だよね？」同意してくれたよし香に対し、八重子は前のめりになる。「本番も、明らかに女子の候補者ばっかり撮ってた人、結構いたよ。衣装も女子のほうが露出が多くて」

「ね。性的搾取だよねあんなの」

八重子は、自分の視界がぱっと晴れるのを感じる。性的搾取という言葉が、自分以外の誰かから出てきたことがとても嬉しかった。

この手の話題は、難しい。同性だからと言って分かり合えるわけではなく、むしろ面倒臭い人だと思われてしまう可能性もある。異性相手なら尚更だ。でも、よし香とはこういう話ができるんだ——八重子がそう思ったとき、

「でもさ、ひとりだけ、好きなタイプとかそういう質問に全部〝特にありません〟で答えてた人いたよね」

と、よし香が言った。

いた。八重子は、声に出さずにそう思う。

溢れ出しそうになる言葉を、八重子は体内に抑え込む。

「話ずれちゃったね、ごめんね」八重子は声のトーンを上げると、少し早口で続けた。「そうそう、来年の企画の話をしてたんだよ。だから、ミス・ミスターコンじゃなくて、なんだろう、全員がミスでありミスターなんだっていう、コンテストじゃなくてフェスティバルみたいなことができればいいよね」

「フェスティバルっていいね。順位付けとかから縁遠そうで」

八重子の通う金沢八景大学の学祭——八景祭は、毎年、文化の日に最も近い週末に行われる。今年までの目玉企画は、三百人以上を収容できるホール「シーガルホール」で開催

されるミス・ミスターコンだった。それを担当することは実行委員の仕事の中でも花形と位置づけられていて、委員なら誰もが目指す場所だった。

八重子とよし香は実行委員の中でも企画局という部署に属しており、今年はキャンパス内で行われたスタンプラリーを担当した。スタンプラリーは毎年企画局に所属する新一年生が担当する業務として引き継がれており、よし香や他のメンバーと協力し合ってなんとかやりおおせられた。その充足感から、来年以降はもう少し大きな企画に携わりたいと感じている。

「ねえ、全員がミスでありミスターなんだよっていう思いとかを全部まとめて、ミスコンの代わりに『ダイバーシティフェス』をやるっていうのはどう？」

八重子は、ノートにダイバーシティフェスと書いてみる。

「ミスコンを廃止するだけじゃなくて、ミスコンのどこが問題だと思うのかとか、そうじゃないやり方で誰かにスポットライトを当てるにはどうすればいいのかとか、そういうことを話し合う場にしちゃうの。それって長期的に考えたら、運営側に多様性の視点を持たせることにも繋がる気がする」

「ダイバーシティフェス。いいね。なんか、呼びたいゲストにも声かけやすくなりそう。ダイバーシティフェスに出演いただけませんか、って」

ほんとだ、それいい、と、二人の会話はどんどん盛り上がる。八重子は、よし香の顔を覗き込むようにして「あと」と付け加える。

「紗矢さんも絶対気に入るよ、この案」

先月行われた打ち上げでは、実行委員の来期の代表が発表された。ここ数年、男性メンバーが代表を務め続けていたのだが、今回選ばれたのは桑原紗矢という来年三年生になる女性の先輩だった。

八重子やよし香と同じく企画局に所属している紗矢は、昨年はスタンプラリーを、今年はシーガルホールを担当しており、準備期間中、八重子とよし香が最も頼りにしていた先輩だ。常に編集局や渉外局などと忙しくやりとりをしているのに、八重子たちが小さな質問をしに行っても笑顔で対応してくれる。疲労を表に出さず、他人に気を遣わせない。だが詰めるところはしっかりと詰める。まるでドラマに出てくるキャリアウーマンのように仕事を進めていく姿は、企画局の先輩としても一人の女性としても憧れるものがあった。

「ていうか、紗矢さんが来期の代表とかほんと最高なんだけど」

「やばいよね。紗矢さんのもとでならどんな仕事でもしますって感じ」

紗矢は代表に就任して初めての挨拶で、早速、「ミスコンに代わる来期のシーガルホールの企画案を、メンバー皆から募集したいです」と宣言した。

まずは今年中を一旦の締切として、自由な発想で八景祭を彩る企画を考えて欲しい。意見をくれた人とは、しっかり時間を取って実現可能性を検討したい。一度これまでの八景祭の常識を捨てて、イチから学祭を再構築するような代にしたい——紗矢がそう話す姿を見て、八重子は、この人も自分と同じ問題意識を抱えている、と確信した。そして、この企画案の募集に本気で取り組むことを決めたのだった。

「『ダイバーシティフェス』が紗矢さんに採用されれば、うちらが三年になるときには学祭のカラーが全然違うものになってるかもね」

「うん。だってもうすぐ元号も変わるんだよ。おかしいって思ったこと、どんどんうちらの代で変えていこうよ」

　八重子は、自分が発する言葉によって自分の体温が上がっていくのを感じる。外見を競わせることでルッキズムを助長するミス・ミスターコンテストを廃止するだけでなく、多様性を称える祝祭の場を設ける――紗矢に提出する企画書の文章が、八重子の頭の中でどんどん出来上がっていく。

　神戸八重子と久留米（くるめ）よし香。学籍番号が隣同士だったこと、基礎教養のクラスが同じだったこと、同じく中国語を選択していたこと、なんとなく名字が地名っぽいなとお互いに思っていたこと。仲良くなったきっかけはいくつもあったけれど、何より二人の距離を縮めたのは、「せっかく大学生になったのだから仲間たちと何かに取り組みたい」という思いはあるものの、「取り組みたい何か」があるわけではないという心もとなさだった。その結果、二人は揃って八景祭実行委員のメンバーになったのだ。

「やば、私そろそろ出なきゃ」

　スマホに視線を落としたよし香が、おもちゃ箱の中身のようにぴょんと立ち上がる。

「バイト?」「そー。受験前だから大変で」よし香は地元で塾講師をしている。今は中学三年生を担当中らしい。

「じゃあ、各自呼びたいゲスト案とか考えておかない？　それ持ち寄って、次はちゃんとした企画書つくろ！」

「うん！」

　想定よりも電車の時間が迫っていたのか、よし香はコートを抱えたまま慌ただしく去っていく。嗅ぎ慣れた香水の残り香の中、スキニーを纏った脚が忙しく動く様子をひとり眺めながら、自分もあれくらい背が高くて細くてスタイルが良ければな、と思――いかけて、いや、その考え方こそルッキズムルッキズム、と、八重子は小さく首を振る。

そのときだった。

「あの」

背後から、低い声がした。

八重子の肩が、びくんと動く。

「これ、落ちてましたけど」

振り返ると、そこには大きなリュックを背負った男性が、八重子が座っている椅子の近くに落ちていたらしいペンを持って立っていた。いつの間にか落としていたらしい。

男の視線。

目が合う。ことのないよう、八重子は顔を逸らす。

「ありがとうございます」

口から零れた小さな声が、今度は自分の体温を下げていくことを、八重子は感じ取る。

八重子の家がある三ッ沢上町(みざわかみちょう)駅までは、大学の最寄りである金沢八景駅から片道三十五分ほどかかる。横浜で乗り換えると人ごみを通過しなければならないので、八重子はいつも上大岡で乗り換えるようにしている。

三ッ沢上町(かみまち)は繁華街の対極にあるような街で、食事や買い物ができる場所がとても少ない。駅前の国道を除けばあとはのどかな住宅街が広がっているのみなので、穏やかで治安もよく、車を所持しているならば暮らしやすいエリアのはずだ。

生まれたときから住み続けている家に今でも住んでいる。大学一年生の八重子にとってそれは特段おかしなことではないはずなのに、駅から家までの道を歩くたび、ずらりと並ぶすべての家にそれなりの歴史があるのだと思うと、なぜだか少しぞっとしてしまう。

帰宅すると、いつも通り、母が台所に立っていた。八重子はいつも通り、心の真ん中を絞るように体に力を込める。

「ただいまー」

台所に立つ母に、そう声を掛ける。父は今日も帰りが遅いのだろう、リビングとダイニングがある一階には、母の姿しかない。

「あ、思ったより早かったね」一瞬こちらを見た母は、またすぐに夕食を作る作業に戻る。

「ご飯食べるでしょ？」

「うん、ありがとう。お腹ぺこぺこ」

八重子は、「ちょっと着替えてくる」と言い残し、納戸へ向かう。暖房の効いていない廊下は、家の中とは思えないほど寒い。

コートを脱ぎ、ハンガーにかける。そして、室内なのに息が白くなりそうな空間の中で、全身鏡に映る自分の姿を見つめる。

――お兄ちゃんはスタイルいいのに、あんたはそうでもないね。

鏡を見ると思い出すのか、思い出すために鏡を見るのか、八重子にはもうよくわからない。だけど、テストで思うような結果が出なかったとき、大学受験を終えたとき、鏡に自分の全身を映したとき、八重子の右耳と左耳を結ぶ最短距離を、母の声が駆け抜けていく。

――お兄ちゃんは頭いいのに、あんたはそうでもないね。

――お兄ちゃんは横国受かったのに。せっかく通いやすいところに家があるのに。

八重子は箪笥から部屋着を取り出すと、私服を脱ぎ、洗うものは洗濯機のある洗面所へと運ぶ。鏡はどこにでもあり、そのたび、母の声が顔面を上下に割るように横断していく。

三ッ沢上町は、横浜国立大学に通う学生が一人暮らしをする街のうちのひとつだ。だけど、自分の家がそんな街にあるなんてこと、八重子は大きくなるまで知らなかった。志望校を横国から今の大学に変えるとき、偶然ここで育っただけなのに、どうしてこんなに悪いことをしているような気持ちにならないといけないのだろうと思った。

洗面所で手洗いうがいをし、リビングに戻る。その直前、八重子はまた、全身の真ん中に力を込める。

食事を終え、すぐに入浴を済ませると、八重子は二階の自室に向かった。そしてベッド脇のコンセントから延びる充電ケーブルに携帯を繋ぎ、もともとそこに収まることが決まっていたかのように、ベッドに全身を預けた。

部屋に戻ると、デスクでやらなければいけないことがあったとしても、どうしてもまず自分自身を充電するようにベッドに寝転んでしまう。特に今日のように、すでに入浴やスキンケアを済ませている場合は尚更だ。

八重子は、掛布団に重なっている毛布の上でうつ伏せになり、デスクの上にあるノートパソコンを眺める。本当は、よし香との会話を鮮明に覚えているうちに、ダイバーシティフェスの企画書の下書きに手をつけるつもりだった。だけどこの姿勢になってしまったら、もう、あのデスクまでの数メートルの移動になかなか踏み切れなくなってしまうことを八重子は痛いほど知っている。

——各自呼びたいゲスト案とか考えておかない？

学食で別れたあと、よし香から、【ダイバーシティフェスやるんだったら、私絶対呼びたい人いた！　多分むりだけど】というメッセージが届いていた。聞いてみると、それは、人気男性俳優同士の恋愛ドラマ『おじさんだって恋したい』の女性プロデューサーだった。『おじさんだって恋したい』、通称おじ恋は、一つの連続ドラマという枠を超えた社会現象的なブームを巻き起こしている。八重子はもともと恋愛ドラマにもボーイズラブ作品にも興味がなく、「とんだ沼だったわ」などと呟くよし香にもそこまで共感できないのだが、顔も体も整っている男たちがマイノリティの自覚の芽生えに戸惑いながらも独自の関係性を築いていく様子に感銘を受けた視聴者は多く、「自分の気持ちに正直に生きていきたいと思うようになった」等の前向きな感想自体には、八重子も熱く共感した。

ただ、八重子はそもそも、恋愛ドラマがあまり得意ではない。ひいては、ドラマが得意ではない。そこにほぼ必ず顔を出す恋愛要素に触れるたび、そこから派生する様々な出来事への苦手意識を再認識させられてしまう。〝恋愛感情によって結ばれた男女二人組〟を最小単位としてこの世界が構築されていることへの巨大な不安が、そっと足のつま先に触れるのだ。

八重子は顔を少し横に振る。やめよう。今はそういうことを考えたいわけではない。

そのドラマのプロデューサーはまだ若い女性で、はじめは反対意見ばかりだった企画を上層部にアピールし続けていたらしい。様々な媒体でインタビューに答えているところから見ても学祭に登壇してもらえる可能性は低くないかもしれないが、それは東京の有名な大学に限った話かもしれない。

ただ。八重子は思う。幸運にも登壇してもらえたとして、ホールを借り切るのに企画の中身が講演だけというのも味気ない。フェスという名前に相応しく、静と動でいえば動に分類されるような催しも必要なはずだ。

八重子は、充電ケーブルに繋いでいる携帯を自分のもとへと引き寄せる。同時に、毛布を太ももの間に挟み込み、身体を左に向ける。

ここで、誰にも見られていない状態で携帯を触るとき。八重子の身体は自然と、ふわふわの毛布を太ももで圧縮するような姿勢になる。

そうすると自然に、あの人のことを思い出す。

先月無事に幕を閉じた八景祭、その準備期間。八重子は、第二体育館の地下で行われるパフォーマンスステージのリハーサルに関わった。アカペラサークルやマジックサークルが入り捌けの動線や照明、音源などの確認を終えていく中、最後に現れたのが、『スペード』というダンスサークルだった。

旺盛な人たち。

八重子はそう感じながら、それこそ友人がこのサークルに入っている人と付き合っていたことを思い出した。無理やり公演に連れて行かれたりもしたが、そのときと印象は変わらない。見るからに、旺盛な人たち。男女問わず、一見して、これまで沢山その身体を動かしてきたということがよくわかる人たち。そういう人たちの集団を前にすると、八重子は、自分の身体が収縮していくのを感じる。これまでの人生ずっと、こういう雰囲気の人たちからは、見下すような視線を注がれてきた。

本番同様に行うリハーサルはまず、オープニングナンバーから始まった。選抜された女性たちなのだろう、舞台に現れたのはまるでプロみたいに踊る人たちだった。全員、上半身は水着と見まがうような露出度の高い衣装のみを身に着けており、引き締まった肉体をうねうねと動かしていた。照明により、肩甲骨や腹筋の影がぐっと濃くなり、垂れる汗も見えるほどだった。舞台袖などには、そんな様子をずっと見つめている男性スタッフの姿があった。見渡せば、その会場にいる男たちの目線はいずれも、舞台上でボディラインを強調している女たちに集中していた。

男たちの、女を見つめる視線。

八重子はまた、自分の身体が収縮していくのを感じた。飛び交う視線の中に織り込まれている性的な香りに、自分だけが咽せそうになっていることを自覚した。

一階から、玄関のドアが開く音がする。父が帰ってきたのだ。

横向きに寝転んで携帯を見ていると、先ほど乾かしたばかりの髪の毛と一緒に、トリートメントの匂いが鼻の近くまで垂れてきた。お風呂に入ったあとの清潔な身体の内側では、まるで水を沸かし始めたときのように、小さな泡がぷつぷつと浮き上がり始めている。

居心地の悪さを感じる八重子を他所に、『スペード』のリハーサル自体は滞りなく進んでいった。その時点でほとんど見学のような状態になっていた八重子は、舞台の下から見上げるみたいに、延々と繰り広げられる群舞を眺めていた。

何曲目だっただろうか。舞台上には、八重子がこれまでの人生で最も縁遠いと感じてきた雰囲気の男性たちが集っていた。彼らが踊れば、舞台袖にいる女性たちが彼らのうちの誰かの名前を呼んで囃し立てた。リハーサルだからか、名前を呼ばれたらしき男性も、名前を呼んできた女性に対し視線で合図を送ったりしていた。交わし合う視線が男女のそれであることも、舞台上にいる人の名前を呼んだりするノリも、気持ち悪かった。

そんなとき、ふいに、舞台上のひとりと目が合った。

八重子は、異性の視線を感じ取ったならば、自分はいつものように反射的に目を逸らすだろうと思った。

だけどそのとき、八重子の身体は拒否反応を示さなかった。

八重子はその目に、見覚えがある気がした。その視線を知っている気がした。

謎が解けたのは、八景祭のパンフレットの最終チェックをしていたときだった。ミスターコンテストの候補者に彼がいたのだ。名前：諸橋大也（もろはしだいや）。商学部一年生、ダンスサークル『スペード』所属。自己紹介：先輩に無理やり参加させられました。こちらに投票されるよりも、『スペード』の公演を見に来てもらった方が嬉しいです。

好きなタイプ：特にありません。

もし恋人がいたらしたいデート：特にありません。

理想のプロポーズ：特にありません。

彼も他の候補者と同様、身ぎれいにされて写真を撮られていた。八重子は、眉と近い二重瞼を見つめながら思った。

怖くない。

それは八重子にとって、不思議な感覚だった。

どうしてだろう。この人の視線は、他の男の人に比べて、怖くない。

パンフレットのおかげで彼の名前を把握できた日、八重子は帰宅してすぐ、ＳＮＳで彼のアカウントを検索した。もっとその顔を、その目を見てみたかった。結局個人アカウントは見つからなかったが、『スペード』はツイッター、インスタで練習日程や新規会員募集、次の公演の情報などを発信しており、TikTokにはダンスの動画を沢山投稿していた。これまでの投稿を遡ると、たまに、諸橋大也が映り込んでいる画像や動画に出会うことができた。

八重子は空腹の子どもが揚げたてのドーナツに手を伸ばすような速さで、一つ一つ、そのデータを保存していった。怖くない。この人の視線は怖くない。あの日以来、その目線を怖くないと感じられる男性に初めて出会えたのだ。その歓びはとても大きかった。

寝転んでいるベッドのずっと下、一階から、父と母の会話が漏れ聞こえてくる。隣の部屋からは、何の音も聞こえてこない。

よし香が呼びたがっている『おじ恋』プロデューサーの講演を静とするならば、ダイバーシティフェスにおいて、『スペード』のパフォーマンスは動になるのではないだろうか。ダンスは、年齢も性別も国境も、何もかも越えていく。多様性の祝宴を彩る催しとして最適なはずだというようなプレゼンで、まずはよし香を納得させられないだろうか――八重子はもっともらしい理由を頭の中で下書きしながら、日課となっている『スペード』のＳＮＳ巡回を始める。

八重子は『スペード』のアカウントを見つけた日から、つまりもう一か月以上、ツイッターもInstagramもTikTokも毎日チェックし続けている。大也はやはり引っ込み思案な性格のようで、投稿されている画像や動画に映り込んでいることは少ない。だからこそ、新たな大也の姿を見つけたときの歓びは格別だった。

「あ」思わず、小さな声が漏れた。映ってる。インスタの今日の投稿。

『スペード』のSNSに投稿される大也の姿は、学祭のパンフレットに載っていたミスターコンの写真よりも、ずっと強く八重子の目線を釘付けにした。白いシャツを着てかしこまっているだけの写真にはない情報が、仲間たちとの練習風景には大量に詰まっていた。上半身の骨の形が分かるほどの薄着に、汗で束になった前髪。いつも被っているお気に入りのキャップ、首や腕の筋肉の陰影。笑うと見える八重歯、大きな肩と耳と掌、足の裏。

八重子は、脚の間に挟んだ毛布が、ぎゅうと潰れ、ねじれていくのを感じる。

いつか、よし香が言っていた。「ジュウォン様は子宮にくる」と。初めて聞いたとき、八重子は、その言葉の意味がよくわからなかった。だけど周囲の友人たちは「マジでそれ」「それでしかない」等とひたすら同意しており、大きな疎外感を抱いたものだ。

大也の写真を見ているときだけは、なんとなく、その意味がわかるような気がする。口でも心臓でもないのに、呼吸によって伸縮する場所がもうひとつあるような気がする。

その感覚は、爪先から八重子を吞み込もうとする巨大な不安を一瞬、遠ざけてくれる。自分にもいつか、異性から好意的な視線を注がれる日が来るのかもしれないと、この世界を構築する単位の一つになれるのかもしれないという甘い予感を連れてきてくれる。

――ストップ。

八重子は携帯を裏返す。これ以上ここに寝転んでいると、このまま眠ってしまう可能性が高まる。少しでもいいから、企画書の下書きに手をつけておきたい。

八重子は気合いを入れて立ち上がり、スリッパに足を収めた。トイレに行こうと、部屋のドアを開けたその瞬間だった。

隣の部屋のドアから、からっぽになった食器の乗った盆を押し出す兄の手首が見えた。

パタン、と音を立てて、隣の部屋のドアはすぐに閉まった。八重子は、開けたドアのノブを握り締めたまま、ふう、ふう、とゆっくり息を吐く。

ふう。もう一度、息を吐く。ドアノブを握る指の震えが止まるまで。

母が溺愛していた兄が部屋から出てこなくなって、もう、二年以上になる。

一階から、両親の声が聞こえる。何を話しているのかは、相変わらずわからない。わからないほうが、ありがたい。

怖い。気持ち悪い。八重子は壁一枚挟んだ向こう側にいる兄の存在を忘れようとする。兄の部屋での出来事を記憶から抹消しようとする。

こういうとき八重子は、ものすごく高いところから落下していく何かを眺めるように、思う。

好きな人に、抱きしめてもらいたい。

言葉に変換することもできないような不安が溶けて無くなるくらい、抱きしめてもらいたい。そして、全部大丈夫だよって耳元で囁かれながら頭を撫でてもらって、声も出せなくなるくらい、思い切り強くぎゅっとしてもらいたい。次々に連なる妄想はあまりにも今の自分の人生から遠すぎて、貴重な体温だけが冬の廊下の空気に溶け出ていく。

寺井啓喜

2019年5月1日まで、444日

真冬の外気に、貴重な体温が奪われていく。啓喜は掌を擦り合わせながら、薄着で動き回る子どもたちを見つめる。

「はい、じゃあここでいったん休憩。冬だけど水分補給は大切ですよー、しっかりね」

NPO法人の職員なのかボランティアスタッフなのか、ジャージ姿の若い男の掛け声により、子どもたちは散り散りになる。泰希もそれに倣って、啓喜や由美のいるベンチの元へたたたと駆け寄ってくる。啓喜は泰希に関して、すぐにバテたり周りの子と馴染めず塞ぎ込んだりするだろうと思っていたが、存外、息子はこの場を楽しんでいるようだ。

年が明けて二月の三連休、少し前に由美が言っていた〝不登校児のために基礎体力をつける運動を教え〟てくれる団体が、自宅近くの公園でそのプログラムを実施することが分かった。その団体は神奈川県内の様々な場所を巡回しながら活動しているらしく、由美は、「こんなに近くに来てくれることなんてなかなかないし、行ってみない？　三連休だし休み調整してよ」と鼻息を荒くしていた。当の泰希は、傾倒している不登校インフルエンサーが「学校以外の場所で友達を作る」という主張を繰り広げたばかりだったらしく、想定外なほど前向きだった。

「見てた？　おれ、うまかったよね？」

バドミントンのラケットを脇に抱えたまま、泰希がスポーツドリンクの入ったペットボトルに口をつける。「おれ、シャトル、一回も落としてないよ」汗ばんだ全身は見るからに興奮しており、二月の冷たい空気の中で人の形をした赤い熱が動き回っているようだ。

「見てたよ、すごーく上手でお母さんびっくりしちゃった。疲れてない？　大丈夫？」

「全然平気っ」

　赤い頰で強がる息子は、家にいるときとは全く別人に見える。家の中で弛緩しきっていた肉体が、みるみるうちにあるべき姿に整えられたみたいだ。啓喜はつくづく、外で思い切り体を動かすというのは成長期の子どもにとって大切なことなのだと実感する。同時に、学校という場所の大切さも。

「次はメンバーを変えて、連続二十回を目指すよ！　みんなで力を合わせればいける！」

　今日の活動は主に、二人の男性が取り仕切っている。二人とも快活で爽やかなエネルギーに溢れており、見ていて安心感がある。自己紹介や準備運動を経て、今は、四人ずつで一つのグループを組みバドミントンのラリーを連続で何回続けられるか、というゲームをしているところだ。

　学校に通っていない子どもたちにも友達と遊ぶグラウンドを――由美から聞いた団体について調べると、そんな文言が表示された。遊びを通して子どもの可能性を拡げるボランティアグループ〝らいおんキッズ〟は、献血や発展途上国の支援など様々な活動を行っている認定NPO法人に所属しているようだ。団体の運営は寄付金や補助金で成り立っているらしい。

「じゃあ二十回目指してがんばるよー！　どっちのグループが先に達成できるかなー？」

　啓喜は今日こうして見学するまで、勝手に、ストレッチや体操、ランニングなど体力づくりトレーニングのような内容が繰り広げられるのかと思っていた。だが始まってみると、ストレッチ含めほぼすべての行程が複数の人数で協力しながら行うものばかりで、なるほどそうすると、たとえば身体の小さな子どもに対してはラリーをやさしく繋いであげるなど、それぞれの子どもたちが自分以外の誰かの存在を意識しながら行動することがよくわかった。団体競技に臨むことで、家の中だけでは形成しにくい社会性が芽を出すのだ。啓喜は、学校に通うというのは強制的に集団の中に放り込まれることであり、時と場合に応じて必要な役割を感じ取って行動するという社会性や知られざる自分の特性を引き出されたりすることでもあるのだと、改めて感じた。

「楽しそう」

隣から、由美の呟きが聞こえてくる。この時間帯は小学四年生から六年生までが対象らしく、今日は八人の子どもたちが参加していた。楽しそうにバドミントンのラケットを振り回す八人の少年少女は、まるで羽化したばかりの蝶々のようだ。よく晴れた二月の公園は、子どもたちが遊んでいるだけで、どんな絶景スポットよりも輝く。

「あの、すみません」

ふと顔を上げると、啓喜と由美の座るベンチの脇に、一人の女性が立っていた。「はい」と応えながら、啓喜は、この人はさっきまでグラウンドを挟んで向かい側のベンチに座っていた人じゃないかと思う。

「たいきくん、の御両親ですか？　私、〝あきら〟の母です」

「ああ、初めまして。寺井泰希の母です」

由美がお尻をずらし、声を掛けてきた女性に隣に座るよう促す。ベンチは三人用だ。

「私、今日が初めてだったのですごく不安だったんですけど、泰希くんがみんなをリードしてくれて……弟さんとかいらっしゃるんですか？」

「いやいや、一人っ子です。家では甘えん坊ですよ」

子どもたちはみんな胸元にネームプレートをつけており、それが子ども同士のコミュニケーションに役立っているようだった。泰希と特に距離が縮まっているように見える男の子の胸元には、あきら、の三文字がある。

「あの、本当にありがとうございます。彰良と仲良くしていただいて」

「いえいえそんな、こちらこそです、ほんとに」と、由美が恐縮する。

「彰良がこんなふうに友達と遊ぶ姿を初めて見たので、なんか、ちょっとこう、たまらなくなってしまって」

女性はそう言うと、大きめのダウンジャケットから覗く両手を、お腹の上でぎゅっと組んだ。由美が、「わかります」と何度も頷く。

「じゅーに、じゅーさん、じゅーし……あーっ！」

「今のはおれのせいじゃないよねーっ⁉」

芝生の上を転がりながら必死に抗議する泰希の声が、高い空を割らんばかりに響く。啓喜は、他のベンチ、あるいは立ったまま、バドミントンに興じる子どもたちを見つめる大人たちの姿を眺める。

全員、どうすれば我が子がまた学校に通えるようになるのか、それぞれに悩んでいるのだ。そう考えると、ある種の連帯感に安住しそうになるのだが、それではいけないとも思う。悩みを共有する仲間の存在は心強いが、現状を肯定し合うようになってはいけない。

「飲みますか？」

由美が、女性にタンブラーを差し出す。見ているだけだと体が冷えるだろうからと、家を出る前、熱いコーヒーを準備しておいたのだ。

「ありがとうございます」

女性は由美からタンブラーを受け取ると、一口啜り、「あったかい」と呟いた。その一言は、コーヒーの温度だけを指す言葉にしておくにはもったいないくらい、実感がこもっているように聞こえた。

「え、びっくり。うちも同じようなこと言ってますよ」

たっぷり遊び終えた子どもたちが、クールダウンとしてのストレッチを始めたときだった。〝あきら〟の母——富吉（とみよし）奈々江（ななえ）が、困ったように眉を下げた。

「もしかして同じ人の動画観てるんですかね？　特にここ数か月くらい、学校はもう古い、行くほうがバカなんだーって、なんか変に強気で」

聞けば聞くほど、寺井家と富吉家の状況は似ていた。彰良の学校は公立だそうだが、共にこの地区に一軒家を建てており、引っ越しは難しい。また、彰良の父は歯科医らしく、土日も診療で家を空けていることが多いという。検事は国家公務員なので日直当番に該当しない限り土日は休める規定があるが、現実はそうではない。そして、同じようなタイミングで子どもをもうけており、啓喜も由美も奈々江も四十代だった。

「親からするとどうしても、これから進学して就職して、ってことを考えるじゃないですか。それは世間体とかじゃなくて、子どもの人生のために」

「もちろんですよ。うちも一緒です」

由美より早く啓喜が同意すると、奈々江は「ですよね」と声のボリュームを上げる。

「もちろん時代がどんどん変わってるっていうのは私もわかるんですけど、でも学校って古いとか新しいとかそういうことなのかなって……でも息子はいずれユーチューバーになるから学校はいらない、大丈夫だからって聞かなくて」

「うちと似てますね。そもそもインフルエンサーだか何だか知らないですけど、親の金で暮らしてる奴が何言ってるんだって話で」

盛り上がる二人の隣で、由美が何か言いたそうにしているのがわかる。だからこそ、啓喜は口を止めないようにしていた。

「あの、富吉さん――」

「ほんとに今の子どもたちって、新世代ですよねえ」

何か言いかけた由美を、若い男の声が押しのける。見ると、地面に胡坐をかいてラケットやシャトルを片付けていた男性職員が、啓喜たちのことを見上げていた。

「中学生とかになるともっとすごいですよ。独学でブログ立ち上げてアフィリエイト収入とか、親の稼ぎ抜いちゃった子とか、色々います」

活動上、様々な子どもたちと出会うのだろう。男性は、バドミントンをしていたときと変わらない快活さで続ける。

「僕今年で二十六なんですけど、同世代と話してても思いますよ。もう考え方とか生き方って、本当にその人次第の時代になったんだなって」

「そういうこともあるんですか」

ついさっきまで啓喜のほうを向いていた奈々江の身体が、さっと、職員のほうに向く。

「先生の世代からすれば、学校が古いとか、もう必要ないっていうのは、そんなに変な意見じゃないってことですか?」

僕は先生じゃないですけど、笑いながら掌を顔の前で振ると、男性は「確かにそうですねえ」と思案顔になる。

「実際、気の合う友達とゲーム実況して生活してる奴とかいるんですよね、同級生に。僕はこの仕事が好きだからいいですけど、嫌な環境にしがみついて精神的にダメージを食らうくらいだったら、とりあえず何か始めてみるっていう時代にはなってると思います。それで生活できちゃう可能性もありますからね、撮影も編集も今なら簡単にできますし」

「そうなんですか、ゲーム実況」

感心したような奈々江の声色に、啓喜は不安を抱く。この人は、出会った意見にすぐにもたれかかるような危うさがある。その危うさは、まさに、学校なんて不要だと胸を張り始めたそれぞれの息子たちに似ている。

「今って、昔では考えられなかったことでお金を稼げるようにはなってますからね。学校に行く以外にやってみたいってことがあるんだったら、やらせてみて損はないんじゃないかなと思いますよ。特に動画配信系は、簡単にはうまくいかない現実も知れるだろうし。それで動画の編集ができるようになれば、手に職で結果オーライかもですし」

「でも」啓喜は思わず口を挟む。「そういうのって、個人情報の流出とか、いろいろ危険性もありますよね。そういう部分を学校できちんと学んでから、とは思いますけどね、子を持つ親としては」

男性は、啓喜が潜ませた悪意に気付いているのかいないのか、八本のラケットを束ねると、笑顔で立ち上がった。

「お父さんの仰ることもわかりますけど、学校に行けてないときって何より、自分のことどんどん嫌いになっていっちゃうんですよ。家族以外の誰にも会えないし、同級生に合わせる顔もないし、皆が出来ていることが出来ないし、どんどん、世界のどことも繋がってないような感覚になっちゃうんです。本当に孤独っていうか。僕も中学生のころ少し不登校だったんで、わかるんです」

「そうなんですか、先生もそういう時期が」

今度は、由美の身体が職員のほうに向く。風見鶏のような二人の間で、啓喜は、自分の足の裏に力を込める。

「ありました。そのとき思ったんですよね、結局大切なのって、好きなものとか、人との繋がりとかなのかなって。学校に行けなくったって、好きなものがあって、人との繋がりを保てていれば、どうにか生きていくことはできるんじゃないかなって。それは今も思ってます」

「でも」という啓喜の声は、「だから」という若々しい声に覆い隠される。

「お子さんが動画配信してみたいって言うんだったら、家にずっといるよりは、やらせてあげるほうがいいかもしれないですよ。俺もなんとなくくらいはわかるので、始め方とかサポートできますし。たいきくんとあきらくん、二人で一緒にやってみるとかいいんじゃないですかね。同世代の友達と会えたほうが二人も嬉しいだろうし、何より、必要以上に自分を嫌いにならなくて済むと思います」

ただの若造が甘いかもしれないですけど、とはにかむ男性の背後から、泰希と彰良がこちらに向かって走ってくる姿が見える。「おなかすいたーっ！」と叫ぶ二人は、ここでの出会いがよほど嬉しかったのか、ずっと昔から友達だったかのように、その小さな手をしっかりと繋いでいる。

――――桐生夏月

２０１９年５月１日まで、４４３日

しっかり繋ぎ止めていたはずの〝寝具店の店員〟としての意識が、簡単に崩されかける。

「やっぱ桐生じゃ」

男が、少し前を歩く女の肩を「ちょっと、桐生がおる！」と叩く。夏月はその瞬間、これから訪れる数分間を想像し、すでに疲労を感じた。

「なあ」と、ベビーカーを押している女性が振り返る。「外であんま大きな声出さんとって」

「桐生がおるんだって、ほれ！」

女の注意をものともせず、男は声のボリュームをますます上げていく。夏月は店内の様子が気になったが、「ん？　あ！」と女のほうも想像通り騒がしくなったため、一旦、目の前の二人に意識を集中させることにした。

「ほんとじゃあ、桐生さん！　すご、めっちゃタイムリー！」

女は自分を指すと、「わかる？　亜依子(あいこ)、広田(ひろた)亜依子。いまは西山(にしやま)じゃけど」と、着けていたマスクを少しずらした。二人とも家からそのまま出てきたような格好をしており、亜依子のマスクの下は何の化粧もされていないようだった。

広田亜依子とは、高校も一緒だった。夏月は、足元にぐっと力を込める。

「桐生さんここで働いとるん。運送会社に就職しとらんかったっけ？　転職したん？」

「うん、結構前に」

「へー」表情とは裏腹に、亜依子の声色に納得感が宿っていない。「あの会社行った子ら、みんなホワイトでラッキーって言っとったけどなあ。何で転職したん？」

立ち仕事大変じゃが、と亜依子が男を見上げるようにして同意を求める。男のほうは、典型的な〝学生時代にスポーツをしており、当時の筋肉が脂肪に変わった人〟の体格をしており、小柄な亜依子は首を傾けないとその男の顔を見られないみたいだ。

「桐生さん、あんまり変わっとらんなあ」

この男が自分からは名乗らないのは、当時の同級生は今でも全員が自分の存在を覚えているだろうという自信があるからだ。そして実際、夏月は、ことある毎に同窓生を招集したがるこの男のことを、名前どころか所属していた部活や学生時代のエピソードなどと併せてしっかり覚えている。

クラスが二つしかない小さな中学校で、偶然にも三年間同じクラスだった、野球部キャプテンの西山修(しゅう)。在学中はどんな行事でも目立っていて、男女問わず先生からも人気だった男だ。中学を卒業してからもずっと、クラス単位での同窓会や成人式に関する諸々まで、彼が仕切っているらしい。成人式で再会した広田亜依子と授かり婚をしたという話は、当時勤めていた会社の同僚からなんとなく聞いていた。

「まあ、転職の理由は色々かな」

夏月が適当にお茶を濁したころには、亜依子は夏月の転職になんてもう興味を持っていなかった。夫の背中を叩きながら、「ほんとつい昨日、桐生さんと連絡取れなくて修が悔しがっとったんよ、この俺が連絡できない同級生がいるなんてとか言って」と笑っている。

「そうだったんだ」

最低限の相槌を打ちながら、夏月は、地元のハブ地点のような場所で接客業をしていながら、これまで同級生と遭遇しなかった幸福を噛み締めた。夏月はＳＮＳを使用していないし、高校卒業後に携帯電話を買い替えたときに連絡先を誰にも伝えなかった。だから、実家に直接電話さえされなければ、かつての同級生とは関わらずにいられるはずだった。

「穂波と桂って覚えとる？　あそこが今度結婚式やるんじゃけど、ほら、あのひとらどっちもいま南中の教師じゃが？　じゃから結婚式ついでに大同窓会もしたらええって話になっとってな、俺、幹事なんよ。桐生以外あと一人だけ連絡取れとらんのよな。全員集合目指してんだ」

「あーほら起きなったが」

いつの間にかこちらを向いていたベビーカーの中で、小さな子どもが泣き出した。絞った雑巾から滲み出る汚水のような泣き声が、夏月の耳にも届く。

「あー、莉々亜ちゃ～ん」

りりあ。

サルのような生命体に付けられた名前を、夏月は、口の中だけで発音してみる。

「お腹空いちゃったかな？　あーあーあー」

亜依子は特に焦る様子もなく、赤子が首から垂らしているおしゃぶりをその口にはめ込む。

「ちなみに上の子はほれ、今かおるの家で遊ばせてもらっとるんよ。覚えてる？　渡辺(わたなべ)かおる」

「今は門脇(かどわき)じゃけどな」

　そうなんだ、とわざとらしく反応しながら、夏月は、どうでもいいな、と思う。門脇という名字の男子生徒の顔を思い出そうとするが、すぐに諦める。どうせそこも同級生同士で結婚したのだろう。

「上は男の子でもう小一なんじゃけど、どっか遊びに行ってもらってると楽で楽で。今のうちに買い物行っとけって感じ」

　でも次はうちに呼ぶ番かー、という亜依子の話しぶりからすると、門脇家にも西山家の長男と同じくらいの子どもがいるみたいだ。同級生同士の夫婦の子どもが、同級生。そんなサイクルの中で生まれた命たちは、結局、駅直結巨大ショッピングモールの中をまたぐるぐると巡る。

「ていうか、桐生、相変わらず美人じゃな。ほっせえまま」

　突然、修の視線が全身をさっと撫でたのがわかった。その視線には、たとえば海水浴から上がったままの体で人の車に乗り込むような無遠慮さがあり、そういう行為を丸ごと許されてきた人の堂々たる振る舞いに、夏月は悪い意味でうっとりした。

「なあー、こっちは二人産んでもうダメダメじゃ」

　そう笑う亜依子の視線が一瞬、夏月の胸元に落ちる。

「桐生さん、旧姓のまま仕事しとるの？」

カマをかけられていることはすぐにわかった。「ううん、別にそういうわけじゃないよ」と答えると、亜依子の表情からふっと力が抜けた。

「あ、そうだそうだ、その大同窓会の話せんと」

もー仕事中足止めして迷惑だよ、と、亜依子が修の腰のあたりをつんと突く。

「そうじゃなあ、でもここで説明すっと長ごなるから」修はそこで、ジーパンのポケットから携帯を取り出す。「とりあえず連絡先教えてもらえんか？ ラインやっとる？」

仕事中だから携帯なくて、と言ってみるが、当然、「そーなん。ほんなら番号教えて」と修は食い下がる。こうなってしまったら、断るほうが不自然だ。観念した夏月は、口頭で番号を伝えることにする。

最後の一桁、嘘ついちゃおうか――そんな魔が差した瞬間だった。

「そういえば、佐々木の連絡先って知っとる？」

と、修に尋ねられた。

「佐々木？」

聞き返しながら、夏月の頭の中には、たった一人の人物が間違いなく思い出されていた。

「三年の途中で転校した佐々木佳道。今、桐生さんと佐々木だけ連絡取れてなくて」

佐々木佳道。その名前が持つ響きは、この巨大ショッピングモールから、夏月の肉体だけを炙り出す魔法の呪文のようだった。

「桐生さん、佐々木と仲良くなかったっけ？」

「え？ そんなイメージ全然ないんじゃけど」

うける、と亜依子が笑う。ベビーカーの中の子どもが、おしゃぶりを口から離して、また泣き出す。

「わしの記憶違いかなー。なんか、佐々木が転校する直前」

小さな動物の鳴き声の間を縫って、修の声が届いてしまう。

「お前ら二人で、校舎の裏の水飲み場におるとこ見た気がするんじゃけど」

「ごめん」

莉々亜〜、と、亜依子がその場にしゃがみ込む。

「私もう、仕事に戻らないと」

莉々亜の口から垂れる涎が、あのとき降りかかった水飛沫（みずしぶき）のように、鈍く光る。


例えば動画を観ている途中、携帯の上部に新規メッセージ受信のお知らせが表示されると、まるで、自分が今観ていた動画をメッセージの差出人に覗かれたような気持ちになる。いつも通り自室で一人、めぼしいチャンネルを巡回していたときだったので、夏月はなんとなく後ろめたい思いを抱えながらYouTubeアプリを閉じた。

【穂波辰郎（たつろう）・桂真央（まお）結婚式&二次会兼大同窓会のお知らせ】

早速届いた修からのメッセージは、亜依子がまとめただろう部分と修が書いただろう部分がはっきり分かるような出来だった。修の文章の読みづらさに目を細めながら、夏月は、知性を必要とする瞬間がなくとも人の親には成れるのだという当たり前の事実を咀嚼する。数時間前に相対した男には、昔と変わらず、自分が様々なものに成ることに対して疑いなく在れる人間特有の輝きがどっしりと宿っていた。

夏月はベッドにうつ伏せになったまま、修から届いた情報を自分なりに整理する。穂波辰郎と桂真央が挙式をする。その二次会を、南中の大同窓会のようにしたい。簡単に言うとそういう連絡だったが、穂波辰郎のことを思い出すうち、どうしてこんな計画が立てられたのか、やっと理解が進んでいった。穂波辰郎の父親は、夏月たちが三年生のときの担任でもあったのだ。

穂波先生と辰郎が親子だということは当時から面白がられていて、どちらも常にどこか居心地が悪そうだった。だが、二クラスしかない小さな中学校だったため、どこかでこの親子が担任と生徒という関係性を結ぶことは致し方ない運命であり、それが三年生のときに実現してしまったのだ。

そんな辰郎が、同じクラスにいた桂真央と結婚するという。それだけならば特段珍しいことではない。今回、式の二次会が二次会兼大同窓会と銘打たれているのは、穂波辰郎と桂真央が今、南中で教師をしているからだ。つまり辰郎と穂波先生は、今や同僚なのだ。

そうなると、式の列席者は南中の関係者ばかりということになり、だったら二次会を大同窓会のようにしてしまおうという案が出たという。

相変わらず、ぐるぐる回っている。夏月は、あまりに滞りのない命のサイクルに、歌でも歌いたいような気持ちになる。巨大ショッピングモールの中を、小さな教室の中を、正しい命たちはぐるぐると回り続ける。

夏月は、久しぶりに見た修の姿を思い出す。こういう催しが開催されることはみんなにとって喜ばしいことであると信じている、あの動物的な真っ直ぐさ。いかにも修が仕切り役を買って出そうな催し、というか、修くらいしか仕切り役を買って出なそうな話だ。

ただ。

——佐々木が転校する直前。

夏月の脳裏に、修の声が蘇る。

——二人で、校舎の裏の水飲み場におるとこ見た気がするんじゃけど。

野性の勘で生きているような奴ほど、自然界に潜む不自然な瞬間に敏い。

夏月はメールの画面を閉じ、先ほど閉じたYouTubeのアプリをタップする。アプリの画面は、ついさっきまで巡回していためぼしいチャンネルのままだ。

三人の学生が、小さな画面に映し出されている。

動画投稿を始めたばかりなのだろう、照明も音声も整えられていない世界の中で、男子大学生三人が何か話している。人気者になりたい気持ちだけを両手いっぱいに抱えているけれど、登録者も再生回数も増えなければ面白い企画のアイディアを発明できるわけでもない、ただの一般人。そんな状況にいる投稿者は、動画へのリアクションをとにかく喜ぶ。コメントがつけばすぐに反応するし、その内容が動画へのリクエストなんかであれば、「視聴者さんからのリクエストです」などと覚えたばかりの単語をこれ見よがしに掲げながらすぐに飛びつく。

その内容が、真っ当な大人の目から見れば、眉を顰めてしまうようなものであっても。

夏月は、画面をスクロールする。大学生たちが映った画面は上部に固定されたまま、コメントが表示されるようになる。

SATORU FUJIWARA。

また、いる。夏月は、コメント欄に現れたとある名前を見つめる。めぼしいチャンネルを巡回しているとき、必ずと言っていいほど既にそこにいる人。

コメント欄でこの名前を見つけるたび、夏月は、『耳をすませば』の天沢聖司を思い出す。内実はあの物語の甘酸っぱさと似ても似つかないけれど、そう思うことでこの現象が表すおぞましさが軽減されるような気がするのだ。

サトルフジワラ。

夏月が毎日こっそりと巡回している、めぼしいYouTubeチャンネルたち。そのコメント欄でよく見る、とある名前。その文字列を見つけるたび、夏月の頭の中にはいつも、一人の人物が思い浮かんでいた。

――三年の途中で転校した佐々木佳道。今、桐生さんと佐々木だけ連絡取れてなくて。

夏月はアプリを閉じ、検索画面を立ち上げる。佐々木佳道、と打ち込んでみる。

一般人なのだから、大した情報は出てこないだろう。学生時代に何かの大会などに入賞していれば、それが引っかかるくらいだろうか――期待しすぎないよう自分を抑えながら、夏月は検索結果を待つ。

切り替わった画面のトップには、とある大手食品会社の採用サイトが表示された。

営業部、商品開発課、佐々木佳道。内容紹介の文面の中には、確かに、その名前がある。

夏月は、そっと指先を伸ばす。

その名前に触れる。

切り替わった画面に、顔写真が表示される。

佐々木君だ。

そう思った途端、夏月の視界いっぱいに、水飛沫が飛び散る。

中学三年生のあの日、佐々木と二人で浴びた冷たい水飛沫。

顔立ちはもちろん、あのころそのままというわけではない。だけど面影はしっかり残っている。西山修のようにわかりやすく目立っていたわけでも、穂波辰郎のように学力で頭角を現していたわけでもなかったが、彼を嫌っている人はいなかったと記憶している。なぜなら、彼は、誰とも一定の距離を取っていたから。

自分みたいに。

夏月は、顔写真の下に記載されているプロフィールに目を通す。二人で一緒に水飛沫を浴びたその後の人生が簡単にまとめられている。転校後はどうやら神奈川に住んでいたらしい。そして都内の大学に通い卒業後に就職という、何の変哲もない道程だ。

夏月の目に留まったのは、インタビューの一問目だった。

【Q．この会社に就職を決めた理由は？】

——何で転職したん？

今日の昼間、亜依子にそう尋ねられた。両親も、もともとの職場の同僚も、夏月に寝具店への転職の理由を訊いてきた。そのたび適当に躱していたけれど、夏月は心の中で、毎度こう唱えていた。

睡眠欲は私を裏切らないから。

【A．端的に言うと、食欲は人間を裏切らないから、です】

――神戸八重子　　２０１９年５月１日まで、３９５日

いつもならば、食欲を満たしたあとは巨大な睡眠欲に襲われる。だけど今日は、昼食後すぐだというのに頭がはっきりと冴えている。

「よろしくお願いします」

そう頭を下げる大也の胸板には、Ｔシャツの青い生地が汗を接着剤として張り付いている。つい先ほどまで練習していたのだろう、『スペード』の二人は、八重子たち実行委員のメンバーに比べて随分と薄着なのに、体温はずっと高そうに見える。

「こちらは、事前に送っていただいた資料と同じものですか？」

『スペード』の代表者として現れた女性が、紗矢の差し出した資料を指す。

「そうです。メールで送信したものと同じです」

「ありがとうございます」

女性のほうは資料に事前に目を通していたのか、顔を前に向けた。渉外担当として現れた大也は、無言で視線を資料に落としている。

いつも被ってる帽子だ。

八重子は、こちらを向いているキャップの頂点を目の前にして、そう思う。

「桑原さんが、今年の実行委員の代表なんですね」

「そうなんです。よろしくお願いします」

桑原紗矢は笑顔を作ると、両隣にいるよし香、八重子にそれぞれ視線を送った。

「この二人がダイバーシティフェスの発案者です。まだ二年生なんですけど、今年は彼女たちが運営の中心メンバーとなって、新たな八景祭を構築していく予定です」

よし香が頬を紅潮させながら、「よろしくお願いいたします」と頭を下げる。八重子は、自分もそうすべきだということは頭ではわかっていたが、大也を間近で見ていられる時間を一秒でも明け渡したくないという気持ちが勝ってしまった。

まさか、『スペード』の渉外担当だったなんて。昨日も一昨日も各SNSを巡回して新たな供給がないか探っていた相手が、こうして打ち合わせの場に現れるなんて。

「ダイバーシティフェス、すっごくいいと思います」

『スペード』の代表——高見優芽（たかみゆめ）と名乗った女性は、とても聞き取りやすい速度で話す。

「ミスコンとかミスターコンとか、私も正直うんざりだったんですよね。もう平成も終わるのに学祭の目玉企画があれでいいのかって思ってたので、こういうアップデート、大賛成です。しかもそこに『スペード』が参加できるなんて」

学祭実行委員と同じく、『スペード』でも女性が代表を務めるのは久しぶりのことらしい。紗矢と同じく新三年生だということもあり、二人からはどこか似たような雰囲気が感じ取れる。内面の自信が外見の美しさに寄与しているのか、外見が美しいから内面にも自信が満ちるのか、どちらにせよ、同性にも異性にも好かれ信頼を得られるタイプの人間だ。

自分とは違う星の人たち。と思ったところで、八重子は、必要以上に卑屈になりそうな自分を律する。

「まあ、こんなこと言いつつ、隣にいる諸橋は去年ミスターコン出てるんですけどね」

「無理やり出させられただけです」

水を向けられた大也が、パッと顔を上げる。どの写真でも被っている黒いキャップ、ところどころに汗が滲んでいるオーバーサイズの青いTシャツ。写真で見るよりもずっとがっしりしている肩幅、低い声が通りすぎていく喉仏、頂点が高い鼻のライン。

八重子は、きゅっと、太ももに力を込める。

「その節はお世話になりました」わざとらしく紗矢が頭を下げると、大也もバツが悪そうに会釈をした。大也が去年のミスターコンで準グランプリを獲得したのは、今では『スペード』の中で笑い話になっているようだ。

新年度が始まる四月一日、授業は休みだというのに、新歓準備の時期だからか大学内はとても賑わっている。学内にある打ち合わせルームの利用予約はすぐに埋まってしまい、結局五人で使用するとかなり狭く感じられる部屋しか押さえることができなかった。

学祭の企画案を募集すると宣言した紗矢のもとには、実に様々な案が提出されたという。その中で紗矢のお眼鏡にかなったのが、八重子とよし香による『ダイバーシティフェス』だったのだ。紗矢をして「こういう企画を待ってたの」と言わしめた二人は、企画局の二年生という立場からすると異例ではあるものの、この一年、紗矢の右腕として企画の運営に携わることになった。

他の同級生や上級生の目線は気になった。というより、ブスの僻みでミスコンが潰された、という陰口のようなものは、八重子の耳にもうっすらと届いていた。そのたび足元が抜け落ちるような気持ちになったが、紗矢が「絶対に、学祭全体が目指すビジョンに共感できる人が実務を担当したほうがいいから」と何度も説得してくれたおかげで、なんとか今、ここにいる。

紗矢は、四月一日という正式に新しい代として動き出すまさにそのタイミングで、絶対に押さえておきたい人たちには即、声を掛けるべきだと主張した。さすがに早すぎるのでは、依頼された人もこの時期に十一月の予定なんてわからないのではと八重子は若干及び腰だったが、紗矢は「絶対にあなたに出て欲しいんだ！　っていう思いを表す要素は一つでも多いほうがいい。先方には、これからも別の団体から日程が被る依頼とかがあるかもしれないけど、そういうとき八景祭は四月のタイミングでオファーしてくれてたなって思うかもしれない」と繰り返した。話し合った結果、ドラマ『おじさんだって恋したい』のプロデューサーが所属するテレビ局に企画書を送ること、『スペード』の担当者に会うこと、この二つは四月一日に行うことに決まった。

「それで」

優芽が、ペットボトルの水を一口飲む。

「企画書には、『おじ恋』の平野プロデューサーにも声を掛けてるって書いてあったと思うんですけど、それ、本当なんですか」

「詳しく読んでいただきありがとうございます」紗矢が笑顔で返す。「今日の午前中に先方に企画書をお送りした段階なので、まだどうなるか全然わからないんですけど、声は掛けさせていただいている状態です」

我々の組織も四月から正式に代が替わり、新しい大学像を学祭を通して伝えていきたいと思っております。そんな思いもあり、ぜひ、ドラマの世界で新時代を牽引している平野プロデューサーにご登壇いただけたらと切望しております――『おじ恋』のプロデューサーに送信した企画書は、身内から見てもかなり気合の入った代物だった。こちらの事情を伝えたところで困るだけなのではないかと八重子は思ったが、そこまで書くから伝わることもある、と、紗矢は譲らなかった。

紗矢と話していると、自分がいかに世界に対して遠慮がちかということを思い知る。こんなことしたら迷惑かもしれない、相手が困るかもしれない、眉を顰められるかもしれない。どんな行動を起こすにしてもまずそう考えてしまう自分が我ながら鬱陶しい。

「もしかして、『おじ恋』観てた人ですか?」

よし香の問いかけに、優芽は「あ、実は大ファンで」と破顔する。

「いやーあのプロデューサーに声掛けるなんてセンスいいなって思ってたんですよ。あれこそ時代のアップデートを感じますもんね。講演来てくれるといいですね、裏話とか聞いてみたいし、もしかしたら次のシリーズの話とかも」

「すみません」

低い声が、割って入ってきた。

「この、『スペード』の自主公演を観に来てくださっていた方っていうのは、どちらなんでしょうか」

大也が、資料を指している。『おじ恋』の話で盛り上がりかけていた空気が、元の温度に戻る。

「あ、そうですね」

本題本題、と、紗矢が少しバツが悪そうに、「彼女です。それで今回オファーさせていただいたんです。ね」と、八重子に話を振る。

今回『スペード』にオファーをしたのは、スタッフのうちの一人が昨夏の公演を観ていたことがきっかけです——『スペード』宛に送っていた資料には、そんな文章を忍び込ませていた。

「去年の夏の逗子文化ホール、観に行きました」

ぼうっとしたまま話し始めてしまった。八重子は、口を動かしながら、その内容を実のあるものにシフトしていく。

その公演を観に行っていたのは、今思えば幸運な偶然だった。よし香とは別の友人が当時付き合っていた相手が『スペード』に所属しており、一緒に観に行こうと誘われたのだ。そのときの八重子は、隣に座る友人と舞台上に代わる代わる現れる旺盛な人たちを見比べながら、あの中の誰かと恋愛感情で結ばれるなんてことは自分の人生には絶対訪れないだろうと思っていた。

「そのとき観たステージがすっごく印象に残っているんです。何ていうか、ダンスって本当に、言語とか性別とか色んなものを超えて届くものなんだなって改めて感じました。なので、今回是非出演していただけたら嬉しいなと思いまして」

八重子は依頼するために捏造した文章を語りながら、優芽と大也、どちらにも平等に視線を送る。「そうですか」と表情をころころ変えながら頷いてくれる優芽とは対照的に、大也は、その端整な顔立ちを特に波打たせることなく、真っ直ぐに話者を見つめている。

やっぱり、怖くない。

八重子は考える。どうしてなのだろう。この人も、自分が最も怖く感じる種類の人間のはずなのに。

「確かに、多様性とダンスを繋げるって、いい着眼点かも」

優芽が話し始めてくれたので、八重子が大也から目を逸らしたことが自然な流れとなった。「本当ですか」と相槌を打ちながら、八重子はほっと胸を撫でおろす。

「たとえば、今人気のジャンルにワックっていうのがあるんですけど」

ご存じですかと訊かれたところで、実行委員側は三人とも首を横に振るしかない。

「もともと七〇年代のゲイカルチャーから生まれたダンスって言われてるんです。ゲイのダンサーたちが、当時のスター女優の写真とかを真似てバンバンポーズを取っていくっていうパフォーマンス。そこから、両腕を鞭みたいに振り回したり、その中でポージングをしたりっていう今のスタイルに変わっていったんです」

「へえ、今そういうダンスが人気なんですね。確かに『おじ恋』ブームに繋がる話かも」

紗矢が純粋に感心する。

「ワックって、男性の身体のラインがとてもきれいに出るダンスというか、とにかくしなやかでダイナミックですっごくかっこいいんですね。でも、そのジャンルを、差別的に別の呼び方で言う人もいたりしたらしくて……今ではそんなこと全然ないんですけど」

「そんなこともあったんですか」と、紗矢。

「私は普段ヒップホップをやってるんですけど、それも元々は黒人の文化から生まれたものですし、とにかくダンスって、文化を背負ってるんですよ、本当に色んな」

優芽の口調に熱がこもる。紗矢の頷きも、どんどん大きくなっていく。

「私、最近はブレイクダンスも練習してるんです。ヒップホップってもともと、ラップ、ブレイクダンス、グラフィティっていう三つの要素で構成されてる文化で、じゃあブレイクダンスを勉強したらもっとヒップホップのことがわかるんじゃないかって」

「へえ、かっこいい！」馴染みのない単語の連なりに理解することを少々諦めていたため、八重子は、紗矢のどんな話題にも対応できる能力にほとほと感心する。「ブレイクダンスって、あの頭でぐるぐる回ったりするやつですよね？　女の人でもできるんですか？」

「そういう反応になりますよね」

優芽が、ふっと眉の角度を下げる。

「女でダンスやってるっていうと、露出度の高い衣装でセクシーに動くみたいな姿を想像されることが多いんですけど、それだけじゃないって気持ちが私の中にもあるんですよね。そういうことも含めて、多様性とダンスって、すごく親和性があると思います」

責められたわけではないが、無理解を指摘されたような雰囲気が流れる。そんな変化を察したのか、優芽は「ダンスって」と、声色をワントーン上げて続けた。

「時代とか、色んな国の文化から生まれたものだから、勉強すればするほど多様性の尊重につながる要素が見つかると思います。折角なら、ただショーを披露するだけじゃなくて、企画のコンセプトに沿うような構成にしてもいいかも」

「そんなことできるんですか？」

八重子はそう尋ねながら、ちらりと大也を見る。さっきから、彼は静かだ。

「たとえば大也は普段、ポップっていうジャンルをやってるんですけど」紗矢が一瞬、大也のほうに顔を向ける。「筋肉を弾かせる動きの多いダンスなので、わりと男っぽいステージングになりがちなんですよ。たとえばそういうメンバーがワックをやるとか、もっと別の、女性的な文化を背景に持つジャンルを踊るとか……そのうえでパンフレットにちゃんと解説を載せたりしたら、あんまりダンスのこと詳しくない人たちも新しい視点で楽しめるんじゃないかなって」

「それすごく面白そう」紗矢が身を乗り出す。「そういう観点でダンスを見たことない人多いと思いますし、きっと踊る側にも色んな発見が」

「意味ないですよ」

この空間を丸ごと包んでいた大きな風船が破裂したようだった。

「そんなコンセプトに沿って無理やり別のジャンル踊ったって、意味ないです。そんなの、文化の背景だけを利用した、むしろ狡いやり方だと思います。自分が踊りたいダンスをするからいいんじゃないですか」

大也の声の低さが、彼がこの空間にいる唯一の男であるという事実を引き立たせる。しばらく女の声域内の声だけが飛び交っていたので、男の低音はそれだけで目立った。

「企画に沿うために特にやりたくないジャンル踊らされるのって、それこそダイバーシティ？　じゃないと思いますけどね」

もっと広い打ち合わせルームを予約できればよかった。八重子は、どこか冷静にそう思った。狭い空間だと、ほんの少しの気まずさに、全てが負ける。

発案者として空気を変えたい。でもどうすれば——同じく動揺が隠し切れていないよし香と目が合ったとき、「あれだ」という、予想外に明るい声が聞こえた。

「最近、変なリクエストばっかり来るからだ。だからそんな、別のジャンルを要求されることに敏感なんでしょ」

「変なリクエスト？」

半笑いの優芽に、紗矢が訊き返す。「いや、なんか」優芽が、ふう、と自分を落ち着かせるように胸に手を当てる。

「少し前くらいから、サークルでやってるSNSに、コメントっていうかリクエストっていうか、そういうのが届くようになってて」

八重子は、どんと一回、心臓が大きく跳ねた気がした。

「こんな写真が見たいですとかこういう曲を踊ってるところが見たいですとか、まあそういう感じのかわいい内容なんですけど。なんていうか、捨てアカだし、そうとは書いてないんですけど、多分大也のファンなんですよ」

「だから、そんなことないですって」

思わず下に向けた顔面が、いつもの一億倍重い。八重子は、「へえー、さすが準ミスターじゃないですかあ」とからかう紗矢の声を、つむじで受け取る。

「大也が映ってる投稿だけいいねコンプリートしてるんですよ、その人。もっと色んな姿を見たいって思ってることがバレバレ。私たち天沢聖司って呼んでて」

「天沢聖司？」と、紗矢。こちらも、もう声が笑っている。

「ほら、『耳をすませば』の、わかります？　あんな感じで、大也が映りこんでる写真はもうその人がすでにチェックしてる、みたいな」

自然に会話に入らなければならないことはわかっている。別の話題を差し出したい気持ちだけが膨らんでいる。だけど、体が動かない。

「あれ？」

よし香の声。

が、こちらに向けられる予感がある。

やめて。

気づかないで。

何も言わないで。

「『おじ恋』のプロデューサーから、返信来てる」

話題が変わった。そう理解した途端、金縛りが解けたみたいに、体が動くようになる。

顔を上げると、大也以外の視線が、ノートパソコンの画面を覗くよし香に集まっていた。

「えっと、まだOKともNGとも言えないけど、丁寧な企画書に感動しましたって」

よし香が興奮した様子で紗矢に報告するが、紗矢は「それは、あとで教えてくれればいいから。すみません」と、冷静だ。

「すごいじゃないですか！　やっぱデキる人って返事早いんだ」

落ち着いている紗矢とは裏腹に、優芽が「メール見たいなー」とおねだりする。紗矢の顔色を窺いながら、よし香はみんなが画面を見られるよう、ノートパソコンを動かした。

大也以外の上半身が、ひとつの画面に引き寄せられる。

「すごーい！」

文章を確認した優芽が、ぱちぱちと拍手をする。

「もしOKしてくれたら、八景祭、ほんとに変わるかもですね。ダイバーシティフェス、すごい話題になりそう」

喜ぶ優芽に微笑みかけながら、八重子は、さっきよりも物理的に近づいた大也のそばで、すっと鼻息を吸い込んだ。

——寺井啓喜

2019年5月1日まで、365日

「それで話題になるとは思えないんですけど……そういうもんなんですか？」

「俺もお前と同意見だ」

啓喜がそう言うと、越川は「息子さんもきっとお考えがあってのことだとは思いますけど」と、真面目な顔で呟く。越川のいつだって真っ直ぐな性格は、仕事上の相棒として動いてくれているときは有難いものの、昼休憩を共にする相手となると少々堅苦しい。ただ、この男くらい口が堅くないと息子の話をしづらいのも事実だ。

横浜地検の刑事部に所属したタイミングでペアになった越川秀己は、大卒で検察事務官になったことを未だに見下してくる上官に出会ったとて全く気にしない逞しさがある。まだ三十代前半という若さだが、旧態依然とした体質から脱却しきれない検察の世界に問題なく馴染めるのは大学で体育会の剣道部に所属していたからだそうだ。当時に比べれば今の理不尽さなんて、等と話す姿を見ていると、これまでどんな目に遭ってきたのだろうと心配になる。

「ちなみに、息子さんはどういうジャンルの動画を投稿されてるんですか」

「何て言ってたかな、エンタメ系？　何でもやる系、みたいなことを言ってたような」

〝らいおんキッズ〟の活動で出会った富吉彰良と仲良くなってから、泰希の表情は明らかに変わった。お互いの家が徒歩圏内にあることがわかってからは頻繁に行き来するようになったらしく、泰希も彰良も久しぶりにできた友達という存在に浮かれているのがよくわかった。由美が、奈々江という、不登校の息子に関する話をし合える仲間と出会えたことも大きい。ただ啓喜としては、人の意見にすぐ同調しがちな奈々江と由美が距離を詰めすぎないか少し心配だった。

結局泰希は、啓喜に相談することなくYouTubeのチャンネルを開設した。チャンネル名は、彰良と話し合い、【元号が変わるまであと○日チャンネル】に決めたらしい。開設日から毎日、○日のところに、元号が変わるまでの日数を入力してカウントダウンしていくのだという。どうしてそんな七面倒くさいことを、という気持ちが表情に出ていたのか、由美がすかさず「普通のチャンネル名だと注目してもらえないと思ったんだって」と説明してくれた。啓喜は適当に頷きつつ、もともと知名度も何もない素人がそんなことをしたところで何の意味もないだろうと感じた。そんなことも予想できない想像力をかわいらしく思えるほど、啓喜は息子の現状を温かい目で見ていなかった。

早くうまくいかないことに気付いて、学校に通う人生に戻ってほしい。そう思うのも親心のはずだ。

「動画の編集とかも、息子さんが自分でやってるんですか？」

「あー、どうなんだろうな。俺もそのへんあんまりよくわかってないんだけど」

由美に一度だけ、二人の動画を観せられたことがある。内容は、サングラスをかけた二人が、チャンネルを開設したこととチャンネル名の由来について話しているというものだった。背景は彰良の家の中だろうか、二人とも、定点カメラに向かって身振り手振りを加えながら精いっぱい話していた。家の居住地がわかるような映像は撮らない、完全に顔を出すことはしない等、誰に聞いたのか、個人情報が流出しすぎることのないよう、一応は留意されていた。

二人は甲高い声で同じような主張を繰り返していた。『このチャンネル名には、時代のアップデートへの期待が込められています！』『僕たちは今、学校に通っていません！だけどそれは本当によくないことなんでしょうか？』『子どもは全員学校に通うべき？そんな考えはもう古い！』『チャンネル名では元号が変わるまでの日数をカウントダウンしていきます！』『数字が0になるころにはきっと、常識とかも変わっているんだと思います！』

子どものやりたいようにやらせてあげたい。子どもの考えを否定したくない。啓喜ももちろんそう思っている。でも同時に、子どもの過ちを指摘するのも親の役目のはずだとも思っている。

「あの」

啓喜がコーヒーに口をつけたタイミングで、越川が「蛇口の事件なんですけど」と、ファイルから用紙を取り出した。

越川の言う蛇口の事件とは、ちょうど今日の午前中に勾留延長請求をした案件だ。二人組の男が全国の公共施設の蛇口を盗んで回っており、横浜市の公園で捕まった。二人とも黙秘を貫いているが、転売目的の金属盗難であることは明らかだった。二人揃って何も話さないのは、バックに金属転売を仕切る大きな組織があるからだろう。もし逮捕されたときのために、事前に、黙秘を貫くことを打ち合わせていたと考えられる。

「取調べの方針としては金属転売で進めていますが、管轄外のものも含めて過去の類似事件を調べてみたんです。そしたら、こういうケースが出てきまして」

いつの間にか啓喜の隣に立っていた越川が、新聞記事のコピーを差し出してくる。啓喜は眼鏡をずらし、用紙を少し遠ざける。隅には、２００４年６月23日、と手書きで日付が書かれている。

警察施設に侵入し、水を出しっぱなしにして蛇口を盗んだとして、岡山県警○×署は22日、同県○×市の西部日本新聞配達員、藤原悟(ふじわらさとる)容疑者（45）を窃盗と建造物侵入容疑で逮捕した。

現場と隣接する同県○×市で4月から5月上旬にかけて、公園や住宅、公民館の屋外に設置された水道の蛇口が盗まれ、水が出しっぱなしになる事件が数件発生しており、同署が関連を調べている。

調べによると、藤原容疑者は4月11～18日の間に、同県○×市の○×市警察部機動警察隊古波瀬(こばせ)分駐所の事務所窓ガラスを割って侵入し、浴室の水道を開けた状態にしたうえで、蛇口（時価５００円相当）を取り外して盗んだ疑い。分駐所は普段は人がおらず、窓ガラスが割れているのを発見した一般市民が通報。同署員が浴室内を確認したところ、浴槽の水道から激しく水が噴き出していたという。

藤原容疑者は「水を出しっぱなしにするのがうれしかった」と供述している。

「これってつまり、蛇口そのものというよりは水を噴出させることが目的だったっていうことですよね」

　啓喜が記事を読み終わるより早く、越川が話し出す。

「最後、うれしかったっていう表現になってますけど、これって多分、もっとこう、興奮するというか、そういう意味だと思うんです」

　ここで越川が、「調べてみたんですけど」と、さらに別の用紙を差し出してくる。

「世の中には、小児性愛どころじゃない異常性癖の人って沢山いるみたいなんです。たとえば風船を割ることに興奮する人とか、そういう感じの。今回の被疑者ももしかしたら、蛇口を盗むことが目的じゃないのかもしれません」

　啓喜は新たな用紙を受け取りはするものの、そちらには目を通さない。

「今回の事件で被疑者二人が揃って黙秘してるのも、もしかしたら金属盗難じゃなくて性的に興奮することが理由だからってことは」

「ない」

　啓喜は弁当箱の蓋を閉めると、受け取った用紙をすべて裏返す。

「こんな特殊な例、どこから持ち出してきたんだ。そもそもこの記事の男だって、転売を隠すために嘘の供述をしている可能性が高い」

「でも」

「それに」啓喜は声のボリュームを上げる。「たとえそういう理由だったとしても、どの事件の被疑者も公共物を窃盗したという事実は変わらない。俺たちの仕事は被疑事実に当てはまる罪名を正しく見極めることだ。検事に意見をして目立ちたい気持ちは分かるが」

　啓喜の言葉に、越川の眉がピクリと動く。

「事件はお前の功績のために存在してるわけじゃない」

すぐそばにある越川の筋肉質な肉体が、安いスーツの中で、ぐ、と膨張した気がした。だけどそれを表に出すほど越川は幼くない。「わかりました」と大人しく自分の席に戻っていく。

執務室は広くはない。だから、その中にいる二人の関係性が悪くなると、全体の空気が一気に澱む。

任官して間もなく、越川とは一緒に酒を飲んだことがある。そのとき啓喜は、いずれは試験を受けて副検事、特任検事になることが目標だと語っていた越川を眺めながら、その健気さを不憫に思った。悪くいえば古臭い、良くいえば鉄壁の秩序を誇る検察庁は、司法修習生考試に合格するという通常ルートから逸れた人間に対して、おそらくそこまで優しくない。検察事務官から試験に合格して特任検事になったところで、大した仕事は回ってこないだろう。今思えば、アルコールと夢見る未来に頰を赤らめていた青年の姿は、動画の中の泰希と重なるところがあった。

夜遅く帰宅すると、リビングのソファに由美が腰かけていた。そして、「あなた、これ膨らませられる？」と、まだ鞄を持ったままの啓喜に青い物体を掲げた。

「何だよこれ」

リビングには、泰希がまだ学校に通っていたころに買い揃えた玩具のバットやグローブ、縄跳びなどが散らばっている。

「動画の撮影に使うんだって。昔使ってた遊び道具全部明日までに出しといてーって。企画に必要なんだって張り切ってた」

「はあ」

疲れていたこともあり、啓喜は一度、帰宅したままの姿でソファに腰を下ろす。あれから、午後もずっと、越川との間には若干の緊張感があった。単純な男なので明日になれば元通りになっているだろうが、いつもより精神は削られた。

「今日は風船を使った動画撮るつもりだったんだけど、肺活量が足りないのかな、彰良君も泰希も膨らませられなかったみたいで。あなたできる？」

由美が掲げていた青い物体は、膨らむ前の風船だったらしい。これを膨らませられないってどれだけ非力なんだと思ったが、確かに口で風船を膨らませるときは想像よりもパワーが必要だった気がする。

「なんか、視聴者からコメント欄にリクエストが来てたみたいよ。風船早割り対決してください、みたいな。それの何が面白いのか私もよくわかんないけど」

撮影、企画、視聴者、リクエスト。ゆでたまごみたいにつるんとした顔をしている泰希がそんな一丁前な単語を使っているのかと思うと、啓喜は全身がむず痒くなる。

「学校に戻れば、もっと楽しい遊びもいっぱいできるだろうに」

啓喜は風船を受け取ると、ソファに身体を預け、テレビ台に置いてある時計を見た。午後十一時を回っている。

「私もユーチューバーになってほしいと思ってるわけじゃないけど」由美がちらりと、啓喜の表情を窺う。「今までよりは明らかに毎日楽しそうだから、とりあえず安心してるよ」

由美がテレビを点けていないということは、泰希はもう寝ているのだろう。風呂を済ませたらしい由美は、眼鏡姿のすっぴんだ。

「ずっと部屋に引き籠られるより、今のほうがずっとマシ」

啓喜は、由美の髪の毛から漂うトリートメントの匂いを嗅ぎ取りながら、大きく広げた脚の付け根で、血液が渦巻き始めたのを感じた。

「泰希、ちょっと顔が引き締まったと思わない？　やっぱり今まで動かなすぎたんだと思うんだよね。ほんと、友達ができてよかったよ」

由美から受け取った風船を、啓喜は、ひとさし指と親指でつまんでみる。だらんとぶら下がっているその形から、事後のコンドームの口を結ぶ瞬間を思い出す。

「奈々江さんも前よりちょっと元気になったみたいでさ、やっぱり親同士も関わっていったほうがいいんだろうね」

絶え間なく話し続けるその姿から、由美が、泰希のいない啓喜との二人きりの空間に緊張していることが伝わってくる。啓喜は、股間の中心を取り巻く渦がその直径を大きくしていくのを感じながら、化粧品に一切装飾されていない、夜にしか見られない由美の瞳をじっと見つめる。

由美は昔から、挿入時に、なぜか涙を流す。「痛いとか嫌とかじゃないから。勝手に出てきちゃうだけ」そう言われたところで付き合いたてのころはどうしてもびっくりしていたが、すぐに見慣れた光景になった。啓喜はいつしか、由美に覆いかぶさり、腰を動かしながら、その丸い瞳が濡れていくのを見るのが好きになった。トンネルの遥か先にある光に近づいていくように、啓喜の動きに合わせて、由美の瞳が徐々に涙で満ちていく。いつしか、ついに一滴が流れ落ちるその瞬間、啓喜の興奮が最高潮に達するという仕組みが全身の神経に埋め込まれてしまった。

「風船、いけそう？」

——水を出しっぱなしにするのがうれしかった。

顔を上げた由美と目が合ったとき、啓喜の脳裏にはなぜか、昼間見た記事の最後の一文が蘇った。

——桐生夏月

２０１９年５月１日まで、３１１日

出しっぱなしだった水の音が止まった。

その瞬間、テレビから聞こえてくる音が一気に明確になる。画面に映っている人物を把握した途端、夏月の体の内側が靄のようなもので満ちる。

【はじめは、上司も真面目に取り合ってくれませんでした。おじさん同士の恋愛ドラマなんて誰が観るんだ、って】

リモコンを握っている父が一瞬、ちらりと夏月に視線を寄越す。変えたいなら変えてくれてもいいのに、父はわざとらしく、チャンネルはそのままでリモコンのほうを手放した。

変わるテレビドラマ『おじ恋』プロデューサーが語る

画面の右上にある文字は手書き風のタッチになっており、そういう演出にすら苛立ってしまう。夜のバラエティ番組が始まる前のニュース、その中にある少し長めの特集。

【そんなもの流行るわけない、スポンサーだってつかない……言われっぱなしでした。でも急遽新規のドラマ企画が必要な状況になって、しつこく提案し続けていた私の企画が実現できることになったんです。社内宣伝の大切さも学びましたね】

父がチャンネルを変えなかったテレビ画面の中には、首から社員証のようなものを下げた女性が映っている。確か、ここ数年ブームになっている、ゲイを主人公にしたドラマのプロデューサーだ。彼女のことをこんな風に認識したいわけでもないのに、最近やたらと色んなところで顔を見るので自然に覚えてしまった。

いま私は、社会に良い影響を与えている――そう信じて疑わない顔面の油分が、照明を浴びてびかびかと光っている。

父の視線がまた、遠慮がちに夏月まで届く。その視線から、父が今考えていることが伝わってくるようで、夏月はやっぱり外で夕食を摂ればよかったと思う。

母の作る鮭のホイル焼きは、少し、味が薄い。

【今でこそ『おじ恋』はヒットコンテンツになって、社内の人たちの見る目も変わりましたけど、それまでは本当に肩身が狭かったんです。変な企画を持ってくる奴っていう評判みたいなものが広がってしまって……このドラマシリーズのプロデューサーを務めたことによって、世の中にあるマイノリティへの偏見や差別を身近に感じるようになりました】

偏見、差別、という文字が、斜めに加工された状態で画面を横切っていく。【昨今のドラマ業界では、好きな人と両思いになり結婚という、これまで定石とされてきたようなハッピーエンドが減りつつある。平野プロデューサーはそう語ります】。より深刻に見えるように加工された差別、偏見、の文字が持つ雰囲気を、もったいぶった話し方のナレーシヨンがしつこいくらいに増幅させていく。

【『おじさんだって恋したい』のヒットによって、ＬＧＢＴＱだけでなく、色んな立場の人の物語が企画会議に出てくるようになりました。アセクシャル、パンセクシャル、ポリアモリー、あらゆる人たちの生きづらさに寄り添うドラマが生まれつつあります】

はいはい。夏月は思わず開きそうになる口に蓋をするべく、麦茶を一口飲む。

このような言説にはもう、苛立ちもしない。その程度の視野で持て囃される人がいるという現実を、ただ白々しく思うだけだ。

【むしろ、フィクションの世界とはいえこれまでが一面的すぎたんですよね。幸せの形にはもっともっと種類がある。そして、その人が決めた幸せには誰も口出しすることはできない。そういった価値観をドラマによって広げられるっていうのは、私自身、やりがいに繋がります】

やりがいとか言い出したよ。夏月は、笑いそうになる口元に、鮭と共に蒸された味噌風味のしめじを運ぶ。生きづらさに寄り添う等と献身的な姿勢をアピールした数秒後には、それが自分のやりがいに繋がると嬉々として語る。いかにも人間らしい動きを見せる唇は、オレンジ系のリップで美しく彩られている。

【折角テレビっていう、多くの人に同時に無料で訴えかけられるメディアで働いているからには、社会に良い影響を与えられるものをこれからも作っていきたいです。『おじ恋』には、ＬＧＢＴＱ当事者の方からもそうでない方からも、このドラマのおかげで生きやすくなったとか、多様性という言葉について考えるようになったとか、そういう、これまでの担当作では聞けなかったような感想が多く届くんです。これからも、観ている人が誰も

仲間外れにならないような、もっと自分に正直に生きてもいいんだと思えるようなドラマを作っていきたいです】

あくまで自分は導く側にいるのだという意識に、吐き気がする。

「もう平成も終わるんじゃなー」

台所から戻ってきた母が、椅子に腰を下ろすと同時に小鉢を置いた。小さな空間の中で肩を寄せ合っているプチトマトたちが、その艶めいた肌に透明の雫を滑らせる。

「昨日やってたドラマも、事実婚？　じゃっけ？　がテーマになっとったよ。名字変えたくないからって。私らのときは考えられんかったよねえ、お父さん」

父が手に取ったマヨネーズに「つけすぎんようにな」と注意を飛ばしつつ、母は、いかにもこの特集と目の前の娘に理解があるという声色で続ける。

「今は結婚して子ども産んでってだけが幸せじゃないもんね。ほんとに時代変わったわ。夏月、トマトいるか？」

ず、と、小鉢の底がテーブルと擦れる音がする。夏月は「ありがとう」と返しながらも、手を伸ばすことはしない。

だからチャンネルを変えてもらったほうがよかったんだ。奥歯の間に引っかかったしめじを舌で掬いながら、夏月は、独りぼっちのリモコンを見つめる。

「最近は映画でも、ＬＧＢＴっていうの？　流行っとるよね。今までのハッピーエンドばっかりのドラマは見飽きとったし、丁度ええわ」

台所での作業に区切りをつけた母が食卓に座るころには、父はほとんど食事を終えている。そんな、新しい価値観なんて微塵も入る隙のない時間の流れの中で生き続ける二人が、結婚どころか恋人がいた気配もない一人娘という存在を自分たちに納得させるべく考え方をどうにか更新しようとしている姿に触れると、居た堪れない気持ちになる。

テレビの中では、家庭を持った途端そのプロフィールを引っ提げてコメンテーターをやるようになったお笑い芸人たちが、【後輩にもこういう感じの人たち、すごく増えてます【時代は変わったなって思いますよね】などと、攻撃されることを意識するあまり結局どこにも届かない発言に終始している。

「この前観た外国の映画もそんなのがテーマじゃったなあ。な、お父さん、面白かったよなあ、映画館観に行ったやつ。お客さん若い人ばっかかで、あんたらの世代とかはこういうのがしっくりくるんじゃなと思ったわ。平成の次の世代っていうん？」

「そう」

夏月は相槌を打ちながら思う。両親との会話はいつだってこうだ。会話が成立していても、対話は成立していない。中心にあるたった一点をお互いに覆い隠しているから。【新しい価値観に対応していかないといけないですね】【本当にそうです】

〝対応していかないと〟。ため息が出る言い回しだ。

それに、両親やニュース番組のコメンテーターたちがやけに寛容な態度でいられるのは、自分たちにはもう本質的な変化は必要なく、ただ攻撃だけはされないよう受け流していればそのまま走り抜けられる段階にいることに自覚的だからだろう。

夏月は、沙保里のことを思い出す。

時代は変わったな、と、一向に思わせてくれない人のことを。

休憩中、沙保里に声を掛けられる頻度はますます増えている。それに伴って、繰り返される妊活の話の中で、本人からするとさりげなさを装っているらしい状態で夏月の現状を確認する回数も、増えている。余裕がないのだろう、その様子からは、後輩の脇元とせめて「どうやって生きてくつもりなんだろうねあの人」などと嘲笑わせてほしいという切迫感が伝わってくる。自分だけの〝ハッピーエンド〟を、なんて言われたって、特にこの世代の子どもを産めるほうの性別の人間には、結局決断の時が迫っているのだ。

沙保里の声を浴びるたび、先ほどのプロデューサーのような人がテレビに映るたび、夏月は、夕立や、学生時代の空気を思い出す。もう降られるしかない雨、狭い教室の中で聞くしかない声。生きている限り避けられない、迫ってくる世界そのもの。

食事を終えた父が席を立つ。母に味の感想や感謝を伝えるわけでもなければ、食器をシンクに持って行くこともしない。父は昔と変わらぬ価値観の中を生きていて、そんな自分を時代に合わせて変えようともしていない。それがこの人にとっては一番楽な状態なのだから当然なのかもしれないが、無理して変わろうとしている努力を見せつけられるよりは、その潔さが心地よかった。

ああ、そうだ。週間天気予報の画面に映る日付を観て、夏月はうんざりする。八月の結婚式兼大同窓会で流す動画を、今日中に送らなければならない。

参加者ひとりひとりが新郎新婦へのお祝いメッセージを撮影し、それを一つの動画に繋げて結婚式で流す。同窓会も兼ねている場なのだから、そういう映像があると話のタネになりやすいはず――幹事としてやけに張り切っている西山修は、そんな主旨のことをとても分かりづらい文章で連絡してきた。だけど夏月が気になったのは、お祝い動画に関する部分ではなかった。

【佐々木も来よるらしいし、全員分絶対揃えたいけん、絶対送れよー！】

修は確かに、そう書いていた。

佐々木佳道が、大同窓会に来る。

夏月は、口から鮭の骨を抜き出しながら、【佐々木君も来るの？】と尋ねたあとの修からの返事を思い出す。

【なんかはじめ断られたんじゃけど、桐生さん来るって言ったらやっぱ行くって。なんなんお前らできとん】

佐々木佳道が、大同窓会に来る。

SATORU FUJIWARAという名前を見るたびに思い出す、たった一人の人間が。来る。

夏月の喉に、取り除いたはずの鮭の骨がくいと刺さった。


一軒家の二階は、寒さも暑さもどちらも増幅させる。夜、自室に戻るたび、何にも整えられていないむき出しの気温に迎えられることで、夏月は季節の変化を実感する。

もうすぐ夏がやってきてくれる。夏月はいつも通り、携帯でYouTubeのアプリを立ち上げる。夏は待ち遠しいけれど、それは海や花火が好きなわけでもなければ、自分が生まれた季節だからでもない。むしろ八月中に誕生日を迎えられることに関しては、ハッピーバースデーと言われる機会が減るという点でありがたいと思っている。

夏を好きになったのは、大人になってからだ。もっと言えば、YouTubeに始まる動画共有サイトが普及してから。夏は、学生が夏休みに入る。そして、気温が高ければ高いほど、冷たい水を使う企画に対して、動画配信者たちが前向きになってくれる。

あとは寝るだけの状態に整えられた全身を、ベッドに横たえる。六月の夜は蒸し暑く、自然と冷房のリモコンに手が伸びる。

夏月は、動画共有サイトの検索窓をタップする。誰かに携帯を見られたり、アカウントの情報が流出したり、そのような万が一の事態に備えて、目を付けているチャンネルは沢山あれどチャンネル登録はしないように心掛けている。

一文字入力すると、予測変換の候補たちがすかさず手を挙げてくる。この、ユーザーの癖を記憶していることに胸を張っている感じが、いつでも腹立たしい。

世界的に有名な企業で働いているような賢い人が、後ろめたいことだからこそネットで検索している人も多いということを想像できないはずがない。それなのに、どうしてこんな機能をユーザー全員に適用させるのだろうか。それとも本当に、世の中の大多数の人が、自分が検索した情報が蓄積されることを喜ぶとでも思っているのだろうか。

おめでたいな。そう呟く夏月の頭の中に、西山修の顔が浮かぶ。自分のアイディアは、自分以外の人にとっても良き発明であると疑わないで生きてこられた人間の顔。

正しい命の循環の中を生きている人。

夏月が最近目を付けているのは、男子小学生二人が運営しているチャンネルだ。当初は『学校に通うんじゃなくて、好きなことで生きていく！』等と大仰なことを語っていた少年たちは、すぐに石を投げれば当たるようなくだらない企画にばかり興じるようになった。大局的な考えもなく目先のものに飛びつくその浅はかさが、いかにも動画配信者に憧れる若者という感じで微笑ましい。彼らは登録者も再生回数もとても少ないが、決して投稿を止めることはしない。結果が出なければすぐに投稿を止めてしまう他の小学生たちに比べればかなり粘り強いほうだが、それもきっと不登校ゆえ他に承認欲求を満たせる場がないからだろう。そう考えると、カウントダウン形式という一風変わったチャンネル名で世間の気を引こうとしている姿にも、いじらしさを感じる。

夏月がなぜ彼らに目を付けたかというと、視聴者からの反響を喉から手が出るほど欲していることが画面越しにも明確に伝わってくるからだ。動画へのリクエストなんてものがコメント欄にあれば、彼らは諸手を挙げて飛びつくだろう。

自室のベッドの上で目を付けているチャンネル群を巡回しているとき、夏月はひとり、森の奥にある未踏の湖へと進んでいる気持ちになる。この感覚が、夏月は好きだ。沙保里の大声やニュース番組での特集など、ただ生きているだけで勝手にこちらに迫ってくるものより、人目を忍んで世間を掻き分け突き進まないと辿り着けないものに触れていたい。

元号が変わるまであと〇日チャンネル。最近見つけた、自分だけの湖。

夏月は、逸る気持ちを抑えながら、最新の動画のタイトルをチェックする。

【リクエスト企画！　風船早割り対決！　※罰ゲームは電気あんま】

あ。

夏月は動画をとりあえず一時停止させると、コメント欄に直行する。予想した通り、今回の動画に対する感謝の言葉がいの一番に表示されている。

『リクエストに応えていただきありがとうございます！　対決も罰ゲームもどっちも面白かったです。次は是非、罰ゲームのとき、電気あんまされてる子の顔をちゃんと映すとより面白くなると思いますよ！（サングラスを外すと表情が良く見えるので、そちらのほうが人気が出ると思います！）』

　夏月は、感謝と見せかけてさらに細かなリクエストを重ねているそのコメントを、憐れむような気持ちで眺める。このコメントを書いた人の名前も、最近よく見る。十代の男子が運営しているあらゆるチャンネルに、電気あんまの罰ゲームをリクエストしている人だ。

　この動画によって、彼らがリクエストに応えやすい配信者だということが証明された。今後、この動画のコメント欄には、様々なリクエストが書きこまれるだろう。

SATORU FUJIWARA のような人物によって。

　夏月は一度コメント欄を閉じると、停止させていた動画を再生した。【新時代を生きる皆さんこんにちは、元号が変わるまであと311日チャンネルです！】有名な配信者から学んだのか、一丁前にオリジナルの挨拶から動画を始めるところがまた微笑ましい。テーマ曲も、一応、フリー音源の中から有名なチャンネルと被っていないものを選んでいるみたいだ。独特なリズムの音源が素人丸出しの映像に全く馴染んでいない。

　動画の内容は、タイトルの通り、ひとり五つずつ用意された風船をどちらが早く割れるか、というしょうもないものだった。大人の目線で見ると、素人がこんなことするだけの動画が再生されるわけがないとすぐに分かるのだが、本人たちは至って真剣に、この動画で有名になろうとしているのだ。怖がりながらも風船を抱きしめたり、風船に必死に爪を立てたりしている少年たちを見守りながら、夏月は、この対決自体もどこかの界隈からのリクエストなのだろうかと考える。風船となると、ラバーフェチの可能性が——なんて思っていると、無邪気な声が飛んできた。

【はい、泰希の負け！　罰ゲームはリクエストの通り、電気あんま三十秒です！】

やっぱりこっちが目的だったのかな。夏月がそう考えている間も、画面からは、【うわー最悪だー！】電気あんまを拒否しながらもどこか楽しそうな少年の声が聞こえてくる。

　電気あんま。それは、小学校の教室の隅っこで男の子同士がやるおふざけだ。寝かせた相手の両脚を持ち上げ、無防備になった股間を足の裏でぐりぐりと痛めつける遊び。あくまで、本人たちにとっては、よくある罰ゲームの一つ。

　あくまで、本人たちにとっては。

【罰ゲームのリクエストもありがとうございます！　それではいきまーす、３、２、１】

　カウントダウンのあとは、陽気な音楽と少女のように高い声の絶叫。夏月は表情ひとつ変えずに、二人の少年が戯れる様子を眺める。

　この動画は再生回数が伸びるだろう。股間を刺激されながら悶え苦しむ少年の姿を眺めながら、夏月は思う。

【今日は視聴者さんのリクエストのおかげで楽しかったです！　リクエストはずっと募集しているので、僕たちにやってほしいことがあればコメントよろしくお願いします！】

　罰ゲームを遂行し終えた少年が、笑顔でこちらに向かって手を振っている。電気あんまをされたほうの子も、肩で息をしつつも笑顔だ。これも、二人がいる場所が小学校の教室だったら、彼らを見ているのが彼らのクラスメイトだったら、何も変なことはない。

　もう一度、コメント欄を覗いてみる。すると案の定、既に様々な界隈の人間からリクエストが書き込まれていた。

『次は水中息止め対決を希望します。罰ゲームは肺活量を鍛えるということで、首絞めでお願いします』

これは、窒息フェチからのリクエスト。

『全身をサランラップでぐるぐる巻きにしてから何秒で脱出できるか、というゲームが海外で流行っているようです。日本でやってるユーチューバーはまだ少ないので、やったらバズると思いますよ！』

これは、全身をミイラのように拘束することを好むマミフィケーションフェチからのリクエスト。

内容だけを見ると後者のほうが異質なのに、文面があまりにも欲望そのままなので、前者のほうが不穏な雰囲気を纏ってしまっている。このリクエストも、あらゆるチャンネルのコメント欄でよく見かけるものだ。数撃ちゃ当たる方式でとにかく書き込んでいるうち、オブラートが取れていったのだろう。

——これからも、観ている人が誰も仲間外れにならないような、もっと自分に正直に生きてもいいんだと思えるようなドラマを作っていきたいです。

頭の中で、さっき観たテレビの特集が鳴り響く。誰も仲間外れにならないような。もっと自分に正直に生きてもいいんだと思えるような。そんな、ただ美しいだけの空々しい言葉が鳴り響く。

そんなときだった。

『暑くなってきたら、夏らしく、水を使った企画はどうでしょうか。水風船を割れないまま何度投げ合えるか対決、ホースの水をどこまで飛ばせるか対決など、見てみたいです』

いた。

SATORU FUJIWARA。

『耳をすませば』の天沢聖司のように、夏月が目を通すどのコメント欄にも現れる名前。

サトルフジワラ。

その名前を見ると、いつも思い出すたった一人の同級生。

と、もうすぐ、大同窓会で再会する。

夏月は一度、携帯をベッドの上に置く。指先が冷たい。でも、掌には汗をかいている。

繫がりそうなのに、直接的には繫がってくれない断片たち。それらはまるで、思わぬ形で星座として結ばれる前の星のように、ばらばらな位置に顔を出している。

佐々木佳道が転校する直前、地元で報道されたとある〝窃盗〟事件。

校舎の裏の水飲み場で、二人で交わした僅かな会話。

食品会社の採用ページに掲載されていた、入社理由。

繫がりそうで、繫がらない。だけど、全てを偶然で片付けられるほど鈍くはない。

佐々木佳道が、大同窓会に来る。

SATORU FUJIWARAという名前を見るたびに思い出す、たった一人の人間が。

来る。

そう思った瞬間、ベッドに置いていた携帯が光った。

夏月は、火でも放たれたかのように起き上がる。電話をしてきた相手がこちらの様子を把握しているわけがないのに。

画面には、結婚式兼大同窓会の動画制作を担当している同級生——門脇の名前が表示されていた。本当は、式典にまつわる全てを修が仕切ろうとしていたらしいが、さすがに手が回らなかったため見かねた門脇が手伝うことになったと聞いている。

お祝い動画を送信していないことに対する催促だろうか。それならば明日送ると伝えよう——そう思いながら、夏月は受話器のマークを押す。

「はい、桐生です」

【もしもし、門脇です】

夏月は、門脇に見えているわけがないのに、少し頭を下げながら言う。

「映像のことだよね。ごめん、ちょっとばたばたしてて」

【あ、そのことじゃなしに】

電話の向こうの門脇が、す、と息を吸う。

【今、話してええ？】

全く違う話をされる。夏月は一瞬で、そう悟った。「大丈夫」と答えながら、夏月は、すぼめていた肩から力を抜く。

【今回声かけてた人たちに連絡して回っとるんじゃけど】

「うん」

【修が死んだ】

夏月は、「えっ」という自分の声が、まるで屁のように情けなく響くのを聞いた。

【事故死じゃって。通夜と葬式があるらしいんじゃけど】

受話口から流れてくる声を取りこぼしながら思い浮かべたのは、ベビーカーの中で泣いていた莉々亜の顔だった。修の精子がそのまま大きく膨らんだかのような頬を隆起させて、命の全てを使い切るみたいに泣いていたあの姿。

――神戸八重子　２０１９年５月１日まで、２６７日

　今日でその命の全てを使い切るつもりなのかと思うほど、八月の太陽は容赦ない。八重子は、せっかくメイクがうまくいったのにもう汗だくであることを悔しく思いながら、真夏の陽炎がよく似合う鎌倉の街を一歩ずつ進んでいく。昼食を摂り終えた午後一時過ぎ、太陽が本領を発揮する時間帯だ。

「てことは紗矢さん、大学までバス使えば一本ってことですか？　いいなー羨ましい。実家が鎌倉なんて最高じゃないですか」

　よし香の声色には本物の羨望が滲んでおり、その足取りもなかなかに軽い。八重子は前を歩く二人の迷惑にならないよう、ひと月の中で最も倦怠感のある体をせっせと引きずる。

　何かのきっかけで紗矢の実家が鎌倉にあると知ったとき、八重子は、出身地まで憧れられる要素になるなんて紗矢さんらしいなと思った。そのほかの感想といえば、一人暮らしでなかったことを少々意外に思ったくらいだったので、よし香が「遊びに行きたいです！」とすぐ手を挙げたことは意外だった。八重子は、実家にお邪魔するなんてさすがに、と気が引けたが、結局、夏休みに入ってすぐの会議は紗矢の実家で行われることになった。

「ずっと住んでると慣れちゃうけどね。ていうか初耳なんだけど、よし香の趣味がお寺巡りとか」

　紗矢が、右手に持っているスーパーの袋をよいしょと持ち直す。長時間に及ぶだろう会

議のために三人で食料を買い込んだのだが、昼食後だというのに紗矢が買い物かごに躊躇なく食べ物や飲み物を放り込んでいくので、ひとり一袋は持たないと運べない量になってしまったのだ。八重子は、品物がレジを通過する間ずっと、目の前に立つ紗矢の後ろ姿をじっと眺めていた。

普段から八重子が控えているような食べ物ばかり選び取っていた人の後ろ姿が、自分とは比較にならないくらいすっきりと細い。

「鎌倉って百以上の寺院があるんですよ。一人で何回も来てるんですけど、全然回り切れなくて。ほんと、昔から住んでるなんて羨ましすぎです。実は今日も、午前中早めに来ていろいろ回ってて」

「そうだったんだ、誘ってくれればよかったのに」

前を歩く二人の会話を聞きながら、八重子は三つ並んだ影を見つめる。影ならば、みんな、同じくらい輪郭が曖昧になっているから、どれだけ眺めても悲しくならない。

「じゃあ今度はよし香に鎌倉案内してもらおっかな～」

ふざけた調子の紗矢に、よし香が「え、ちょっと本気でルート考えますよ。デートですねデート」とさらにふざけて返す。

デート。を、この二人はしたことがあるんだろうな。

気を抜くと、二人の歩くスピードに置いて行かれてしまう。八重子は、降り注ぐ蟬の鳴き声に割り入るようにして、いつもより重たい体を無理やり前進させ続ける。

「あれ？　鍵開いてる」

紗矢の実家は、八重子の実家よりもずいぶんと立派だった。そんな家に戸締りがされていないなんて――一瞬、八重子の脳内が不吉な想像力に支配されかけたが、そんな不安はすぐに掻き消される。

「お姉ちゃん！　帰ってたの？」

両親は共働きだから、家には誰もいないよ。だから大きなダイニングテーブル使って会議しよ――紗矢はそう言っていたけれど、空っぽなはずのダイニングテーブルにはすらりとしたシルエットの女性が腰掛けていた。

「よかった、夜まで誰もいないのかと思っちゃった。早めの夏休み取っちゃいました－」

そう話す声も表情も、紗矢に似ている。いや、紗矢がもっと大人っぽくなって、もっと自立した女性になった感じだろうか。似ているというより、未来像だ。

「紗矢の友達？　こんにちは、姉の真輝です」

八重子は「初めまして、お邪魔します」と頭を下げながら、この人も紗矢と同じ星のもとの人だ、と悟った。髪型もメイクも服装も、流行とは関係なく、今の自分に最も似合うものを既に見つけている人。相手を威嚇するような態度なんて取らずとも、そこにいるだけで堂々とした存在感を放てる人。

「帰ってきてるなら連絡してくれればよかったのに。今からそこのテーブルで会議するつもりなんだよね。二人とも、実行委員の後輩なの」

紗矢の声が、サークルにいるときよりも幼くなっているのがかわいい。真輝は、「会議？　精が出るねえ」なんて言いながら、テーブルの上に置いていた白い箱のようなものを脇に退けてくれる。帰省ついでにお土産を買ってきたのだろうか、みんなでシェアできるお菓子の詰め合わせでも入っていそうなサイズだ。

「実行委員って学祭のでしょ？　あんたも物好きだよね、遊んでていい大学時代に仕事みたいなことして」

「ハイハイ、そこどいてどいて。二人とも荷物置いていいよー」

紗矢が、スーパーの袋をテーブルにどんと着地させる。紗矢は、飲み物が多く入っている一番重い袋を持ってくれていた。

「え、これ買ってきたの？　多くない？」

真輝が、「昼ご飯食べてないの？」と、袋の中身を覗き込んでいる。ですよね、買いすぎですよね、と八重子が口を挟もうとしたとき、紗矢が何の躊躇もなく、言った。

「いま生理前で、とにかく空腹がやばすぎて。結果、爆買い」

八重子が持っていた袋を紗矢が奪う。その中にあったスナック菓子類をテーブルの上に広げながら、「ほら、私って昔からこの時期太るじゃん」と、妹が姉に話しかけている。

実家のリビングを背景にして、いつも通りの日常会話だというリズムで。

「八重子？　どうしたの」

気づくと、八重子以外の全員がダイニングテーブルに着席していた。よし香なんてすでに、ノートパソコンを起動させている。

「あの」八重子は、やっと自分の荷物を一旦椅子の座面に置くと、真輝に向かって尋ねた。「真輝さんって、おいくつなんですか？」

「え、いきなり年齢聞く？」そう笑いながらも、真輝はあっさりと答えてくれた。「紗矢の八つ上だから、今年社会人七年目の二十九歳だよ。結構離れてるんだよね、うちら」

紗矢さんの八つ上だから、私の九つ上。

同じだ。

お兄ちゃんと同い年。

「え、平野千愛（ちえ）フィックスできたの？　『おじ恋』プロデューサーの？　あんたたちなかなかやるじゃん」

よくアポ取れたねえ、と感心する真輝に向かって、よし香が「紗矢さんの言う通りにやったら言う通りになったんです。早く連絡をしておけば、それだけで情熱が伝わるかもしれないって」とどこか自慢げに返す。確かに、今をときめく平野千愛プロデューサーの登壇が決まったとき、実行委員会の中で主に男子を中心に存在していた〃ダイバーシティフェス反対派〃が遂に根負けしたのが分かった。そもそもあのドラマにハマっているのは実行委員の中でも女子ばかりで、男子の中には未だに乗り気でないメンバーもいるが、これ以上のゲストを呼べるような行動力が他の誰にもないことは一目瞭然だった。

「我が妹ながら誇らしいね。あんたウチ就職しない？」

冗談を飛ばす真輝の隣で、紗矢はまた新たな袋菓子の封を切っている。「有難いお言葉ですが、就職先を選ぶ権利は私にありますので」とさらに冗談めかして返す紗矢の振る舞いは、さっきからずっと妹と実行委員代表の狭間をゆらゆら揺れていて、新鮮だ。

最近ローンチしたＷＥＢメディアで副編集長を務めているという真輝は、ミスコンから派生する性的搾取やルッキズムの助長などの問題について元々よく考えていたということで、この企画を一般的な学生に向けてどうアプローチしていけばいいのか等、八重子たちの引き出しにはないアドバイスを沢山くれた。

「大切なのは、全体を貫くテーマだと思うんだよね」

逸れがちな話題をさりげなく元の位置に整えながら、真輝は、お土産として買ってきたというバターサンドの包装を我先にと解いていく。

八重子はさりげなく、バターサンドが入っていた箱の側面を見る。そして、一つ当たりの栄養成分表示に目を凝らす。バターサンドは、何かの記事で初めて見たときからずっと、食べてみたいと思っていた。だけど、バタークリームはカロリーがすごく高いということも、同時に知ってしまった。

真輝の美しく彩られた爪が、銀色の包装紙を軽やかに開いていく。八重子には、その細長い指の滑らかな動きこそが、甘く豊かな香りを生み出しているように見えた。

「あんたたちの気概はすっごく伝わるんだけど、まだ全体的にふわっとしてる感じがあるよね。全体を貫く大テーマみたいなものがもっと定まれば、普段こういうことに興味がない人でも注目してくれそうなんだけど」

「そうそう、そこなんだよね」紗矢も、真輝に続いてバターサンドに手を伸ばす。「ダイバーシティフェスで伝えたいことはたくさんあるんだけど、なんか、一言でまとまるようなテーマが欲しいっていうか……多様性とかジェンダーとか、そういうことを普段全然気にしてない人たちもハッとするようなキーワードが欲しくて」

紗矢の小さな前歯が、バタークリームを挟むクッキーにかわいい歯形を残している。生理前の空腹がすさまじいというのは本当みたいだ。今日の紗矢はずっと、何かを口に運び続けている。

八重子は、鳴りかけた腹を掌で押さえる。

ダイバーシティフェスを象徴するテーマ。普段、多様性やジェンダーなどに興味を持っていない学生たちもハッとするような、自分も関係あるのだと思わせる言葉——そこまで考えたとき、八重子は、さっき自分が感じ取ったものを思い出した。

紗矢と真輝の関係性。自分の人生にはない二人の会話を、羨ましいと思ったあの瞬間。

「繋がり、は、どうですか」

八重子の声が、テーブルの真ん中に落ちる。

「繋がり」

隣に座るよし香がそう呟きながら、四文字分、キーボードを鳴らした。

「私、さっき、びっくりしたんです」

八重子は、向かいに並んで座っている姉妹を交互に見る。

「二人がすっごく自然に生理のこと話してたから。私も、生理前の食欲が本当にずっと悩みで……太りやすい体質だし、毎月そのタイミングで暴飲暴食して体重増えたりむくんだりするのが本当につらくて、でもきょうだいはお兄ちゃんだけだし、両親ともそういう話ができる雰囲気じゃないし……さっきの二人の会話聞いてて、私も家の中にそういうこと言い合える人がいたらすっごく救われただろうなって思ったんです」

今度は、姉妹のほうが動きを止める番だった。自分たちにとってはひどく自然な日常が貴重なものとして受け取られていたことに、驚いているようだ。

「今日真輝さんとお会いして、紗矢さんが実行委員で代表に選ばれるくらい慕われてたり、素敵な案を沢山出せる理由が何かちょっとわかったような気がしました。子どものころから真輝さんみたいな考え方の人がそばにいたら、いろんな視点が自然に身に付きそう」
紗矢さんは紗矢さん個人でもすごいんですけど、とフォローしたあとで、八重子は一度、唾を飲み込んだ。

「私も今、生理前で」えいやっと、八重子はバターサンドに手を伸ばす。「食べちゃうの、仕方ないですよね。食べちゃって太っちゃう自分、責めなくていいですよね」

八重子は、掌にしっくり収まる丸い塊に視線を落とす。色んな味があるけれど、食べるならあれにしよう、と決めていたものがあった。バターサンドを知った記事でも取り上げられていた、ソルトキャラメル。

「そっか」真輝が優しく微笑んでいる。「今までつらかったね」

今まで、つらかった。八重子は一度、目を閉じる。

今までつらかったし、まだつらいことも沢山ある。きっと恋愛経験も豊富だろう目の前の姉妹にはわかってもらえない不安も沢山ある。だけどこうして、つらさの原因は解消されなくとも、境目も見えないほどに積み重なっている色んなつらさを一つずつ分解していくことで楽になる部分もある。八重子はそのことを初めて知った。

「うちの大学にもきっと、誰にも言えない状況で悩んでる人っていっぱいいると思うんです。そんな人たちが、今日の私みたいに、その悩みについて話せる人と繋がれたら、それだけで少しは楽になると思う。私、ミスコンに対する違和感だって、よし香や紗矢さんと共有できたとき本当にすっきりして」

隣にいるよし香の表情を見る。キーボードの上に置かれていた手が、いつの間にか、八重子の手のすぐそばにそっと置かれている。

「それってきっと、どんな立場の人も同じだと思うんです。たとえばＬＧＢＴＱの人たちとかもそうですし、どんな人でも同じ悩みを持つ誰かと繋がれたら、きっとずっと生きやすくなるはず」

「確かに」紗矢が、一口齧ったバターサンドを包装紙の上に置く。「『おじ恋』のブームだって、男同士の恋愛ドラマが珍しかったことだけが原因じゃないって、平野さん言ってた。男同士の恋愛ものが好きなんだけど表立ってそう言えなかった人たちが、『おじ恋』を通じて繋がって、こんなに大きなブームになったんだって」

平野プロデューサーに依頼するにあたり、過去のインタビュー等を調べたのだろう。紗矢の語りには澱みがない。

「平野プロデューサーも、『おじ恋』の制作をきっかけにこれまで出会わなかったジャンルのクリエイターと沢山繋がれたってどこかで話してた気がする。その人たちには、局内の同僚には言えない悩みとか考えも話しやすいって……ドラマの制作秘話だけじゃなくて、『おじ恋』が生んだ繋がりを中心に講演をお願いするっていうのもありだね」

「それすごく興味あります」

同意するよし香の隣で、八重子はバターサンドに思い切り齧りついた。クッキーを割った前歯の先が、分厚いバタークリームの層をずんずんと進んでいく。甘さの中に塩気があって、すごくおいしい。舌の上で溶けるクリームの甘さが、全身の細胞の隙間を埋めていくように染みわたる。

「八重子ちゃんの意見、すごく深い部分を突いてると思う。っていうのもね」

八重子はティッシュで口元を拭くと、真輝のほうを見る。

「無敵の人っていう言葉があるでしょ。色んな事件が報道されるたび、犯人は無敵の人なんじゃないかってトレンドワードになったりもしてる」

無敵の人。

ソルトキャラメルのうち、塩の部分が、八重子の舌を強く刺した。

「すみません、それどういう意味ですか？」

よし香が、不勉強を恥じるようなボリュームで聞き返す。

「例えば、仕事をしていなくて家の中で引き籠っている人、とか。なんていうのかな、家族、友人、恋人、仕事とか、とにかく社会にあるどんな繋がりからも外れちゃって、守るべきものが何もないからこそ何でもできるっていう精神状態の人、みたいな感じ。社会から弾かれてる、っていうか」

仕事をしていなくて。

家の中で引き籠って。

社会から弾かれて。

「ウチでもそういうテーマの特集を組んだことがあるんだけど、やっぱり最終的に出てくるキーワードって、繋がり、なんだよね」

八重子はこれみよがしに頷きながら、無敵の人を表すキーワードが炙り出したたった一人の像を揉み消す。

「繋がりってよく聞く言葉だし、シンプルでありきたりなテーマだって思われがちだけど、だからこそ本当に重要なんだよね。ダイバーシティフェスを通して、この大学には色んな繋がりの糸口があることを示すっていうのは、本当に意味があることだと思う。ＬＧＢＴ

Qとかジェンダーとか、そういう言葉を打ち出しすぎると、自分には関係ないことだって思う人も増えちゃいそうじゃない。関係ない人なんて本当はひとりもいないのに」

「確かに」紗矢が言葉を受け取る。「この大学には色んな人がいて、色んな場所があって、受け皿がたくさんある。そういうことを伝えられるんだったら、少なくともミスコンよりは絶対に意味があるものになる気がする」

「なんか」

今度はよし香が、口を開く。

「もっと、私たちも、話すべきかもしれないですね」

よし香の視線が、八重子に定まる。

「私、何にも知らなかったなと思って。八重子が、体型のこととか、生理のこととか、そんなに悩んでたこと」

ずっと一緒にいたのに。小さな声で付け足した言葉が、八重子にじんと響く。

「なんかもっと、色んなこと話したいです。まずは私たちがお互いの受け皿、とまではいかないかもしれないけど、私たち自身がもっと繋がるっていうのが大切なのかもって思いました、今」

「よし香が寺好きっていうのも今日知ったしねえ」

そう言う紗矢に、「え、そうなの？」と真輝が反応する。「ウチ今度、秋の寺巡りを特集しようとしてるんだけど」一瞬でビジネスウーマンの表情になった真輝に対して、よし香も「え、ほんとですか」と前のめりの姿勢を見せる。

そんな三人を見つめながら、八重子は思う。

——なんかもっと、色んなこと話したいです。

この人たちに、話してみてもいいのだろうか。

兄のこと。

ニュースなどで、無敵の人という言葉に触れるたび、兄を思い出すこと。

兄の部屋で見たものが、今でも忘れられないこと。

今でも兄があの空間に閉じ籠っていると思うと、兄だけでなく、男という生き物から注がれる視線のすべてが怖くて気味が悪くてたまらなくなること。

話してみたところで、不安な気持ちを繋げてしまうだけではないだろうか。

「え、思ったより詳しそうじゃん。マジで助っ人お願いしようかな」

真輝に対し「ぜひぜひ！」と目を輝かせるよし香の隣で、八重子は、煮え切らない思いをバタークリームと共に溶かし続けていた。

兄は横浜国立大学を卒業したあと、実家から通える地元の銀行に就職した。それは八重子の地元ではあまりにも盤石なルートで、我が子、特に息子をそのルートに乗せることを目標としていた母は大いに喜んだ。

兄が部屋から出てこなくなったのは、兄が社会人となって四年目の夏、今から三年前のことだった。

八月のある日、兄は帰宅するなり「明日からまとまった夏休みを取ったから」と二階の自室に籠った。それまでの三年間、平日に連続した休暇を取っていたことがあっただろうかと母は不思議がっていたけれど、もう四年目だし休暇も取りやすくなったのかなと一人で勝手に納得していた。

八重子は、兄が階段を上っていく音を聞きながら、そのまま一生部屋から出てこなければいいのにと思っていた。ただそれは、その願いが現実になり得るなんて全く想像していなかったからこそだ。

翌朝、兄は部屋から出てこなかった。そして、休暇など取得しておらず、無断欠勤であることが会社からの電話で発覚した。

様々な方向から聞こえてくる噂話が多く重なった部分を繋ぎ合わせると、兄は職場で浮いていたみたいだった。仕事能力の低さで周囲から疎まれていただけでなく、そこに性経験がないことを紐づけられ、後輩からも嗤われていたらしい。仕事のできない童貞エリート。そんな語呂の良い蔑称はいつしか、表立って使われるようになっていたという。ビジネススキルと性経験。兄を溺愛してやまなかった母が、面倒を見ることができなかった部分。

母がいくら呼びかけてもドアを叩いても、兄は外の世界とコミュニケーションを取ろうとしなかった。お願いだから出てきて。顔を見せて。そう乞う母の声を聞きながら、八重子は、絶対に顔を見たくない、と思った。

その目で見られたくない。そう思った。

八重子は、兄が最後の出勤を終え帰宅するつい二時間ほど前、興味本位で兄の部屋に入っていた。

当時の同級生が「妹のスマホ借りたらインスタの裏アカにアクセスしっぱなしになってて、彼氏とキスしてる写真とか色々見ちゃった。中学生のくせにマジ進んでるわ」等と盛り上がっており、自分も兄の居ぬ間に部屋を物色してみたいという好奇心に負けたのだ。兄がまだ仕事中の夕方のうちにこっそり部屋に侵入し、恋人との写真や手紙がないかと物色した。兄妹間でそういう類の話はしたことがなく、両親がどうやって出会って結婚したのか等も八重子は全く知らなかった。家族だけど、家族だから、もともとはある二人組の恋愛感情から生まれた団体なのに、そういう団体だから——どちらの理由かはわからないが、家の中でそういう話題は俎上に載りづらかった。

兄の部屋には、驚くほど何もなかった。もしかして、自分が普段見ている姿が兄の百パーセントであり、それ以外の要素なんて何もない人なのかもしれないと思うほどだった。自分ではない人間の匂いに満ちた空間を気味悪く感じ始めたとき、デスクの上に置かれているノートパソコンと目が合った気がした。

パソコンは、電源が切られていたわけではなく、スリープ状態だった。八重子は試しに、マウスを動かしてみた。画面が切り替わり、パスワードの入力を促された。やっぱり、と思いつつ、ダメ元で兄の名前と誕生日を組み合わせた文字列を入力してみたところ、セキュリティは簡単に解除されてしまった。

スリープ状態から復帰したパソコンの画面に、直前まで兄が観ていたものがそのまま表示された。

八重子の顔面は、裸の女に照らされた。兄が観ていた性的な動画が、八重子の視界を一瞬で埋めた。

素人ＪＫの妹★極秘ハメ撮り映像流出。

動画のタイトルだろうか、そんな文字を認識した途端、八重子は、同じ極同士の磁石が反発し合うように、自分の身体が兄の部屋の空気全体を拒否したのが分かった。

八重子は部屋を出て、一旦、トイレに入った。

素人ＪＫ、と思った。素人ＪＫの妹、と、口に出して言ってみた。八重子は着衣で便座に腰を下ろしたまま、自分のふたつの掌を見た。

八重子はそのとき、高校二年生の十七歳だった。素人ＪＫの妹だった。

無理だ。

直感的にそう思った。これから先、兄がどんな風に自分を見てきたとしても、そういう意図はなかったとしても、網膜に焼き付いてしまった文字列が頭の中に浮かぶ呪いに未来ごと浸されたような気がした。

考え始めると止まらなくなった。

ポーチを持ってトイレに行く女子生徒を眺める男子生徒たちの視線。制服姿で駅の階段を上る女子生徒たちを見上げる男たちの視線。服装チェックに勤しむ男の先生たちの視線。そういう視線を拒否する意志を示そうものなら、ブスでデブのお前は自意識過剰だ、と断罪してくる世間の視線。

たとえ別物でも、同時多発的に発生した不安はすぐにその手を繋ぎ合う。これまでもずっと抱いていた、自分の容姿に対する不安。ゆえに、周囲の友人たちのように恋愛ができる気がしない不安。なのに、社会を形成している最小単位が恋愛感情によって結ばれた二人組であるように見える不安。そこに異性からの視線へ抱く不安が加わると、八重子の心身はもう、白く冷たい陶器をずんと埋め込まれたように重くなった。

その数時間後、兄は帰ってきた。明日からまとまった夏休みを取ったと言いながら。

「大丈夫？」

がたん、と音を立てて電車が揺れる。隣に座るよし香が、八重子の顔を覗き込んでいる。

「痛み止め持ってるけど、いる？」

カバンの中を漁り始めたよし香に、八重子は「あ、違うの、大丈夫」と声を掛ける。

「ごめんごめん、違う、大丈夫。夏バテもあるのかな、ちょっと疲れちゃっただけ」

鎌倉から横須賀線に乗って、横浜で乗り換える。紗矢の実家からの帰り道、新川崎まで乗るよし香とは横浜駅まで帰路が重なっている。運よく座れた座席に揺られて、八重子はいつしか、うとうとしてしまっていたらしい。

「花火大会かー」

よし香が、少し顎を上げた状態でそう呟いた。視線の先を追うと、電車の荷物置きの上の広告枠に辿り着く。八月の電車は、花火大会のポスターでいっぱいだ。

「実行委員にも青春らしいイベントがあればいいのにねえ」

八重子は「そうだね」と同意しながら、特にそう感じてはいないことを自覚していた。

実行委員の好きなところは、他のサークルと違い、恋愛要素が入り込むようなイベントが少ないところだ。即ち、異性が相手を異性だと意識している視線が生まれにくいところ。

「うわ」よし香が、いつからか触っていた携帯に向かって声を落とす。「『スペード』、いま夏合宿行ってるんだって！　写真が超青春」

ほら、と、ふいに、携帯の画面が差し出される。そこには、練習着姿の若い男女が、肩を組み合っている写真が映し出されていた。

【今年もジャーニーロードで夏合宿！　三泊四日、ダンス漬け（だけじゃないかも？）の

夏が始まります！　広報担当のヒカリが夏合宿の様子を伝えていきます！】

「いっぱい投稿されてる。テンション上がってるなー　〃広報担当のヒカリ〃」

ヒカリ誰か当てようよ、とふざけながら、よし香がいくつかの写真を拡大していく。広報担当のヒカリはどうやらしっかり者らしく、本文の文章も細やかだ。

【※『スペード』が気になっているという高校生の子から、参考までに合宿の様子を詳しく知りたいというリクエストをＤＭでいただきました。リクエストに応えて、今年はダンスの練習風景以外のアクティヴィティの様子も沢山アップしていきたいと思います】

「へー、ＤＭもちゃんと見てるんだね」

ヒカリやるじゃん、と、よし香が投稿されている文章に相槌を打っている。「そうだね」と返しながら、八重子は、本文の文章にじっと目を凝らした。

――『スペード』が気になっているという高校生の子から、参考までに合宿の様子を詳しく知りたいというリクエストをＤＭでいただきました。

【ジャーニーロードといえば海！　今年も練習の合間にみんなで泳いじゃいました！　夜は浜辺で花火をする予定です。その前にしっかり練習してるからね、遊んでばっかりじゃないからね、ＤＭくれた高校生の子、誤解しないで！】

写真の背景が、体育館から海に変わる。

スタンプのような白い雲、魔法のじゅうたんのような青い空、光り輝く水平線。すべてを背負って、水着姿でピースサインをしている『スペード』のメンバーたち。

――リクエストに応えて、今年はダンスの練習風景以外のアクティヴィティの様子も沢山アップしていきたいと思います。

八重子は、諸橋大也の姿を探す。

やっと出会えた、なぜか視線が怖くない異性。

彼のことを、八重子は、こんなにも見たいと切望している。

どこ。どこだろう。いるかな。いてほしい。八重子は画像を拡大したいが、よし香の携帯なのでそんなことはできない。

「八重子」

あ。

いた。右端。

八重子は、画面に顔を近づける。

頭にタオルを巻いてるからよくわからなかったけれど、黒い水着姿でピースもせずに立っている人。これだ。

ほら、やっぱり。

怖くない。気持ち悪くない。嫌な気持ちにならない。

男子も女子も水着姿の集合写真なんて、そこに飛び交う視線の種類を想像したら普通は見ていられなくなるのに。なのに、大也のことはずっと見ていられる。

かっこいい。

おでこの形がきれい。

やっぱりすごく筋肉質だ。

腹筋、割れてる。

「八重子！」

肩を、叩かれた。

八重子は顔を上げる。すると、呆気にとられたような表情のよし香がそこにいた。

「横浜、着いたよ」

八重子は、いつしか太ももの間に挟んでいた手を、するりと抜いた。

――寺井啓喜　２０１９年５月１日まで、２６７日

啓喜は口からするりと箸を引き抜くと、「海？」と問うた。

「そう、彰良くんと海に行きたいんでしょ」

由美が、隣に座る泰希を、「ほら、自分で説明しないと」と促す。それでも泰希はもじもじしていて、なかなか啓喜の目を見ようとしない。

帰宅が遅くなったというのにリビングに泰希がいたので、啓喜は何か頼みごとがあるのだろうと察した。そういう状況じゃないと、泰希は啓喜と顔を合わせたがらない。学校はもう必要ない、好きなことで生きていける時代が来る――今自分がしがみついている考えを否定してくる人間とは接触したくないという気持ちが、手に取るように伝わってくる。

そういうところが甘いんだと、味噌汁を啜りながら啓喜は思う。だけど同時に、じゃあもっと父親としてそういう話をすべきだったのかもしれないとも思う。

学校は、自動的に人との繋がりをくれる場所だ。それがどれだけ恵まれていることなの

か、どう伝えればわかってもらえるのだろうか。

「ほら、自分で」

遅めの夕食を摂る啓喜の向かいに、由美と泰希が並んで座っている。

「彰良と、海に連れていってほしくて」

啓喜はひとまず何も言わず、話し始めた泰希に耳を傾ける。泰希の視線は下を向いていて、目が合わない。

「海で遊んでるところを見たいっていうリクエストが視聴者さんから届いていて、でも彰良のお父さんは忙しくて無理だから、お父さんに連れていってほしくて」

「その、リクエストっていうのは何なんだ?」

啓喜がそう尋ねると、泰希は「えっと、コメントに色んなリクエストが来るようになって」と、声のボリュームを少し上げた。自分のフィールドの話になったからだろう、表情も明るくなっている。

「水着でビーチフラッグ対決してくださいとか、水鉄砲で対決してくださいとか、そういうリクエストが視聴者さんからいっぱい届いてて、それにちゃんと応えたくて」

ちゃんと、という言い方が、自分を正当化していて少し引っかかる。ここで啓喜が海へ連れていくことを断ったら、それは視聴者に対して〝ちゃんと〟していないみたいだ。

それにしても、と、啓喜は質問を続ける。

「車で送ってもらいたいんだったら、お母さんに連れていってもらえばいいだろう。お母さんだって運転できるんだから」

泰希の視線が、ますます下がっていく。「ほら」と促す由美の声が優しい。

ややあって、この話が切り出されて初めて、泰希が啓喜と目を合わせた。

「お父さんに、僕がやってることを見てもらって、理解してもらいたいから」

啓喜はちらりと、由美の表情を確認する。どこか満足そうに、小鼻が膨らんでいる。

「お父さんは、多分、僕に早く学校に戻ってほしいと思ってると思う、から、僕らがどれだけ真剣に動画を撮ってるかとか、僕らにも動画を撮ってほしいって思ってくれてる人がいることとか、知ってもらいたくて」

二人で話し合ったのだろうか、この提案を。啓喜は思う。泰希が自分の口で説明すればきっとお父さんも分かってくれるよと、由美が助言したのだろうか。

「だから、お仕事忙しいと思うけど」

「お前たちが動画を撮るところに立ち会ったとして、多分、俺の気持ちは変わらない」

啓喜が口を開くと、泰希の顔面の肉が、重力に負けていった。

「俺はお前が心配なんだよ、泰希。もうすぐ新しい時代になるからって、目の前の問題から逃げていいわけじゃない。今はYouTubeが楽しいかもしれないけど、彰良君が学校に戻るって言い出したらお前はどうするんだよ。その、リクエストをくれてる人からも逃げることになるんじゃないのか」

元号が変わるまであと〇日チャンネル――日々数字が減っていくチャンネル名が、啓喜の脳裏に蘇る。

「いくら時代が新しくなっても、目の前のことから逃げ続ける癖がついた人間は生きづらいままだ」

今担当している事件の中にも、被疑者が社会的に孤立しているケースが複数見られる。

たとえば今日取調べをしたのは、高校一年生で不登校になって以来、一度も社会に出たことのない四十二歳の男性だった。女子高生を性的に暴行する目的で襲ったところを現行犯逮捕された。被疑者には友人も同僚も恋人もいない。いるのは年老いた両親だけだ。

啓喜は思う。泰希が今やっていることは、生きているだけで自然と享受でき得る幾つもの社会的な繋がりを自ら断っていることと同義だと。そして、つくづく思う。社会的な繋がりとは、つまり抑止力であると。法律で定められた一線を越えてしまいそうになる人間を、何らかの形でその線内に留めてくれる力になり得ると。

だけどその繋がりは、学校や会社などの通常のルートから外れた途端、自然と遠ざかってしまう。その中にいれば、まるで夕立に降られるように自然と浴びられる繋がりを、自ら両手を伸ばして摑み取りに行かなくてはならなくなる。

そういうことを、どうすれば伝えられるのだろうか。

「わかりました」

席を立つ音が、泰希の気持ちを反映していた。やっぱり、この人に説明しても無駄だ——そう思っていることが丸わかりだ。

はあ、と、ため息が聞こえてきた。向かいに座っている由美が「ちょっとは泰希の話も聞いてやってよ」と呟く。

「聞こうとしたら、あいつがどっか行ったんだ」

「そうかもしれないけど」

項垂れる由美の顔面の肉も、重力に負けていく。

ここ最近、自己責任論という言葉がよく頭を過(よぎ)る。

社会に恨みがある、自分は社会に受け入れてもらえなかった、どうしようもなかった——今日取調べをした被疑者も、繰り返しそう言っていた。とはいえこんな場所に来る前に自分で自分をどうにかできるチャンスはいくらでもあっただろうと思いながら、啓喜はいつしか、被疑者の声が泰希の声と重なるのを感じていた。

どうして社会に受け入れてもらえなくなる前に元のルートに戻してくれなかったの、お父さん。

「実際、視聴者からのリクエスト、みたいなのは色々来てたりするみたいよ」由美が、声色をワントーン上げる。「それをまとめて海で撮りたかったんだって。視聴者さんに喜んでもらいたいからって」

私もよくわかんないんだけどさ、と、由美がお茶を一口啜る。

「誰かに喜んでもらいたいとかあの子が言うの、初めてでしょう。視聴者の反応が本人のやる気に繋がってるのも、そのおかげであの子たちが今までより活発になってるのは事実なわけだからさ。もうちょっと温かい目で寄り添ってほしいなと思うけどね、私も」

家族で海、か。

泰希が不登校になって以来、そういう、絵に描いたような〝家族で遠出するイベントたち〟も一緒に、自分の人生から遠ざかっていった気がしていた。本当は、連れていってやりたい。普通の親子のように、浜辺で遊んだりしてやりたい。

「ちなみに、動画の内容に関しては、お前や向こうの親御さんがチェックしてくれてるんだよな？　著作権とかプライバシーの保護とか」

啓喜は自ら話を変えつつ、彰良の母親である奈々江のことを思い出す。正直、あの人は頼りにならなそうだ。

「うん。フリー音源とかフリー素材ばっかり使ってるみたいだし、著作権で問題になるようなことはないはず。プライバシーも、家の周りとかは映さないようにしてるし、一応二人とも玩具のサングラスとかマスクとか着けて顔も隠してるから大丈夫だと思う」

やけに早口でそう言うと、由美は、「観る？」と携帯を差し出してきた。

【新時代を生きる皆さんこんにちは、元号が変わるまであと311日チャンネルです！】

携帯から独特なリズムの音楽が流れてきたかと思ったら、息子が話し出した。聞き慣れているはずなのに、小さな機械を通しただけで、まるで知らない誰かの声のように響く。

【リクエスト企画！　風船早割り対決！】

「今のところ一番再生されてるのはこれかな……何がそんなにうけたのか全然わかんないんだけど」

画面の中では、サングラスをかけた泰希と彰良が青い風船をぱぁんぱぁんと割っている。確かに、どうしてこれが最も再生されている動画なのかはよくわからない。

「顔がよく見えたほうが面白いのでサングラス外してくださいとかコメント来てて、そういうのはちょっと気になるけど」

「外したのか」

啓喜は携帯の画面から顔を上げる。

「勝手にそんなことしないよ」でも、と、由美はさっきまで泰希が触っていた携帯を見下ろしながら続ける。「もっと人気者になりたいってこの子たちが思い始めたら、勝手に外しちゃったりしそう」

【はい、泰希の負け！　罰ゲームはリクエストの通り、電気あんま三十秒です！】

割れた風船、まだ割れていない風船、どちらにも囲まれた状態で、対決に負けたらしい泰希が【うわー最悪だー！】と叫んでいる。

確かに、こんな動画の再生回数が伸びているというのは何故なのだろう。股間を刺激されながら悶え苦しむ少年の姿を眺めながら、啓喜は思う。

風船早割り対決。

風船。

その言葉を、最近もどこかで聞いた気がする。

――世の中には、小児性愛どころじゃない異常性癖の人って沢山いるみたいなんです。たとえば風船を割ることに興奮する人とか、そういう感じの。

越川の声が蘇る。

あれは、蛇口を盗んだ事件について話し合っていたときのことだった。越川が、蛇口を盗んだ目的は金属の転売ではなく性的欲求を満たすことだったのではないかという的外れな意見を投げつけてきたのだ。わざわざ、古い事件記事まで持ち出して。

いや、でも。啓喜は冷静に考える。

今気になっていることは、それじゃない。問題はそこじゃない。

「そういえば」

啓喜は、椀を置いた。

「あの風船、膨らませられたんだな」

数か月前、リビングで、由美から青い風船を差し出された。

啓喜の肺活量でも、膨らませることができなかった風船。事後のコンドームみたいに見えた臭いゴム。

「ああ、あれ」

由美が、啓喜の手元から携帯を取り返す。

「なんとかなったの」

音が止まる。

――なんとかなったの。

俺が膨らませられなかったのに？

啓喜が口を開きかけたとき、由美が立ち上がった。「お風呂入ろうかな」と呟く表情は、啓喜からはよく見えなかった。


――――桐生夏月　　２０１９年５月１日まで、２４９日

西山亜依子の表情はよく見えなかったが、その代わり、亜依子が臍の辺りに抱えている写真だけは、なぜだかやけに鮮明に見えた。

「すみません、せっかくの楽しい場なのに、空気をちょっと変えてしまうかもしれないんですけど」

遠慮がちでありながらも、マイクの前に立つ亜依子の姿からは、今から自分が話すのだ

という明確な意志が感じられる。

「この同窓会は、もともと修がすごく張り切って企画していたものだったので……最後に一言、修の代わりに挨拶をさせていただければと思います。穂波君、提案してくれてありがとう。それだけじゃなくて、今日は本当に、色々と協力してくれてありがとう」

亜依子が首を伸ばして、パーティ会場のどこかにいるはずの穂波辰郎の姿を探す。すると、数時間前までタキシードを着ていた辰郎が、同じく数時間前までウェディングドレスを着ていた真央と一緒に、会場の後方から大きく手を振った。

「皆さんの中には、修のこと、同窓会ばっかり企画してる奴、って思ってた人も多いと思います。実際そうじゃったし」

会場内の何人かが、首を横に振る。

「でも修は、企画するたび、皆で集まれるのもいつが最後になるかわからないからって言ってたんです。そういうときはいつも、大げさだなって思ってました」

亜依子の声に、涙が数滴、混じり始める。

「少しの間、修のために黙禱させてください」

いつの間にか、会場にいる全員が、手に持っていたグラスや皿をテーブルに置いていた。結婚式、そこから続く同窓会というハレの空間に浸っていた身体を、いかに短時間で真逆の気圧に順応させるか——各々が必死に自分を調整していることがよくわかる。夏月も深呼吸をしながら、表情を神妙なものにシフトしていく。

黙禱を終え、亜依子が続ける。

「おめでたい場なのに縁起が悪くなっちゃうかもしれないって思ったんですけど、中止じゃなくて予定通り同窓会もしようって言ってくれた穂波君、真央。修と一緒にいろいろ動いてくれた門脇君。穂波先生を始め、出席してくださった先生方、来てくれた皆。本当にありがとうございます。修も、この景色を見てきっと笑っていると思います」

どこからか、「こちらこそありがとう！」という穂波先生のしわがれた声が聞こえてくる。会場内の何人かが、会の序盤からずいぶんとできあがっていた穂波先生の姿を探る。夏月もその動きにさりげなく混じる。

すると、離れたテーブルにいる、ある一人の同級生と目が合った。

佐々木佳道。

夏月は、視線を亜依子に戻す。今日、もう、何度この行動を取っているだろうか。

「私も皆に会えて、久しぶりに、明るい気持ちを取り戻せたような気がします。こうやって顔を見られて、修もすごく喜んでいます。穂波君、真央、今日は本当におめでとう。そして皆さん、これからも修のこと、よろしくお願いします」

亜依子はそう言うと、亡き夫の遺影を抱えたまま深々と頭を下げた。世界からトリミングされた枠の中で、修は、よく日に焼けた肌と白い歯のコントラストを存分に見せつけている。

夏月は修の訃報を聞いたとき、同窓会は中止になるだろうと思った。そんな催しは行えないだろうと感じた。だけど、こんなときだからこそ明るく集まったほうが修も喜ぶのではないか、というような意見が多く集まったと聞き、人間は思考を放棄したときによく「こんなときだからこそ」と言うんだよなと思った。

夏月が中止を予感したのは、心のどこかでそうなってくれたほうがいいという気持ちがあったからだ。佐々木佳道に会う機会が失われたら失われたで、神様がそう導いたのだと自分を納得させるつもりだった。

夏月は、会場の前方にある時計を見る。お開きとされている午後六時までは、あと三十分ほど。

ということは、佐々木佳道に声をかけるチャンスも、あと少ししかないということになる。

二次会兼同窓会は、披露宴が行われたホテルの別の階で行われた。会場は想像以上に広く、修の訃報から約二か月の間にどれだけの人が動いたのかが窺い知れた。本来すべての主役であったはずの穂波夫婦は、挙式や披露宴の開始時刻を早めたりと様々な調整に応じてくれたらしい。その甲斐あって、子どもがいるほとんどの同級生もたっぷりと同窓会を味わえるタイムスケジュールになっている。

さり気なく、夏月は会場を見渡す。さっきまでいた場所に、佐々木佳道はいない。

このまま特に接触せず今日が終わるならば、それはそれでいいかもしれない。もともと自分が考えていること自体、かなり無理のある話なのだ。声を掛けたとて、大恥をかくだけの可能性も大いにある。

だけど。

——端的に言うと、食欲は人間を裏切らないから、です。

「ほんと、なんが起きるかわからんよね、人生って」

同じテーブルにいた門脇かおるが、手にしていたグラスを口に運んだ。かおるは、今回もともと修と共同幹事のような立場にいた門脇龍一(りゅういち)の妻だ。

「うち、亜依子と修んとこの上の子、小学校も同じじゃしよく預かっとったんよ。お互い様って感じで、順番に、みたいに」

かおるがグラスを置きながら、亜依子のほうに視線を向ける。挨拶を終えた亜依子は、写真を抱えたまま、マイク台の近くのテーブルへと合流している。

「子どもたちと話しとるとさ、パパが死んじゃったこと、まだあんまりわかっとらんじゃろうなって思うとき、あるんよね。お父さんまだ帰ってこんのかなーとか、今日のお迎えはお父さんじゃわ、とか、いきなりそういうこと言うんよ」

「そうなんだ」

——ちなみに上の子はほれ、今かおるの家で遊ばせてもらっとるんよ。

職場で遭遇したときの亜依子は、未来に障壁など何もないような表情をしていた。その隣に立つ修は、未来を疑う気持ちごとパキンと跳ね返すほど、相変わらず強度の高い健やかさを保っていた。

「こっちもどうすればええかわからんのよね。亜依子が子どもにどう説明しとるかも聞きづらいし」

かおるがちらりと、携帯に視線を落とす。十七時四十分を過ぎたところだ。亜依子が挨拶をしたということは、いよいよお開きの時間だろう。

「子どもの、日常が今まで通り続いていくことを疑ってない感じっていうんかな。そういうの触れると、やっぱなかなかきついなあ。もう二か月も前のことだし、お通夜も葬式も四十九日も、子どもたち二人ともそこにおったはずなんじゃあけどね」

修の葬式には、修が死んだ瞬間に立ち会った人たちも参列していた。夏月はお焼香をしながら、このときが実は一番死んだ人のことを考えていないなと思った。所作におかしいところがないか気にしているうちに、あの数秒間は過ぎ去ってしまう。

修の死を目撃した人たちは、心情的に、そのことについて語りづらいのかと思っていた。だけど皆どこか物語の登場人物になったかのような興奮を隠しきれておらず、その人たちの周辺に数十分滞在しただけで修がどんなふうに死んだのかすぐに把握できた。

夏至を迎えてすぐの土曜日。一年の中で最も日が長い期間であるとはいえ、日が暮れ始め、河原全体が橙色に呑まれていったタイミングだったという。

その日は、修と亜依子を始めとした家族何組かで集まって、河原でバーベキューをしていたらしい。子どもたちは勝手に友達になって遊んでくれるし、気心知れた仲間と食べるご飯は美味しいしで、みんな上機嫌だった。修も、帰りの運転は亜依子に任せられるということで、日中から機嫌よくお酒を飲んでいたという。

とても暑い日だったみたいだ。特に昼間は真夏日の様相で、子どもたちは持参した水着で川遊びをしていた。父親の中にも上半身裸になる人はおり、修はその筆頭だったという。

日が暮れ始めたころ、そろそろ道具を片付けて帰ろうかということになった。まだ川遊びを続ける子どもたちに見せつけるように、修は、その河原にある大きな岩へ上った。そして、「帰らん子は捕まえるでー!」と叫びながら、ざぶんと川へ飛び込んだという。そこはちょうど川底が深くなっており、飛び込み台のように都合よく岩が出っ張っているため、地元でも有名な飛び込みスポットだったらしい。

岩を上っていく修には、仲間内から「いけいけ、飛び込んじゃれ~」と野次が飛んでいたという。亜依子も「ほりゃ、あのモンスターが襲いに来よるよー、戻っといでー!」と子どもたちに向かって手招きをしていたらしい。飛び込む直前など、「待っとって写真撮るけん！」「ポーズ決めて飛んでなー！」等と、皆で囃し立てていたみたいだ。

修はそのまま、水面に上がってこなかった。引き上げられた遺体は、アルコール度数9％という表示のある色鮮やかなアルミ缶を握ったままだったという。

「ちょっと私、トイレ行ってくるね」

夏月は慌てて、かおるのそばから離れる。「あ、なんかごめんなあー」かおるは明るくない話をしたことを申し訳ないと感じているようだったが、その配慮は全くのお門違いだった。

夏月は、顔を下に向けたまま、かおるから離れる。

修の死因を思い出せば思い出すほど、笑い出してしまいそうになるのだ。

真っ昼間から飲み続けたストロング缶、アルコールが回った身体、高い岩から川への飛び込み。

――ほんと、なんが起きるかわからんよね、人生って。

いや、わかるだろ。溺れることくらい。

それとも、細胞のひとつにも裏切られずに生きてきた人間には、本当にわからないのだろうか。

「では、最後になりますが、スクリーンにご注目ください」

トイレに行くと言ってしまった手前、パーティ会場の出入口まで移動したときだった。いよいよこの場を締める段取りに差し掛かったのか、マイクを通った低い声が響いた。

「今回は、新郎新婦含めこの場にいるほぼ全員が南中出身者、または関係者ということで、学校の方々にも協力していただき、我々の中学生時代の写真や動画をこっそり集めて映像を作ってみました」

おお、と、会場がどよめきに包まれる。夏月は、パーティ会場の出入口からマイク台に立つ門脇龍一の姿を見つめながら、そんなことしてたんだ、とぼんやり思う。

そのときだった。

スーツ姿の男たちが、数人、会場の外から出入口へと近づいてきた。

「穂波家へのメッセージ動画とは別に、当時の写真や映像を僕に送ってくれた人たち、ありがとうございました。いろいろ面倒おかけしました」

スーツ姿の男たちは、ジャケットの裏ポケットに煙草を仕舞いながら、「お、なんか始まるぞ」とその足取りを軽くした。

ただ一人を除いて。

「僭越ながら、映像担当として、それらのデータを繋いでひとつの動画を作成しましたので、大同窓会の最後に上映させていただければと思います」

会場の電気が消える。夏月は顔を俯かせる。

だけど、そうしていてもわかった。

その場にひとり残った佐々木佳道に、見つめられていることが。

「えー、ちょっと機材の不具合が発生しているようです、すみません」

龍一の拙い仕切りが、他人事のように聞こえる。

夏月は顔を下に向けたまま、その場から動くことができない。

スムーズに上映を始められなかった龍一を野次る声が聞こえてくる。会場に戻るか、このまま出ていくか。どちらでも行動としてはおかしくないのに、どちらもできない。

今日一日、この人とは、あらゆる場面で何度も目が合った。

あの日の放課後みたいに。

「ただいまセッティングしていますので、少々お待ちください」

「門脇、しっかりー」

会場から、学生のときのようなやりとりが聞こえてくる。その距離感の近さから、みんなが普段から連絡を取り合っていることが窺える。

正しい命の循環の中にいる人たち。

今日わざわざその輪の中に足を踏み入れたのは、いま目の前にいる人に会うためだ。

それなのに、いざ会話をするには絶好の状況になった今、身体はこんなにも動かない。

「あ、再生できるっぽいです。始まります」

いま顔を上げれば、あの日の放課後のように、また目が合うだろう。

——佐々木が転校する直前。

夏月の脳裏に、修の声が蘇る。

——二人で、校舎の裏の水飲み場におるとこ見た気がするんじゃけど。

佐々木佳道が転校する直前、校舎の裏で鉢合わせたときと同じように。


——警察施設に侵入し、水を出しっぱなしにして蛇口を盗んだとして、岡山県警○×署は22日、同県○×市の西部日本新聞配達員、藤原悟容疑者（45）を窃盗と建造物侵入容疑で逮捕した。

あのニュースが報道された翌日の放課後と、同じように。

「それでは、ご覧ください」

門脇龍一の声と共に、音楽が流れ始める。

上映が始まった。

と思った、そのときだった。

そんなわけはないのに、独特のリズムに乗せて、耳慣れた挨拶が聞こえてきたような気がした。

【新時代を生きる皆さんこんにちは、元号が変わるまであと〇日チャンネルです！】

さっきまで全く動かなかった身体が、巨大な掌に張られたように動く。夏月は、会場の前方に掲げられているスクリーンを凝視する。

当然だがそこに、サングラスをかけた小学生二人組は映し出されていない。スクリーンには今よりも若い穂波先生の姿があり、会場は朗らかな笑いに包まれている。

夏月は息を吐く。混乱していた脳内が、少しずつ整理されていく。

少し考えれば分かる。この映像を制作した門脇龍一が、偶然、あの小学生二人組と同じ音源を使用しただけということが。著作権フリーの音源なのだから、こういうこともあるだろう。そうだ、そういうことだと、全身がゆっくりと事態を把握していく。

夏月はふと、横を見る。

そこにある、佐々木佳道の横顔。

この音源が聞こえてきたことによる驚き、ただの偶然の一致だということが分かったことによる安堵。その横顔から読み取れる情報の何もかもに、夏月は心当たりがあった。

夏月は確信する。やっぱりそうだ。この人にとっても、この音楽はパブロフの犬なのだ。

会場の喧騒が、ますます他人事になっていく。この数か月、夏月の心中を去来していた様々なものが繋がっていく。

この音源を使用している、どんなリクエストにも応えがちな小学生二人組。から連想される、〝藤原悟容疑者〟が起こした事件。のコメント欄に必ず現れる、SATORU FUJIWARA という名前。の記事にあった、「水を出しっぱなしにするのがうれしかった」という供述。が報道された次の日、誰もいない校舎の裏の水飲み場で鉢合わせた佐々木佳道。が勤務先のホームページで語っていた、そこに就職した理由。

そして自分が、今の寝具店に転職した理由。

【A. 端的に言うと、食欲は人間を裏切らないから、です】
——睡眠欲は私を裏切らないから。

私たちは、同士だ。

「佐々木」

また、煙草の匂いがした。

「ずっとここにおったんか。三次会行くじゃろ?」

ふと気づくと、スーツ姿の男たちが佐々木佳道に声をかけていた。よく見ると、その男たちだけでなく、たくさんの人が出入口を通過している。

同窓会が終わったのだ。夏月は携帯で時刻を確認する。事前に聞いていた通り、十八時を少し過ぎたところだった。

夏月はさりげなく、その場を離れる。佐々木佳道と言葉を交わしてみたい気持ちはある。訊きたいことだっていっぱいある。抱いていた予感はほぼ確信に変わっている。だけど、だからこそ、人目がある場所では絶対に話せない。

「いや、俺、三次会は行かない」

夏月は、佐々木佳道の声を耳たぶの縁で受け取りながら、人の流れに沿ってクロークへと進む。誰かに見られている場所で、話してはいけない。その思いが、夏月の足を動かす。

「そーじゃなあ。今日中に戻らんといけんのんじゃった?」

久しぶりに会えたのに、と、誰かが佐々木佳道を惜しんでいる。そうか、彼は確か今、関東に住んでいるのだ。今日は日帰りなのだろうか——夏月がそう案じたときだった。

「いや、そういうわけじゃなくて」

佐々木佳道の声が、ぐん、と近づく。

「俺このあと、桐生さんと約束あるから」

えっ、と、誰かが声を上げた。夏月は、携帯に表示されている時刻を見つめたまま、その場に立ち止まる。

今は、十八時をちょっと過ぎたところ。

もう少しで、夏至付近の日没の時刻。

修が死んだ時刻。

確かにその岩は、飛び込み台のようだった。

「最近も誰か来たみたいだな」

佳道はそう呟くと、先端に置かれていた花束の隣で胡坐をかいた。干からびてしまっているかと思いきや、餌を待つ小鳥のように、その花びらは大きく口を開いていた。

夏月は、佳道の少し後ろに腰を下ろす。一瞬、ハンカチなどを敷こうかどうか迷ったけれど、もうそんなこと気にしなくていいか、という気持ちになっていた。今日のために久しぶりに揃えた、よそいきの服一式。一日じゅう崩れてはいけなかった髪型、化粧、表情、意識。それら全てが、繋いでいた手をせーので離して、ぱーっと四方八方へ駆け出してしまったようだった。

ロングスカート越しでも、もうすぐ日が落ちる時刻になっても、真夏の世界に晒され続けた岩の表面はしっかりと熱を持っていることが分かる。夏月は、どこか俯瞰した目線で自分たちのことを眺めながら、二人とも、この景色の中に全く馴染んでいないと思った。それは、自然に満ちた風景の中だと結婚式帰りの服装が浮いて見えるとか、そういう視覚的なレベルの話ではなかった。

春から秋にかけての週末、いつでも賑わうアウトドアスポット。家族連れ、友達同士、仕事仲間――人々がこういう場所を訪れるとき、そこにはいつだって、正しい命の循環が生む人間関係がある。

「こういうところ来たの、すごく久しぶり」

夏月の呟きを、佳道は無言で受け流した。会話が成立していなくても、対話はできていることが肌でわかる。両親と話しているときとは真逆の感覚だ。

夏月は、佳道の背中を見つめる。

俺このあと、桐生さんと約束あるから――同窓会の会場の出入口で佳道がそう宣言したあと、呆気に取られているような周囲の人々を横目に二人でタクシーに乗った。どこに行くつもりだろうと思いながら、夏月は、そんなこと自分が一番知っているような気がした。自分たちはいつだって、人目のない場所でしか話せない。一度目は中学三年生のときの、校舎の裏の水飲み場。二度目は、今。

夏月は、髪を留めていたクリップを取る。突っ張った状態が続いていた頭皮が突然の弛緩にびっくりし、じんと痛む。

修が死んだ河原は、結婚式と同窓会が行われたホテルから想像以上に近かった。だから、タクシーを降りてから岩の上に辿り着くまで少し時間がかかっても、あたりが真っ暗になってしまうということはなかった。

夏月は、鞄の中で携帯を光らせる。時刻は十八時三十八分。

佳道の背中越しに、水流が見える。川の中でも深さが増しているらしいエリアは、橙色の夕暮れをたっぷりと溶かして、より底が遠くに感じられる。

修がアルミ缶を握りしめたまま飛び込んでいった場所、時間。ここ、あと数分。

「修のこと、苦手だったなー」

水の流れと佳道の声が重なり合う。

「俺が転校する前、中三の五月とかだったっけ。修学旅行、あっただろ」

「あった」

夏月は、佳道の視界の外で頷く。

「俺、修と同じ班だったんだけどさ、もうすごかったよ」

遠くの空の奥のほうから、少しずつ、夜が迫ってきている。

「なんっにも疑ってない。班長で、いつも先頭歩いて、バス酔いもしないし全然疲れないし飯だっていつもお代わりして……精神的にも肉体的にも、適応能力が半端ない。で、周りの人間も自分と同じようなもんだと思ってる」

夏月は、空から滲み、垂れてくる夜を受け取る。

「みんな、好きな〝人〟がいると思ってる」

修が死んだ時間だ。

「夜になると誰だって下ネタで盛り上がりたいはずだと思ってる。現に、俺以外のメンバーはそうだったしな。どの女子部屋に行きたいかとか、誰の風呂覗きたいかとか普段どんなAVを見てるかとか、夜になった途端待ちに待ったって感じでそんな話ばっかり」

夏月は、どぼん、と、鈍く重い音を聞いたような気がした。

「俺、今でも忘れられないことがあってさ」

それは、ここから落ちた人間が、川底に沈んでいった音のような気がした。

「修学旅行中、修が急に、パンを見せてきたんだ」

佳道の告白も、修の死体と一緒に、川底に沈んでいく。

「多分どっかのコンビニで買ったパン。生地が何層にも重なってて、真ん中に苺のジャムが入ってるような、普通の菓子パン。苺のペーストが練り込まれてるとかで、全体的に生地がピンク色だったんだ」

で、と、佳道が続ける。

「それ差し出してきたからさ、俺、一口くれるのかと思ったんだよ。でも、手伸ばそうとしたとき、修がこう言ったんだ」

――興奮せんか？

「俺、意味がわかんなくてさ。何言ってんだろうとか思ってたら、後ろから、無修整じゃが、とか聞こえてきて。皆、リアルだとかエロいだとか真ん中のジャム舐めたいとかそういうこと言い出して、そこでやっとわかったんだよ。多分、パンの見た目が女性器に似てたんだ」

女性器、という音も一緒に、沈んでいく。

「それから修学旅行中ずっと、そんな感じ。夕食に出てきた果物の断面とか、そういうの見つけては興奮しない？　興奮しない？　って修が聞いて回って、皆ゲラゲラ笑ってた。見学した寺の壁にも似てる模様があったらしくて、そこに股間押し付けたりして」

フッと、佳道が小さく笑う。

「修といると、自分以外の人間がどういう世界を生きてるのか、嫌でも思い知らされる」

嫌でも、知りたくなくても思い知らされるものが、この世の中には沢山ある。

まるで夕立に降られるように、勝手にその一部に自分が含まれてしまうことが沢山ある。行かなければならない修学旅行、どうしたって訪れる夜。なぜか完成してしまう、特別な秘密を明かし合うために整えられたような空間。あなた以外に話せる人がいないから、と、まるで特別なプレゼントを渡すような目で見つめられる瞬間。勝手に生まれる人間関係。自分を巻き込んでくる色んな繋がり。

「私も嫌だったな」

その全てが、鬱陶しかった。

「今も、嫌」

どんな秘密や悩みを差し出されても自分が隠していることに比べれば、片手で摘める花のようにしか感じられなかった。

むしろ、そんなことを秘密だ悩みだと大切に抱えていられる世界に生きる人を、あまりに恨めしく、憎らしく感じてしまうのだ。

「思ったより高えな、ここ」

佳道が胡坐をかいたまま、首を伸ばして岩の下を覗く。

「昼間からずっとお酒飲んで、ここから川に飛び込んでも、当たり前のように自分は生きてるしこれからも生きていくだろうって、そう思える人間なんだよな、修って」

亜依子の臍の前でトリミングされていた修の顔。よく焼けた肌、白い歯、上がった口角。生きていくエネルギーに満ちた肉体。

「いいなあ」

うっとりと、夏月は息を吐く。

「私もそんな風に生きてみたい」

水の音、暮れていく陽、近づいてくる夜。

学校でも職場でも聞こえてくる女子同士の猥談、テレビを点ければ流れてくる新しい価値観がどうとかいう特集。

誰にでも降りかかるそれらを、当たり前のものとして受け取ってみたい。

「な」前を向いたまま、佳道が呟く。

「うん」夏月は一言、返す。

大人になった今でも、修学旅行の夜が続いているみたいだ。

――桐生さんは好きな人いないの？

――桐生さんはどうなの？

――あなたの中には何があるの？

昔からずっとそうだ。私はこんな秘密を明かしたよ、だからあなたの秘密をちょうだい。そうじゃないとフェアじゃないでしょう。そんな風に、欲しくもない情報をいきなり突きつけてきたくせに、見返りを求める人ばかりだ。相手の奥底を覗きに来る人ばかりだ。

たった一つのことを隠しているだけなのに、その一点が人生のすべてと繋がっているから、誰とも対話ができなくなる。会話はできても、対話ができなくなってしまう。

「意味わかんないこと言ってるかもしれないけどさ」

二人の足元よりずっと下の方を、水が流れている。

「俺が好きなタイプとか聞かれたときに正直に答えてたら、修、ここから飛び込む前に躊躇したかな、とか思うんだよな」

くぐもった笑い声が、逆に、佳道の真剣さを物語っている。

「こういう形の蛇口だと一番いいとか、この噴き出し方が最高に興奮するとか、そういう風に答えてたら」

うん、と、夏月は呟く。

「ここから飛び込む前に、自分の考えなんか全然及ばない世界があるってこと、修ももっと認識できたんじゃないかなとか、思うんだよ」

——水を出しっぱなしにするのがうれしかった。

そんな供述が報道された翌日、クラスはちょっとした騒ぎになった。

ただそれは、そのニュース自体が大きく報道されたからではなかった。当時、夏月と佳道が所属していたクラスでは、社会の授業の冒頭で、一人の生徒がその日の朝刊で気になった記事を発表するという試みが行われていた。誰が指名されるかはわからないので、社会の授業がある日は全員が朝刊に目を通しておく必要があった。ただ、夏月も佳道も含めて、みんな適当に、パッと開いたところにある記事を見繕っていた程度だった。

その日、先生は亜依子を指名した。だけど亜依子はなかなか立ち上がらなかった。気まずそうな表情を見ながら、夏月は、準備し忘れてきたんだろうな、と思っていた。亜依子が小さく口を開き、「先生、すみません」と謝罪しかけたそのとき、修が手を挙げた。

——先生、今日、俺が発表していい?

修が亜依子のことを好きだということはクラスの誰もが知っていたので、皆、修は亜依子を庇いたいのだと察した。何も知らない先生が、まっすぐ手を挙げる修を面倒くさそうに指名したところで、皆、修がまともに記事を準備してきているわけがないと思っていた。

しかし、そんな予想を裏切って、修は記事を読み上げ始めた。

警察施設に侵入し、水を出しっぱなしにして蛇口を盗んだとして……

誰もが準備済みであることに驚き、その後、どうしてこんな何てことない事件を選んだのだろうという空気が流れた。聞けば聞くほど平凡な内容で、やっぱり亜依子を庇いたかっただけか、という肩透かし感が教室を順調に満たしていった。

最後の一文が読み上げられるまでは。

まるでコントのオチの台詞のようにその一文が読み上げられたとき、教室は笑い声に包まれた。水を出しっぱなしにするのがうれしかったいうて？　なんよそれ。意味わからん。まじウケる。でもキチガイは迷惑じゃなあ。「やべーよなあ、こんな動機コナンでもありえんよなあ」と、修は、ウケている生徒たちにさらに笑いを促していた。得意気な表情で、ちらちらと亜依子の様子を窺いながら。

そんな笑い声に満ちた教室の中で、夏月は思い知っていた。

自分はやっぱりおかしいんだ、と。

水を出しっぱなしにすることをうれしいと思うのは、分かっていたつもりだったけれど、こんな風に笑われることなんだ。思い余って実行に移そうものなら逮捕されるようなことなんだ。そう再確認しながらも夏月は、実家のベッドの上で毛布を両脚で挟んでいるときのように、身体の中心が温かく滲んでいくのを感じていた。

夏月は物心ついたときから、噴出している水の様子に興奮するのだった。

原因なんてわからなかった。周りの友人たちが、あの子かっこいいよね、と頬を赤らめるように、夏月は〝噴出する水〟に身体の一部を熱くしていた。皆が人間の、主に異性に好意を抱くように、夏月もそこに明確なきっかけも理由もなく、水に好意を抱いた。

夏月が好きなのは、浴槽やプール、川やダムや海など、そこに大量に存在する水の塊というよりは、噴水や何かが落下したときの水飛沫のような、抵抗できない力によって水の形が強制的に変えられている状態だった。何もしなければ穏やかに光を吸い込んでいるだけなのに、何らかの力が加われば自由自在にその形を変える。その変形における爆発力のようなものが、夏月にとってはひどく扇情的だった。たとえばテレビで水泳の飛込競技の映像が流れれば、どうして水飛沫が小規模であるほうが評価されるのか、と悔しく思った。そしてそういう場面に出くわすたび、周囲の人々の性的な衝動を全く呼び起こさないものを凝視したがっている自分の異質さを、痛切に自覚するのだった。

なんよそれ。

何の遠慮もなく水が飛沫をあげる映像。それを見ていると、夏月は、感情を表現するときに用いるすべての言葉と言葉の隙間が、粘っこい何かによって一気に埋め尽くされるような気持ちになる。

なんよそれ。意味わからん。

はじめは、自宅の蛇口や風呂場のシャワーで満足できた。そこで噴水や水飛沫を演出しては、太ももをすり合わせた。だけど、周りの友人が「好きな人と付き合いたい」「手をつなぎたい」「キスをしたい」とその想いをエスカレートさせていくように、夏月ももっと思い切り、自分の手で好きなように水を噴出させたいという欲求を募らせていった。

なんよそれ。意味わからん。まじウケる。

夏月は自分に対して、一秒もサボらず、そう思っていた。絶対に変だし、自分が自分で気持ち悪い。でも、原因のないものを直すことなど、当然だができないのだった。

なんよそれ。意味わからん。まじウケる。でもキチガイは迷惑じゃなあ。

「意味わかんなくないよ」

夏月は、佳道の背中に話しかける。

「私たちは絶対、酔ってる状態でここから飛び込んだりしないよね」

自分たちが自分のことを正直に話していたら、修はここから飛び降りなかったかもしれない。そんな話、他の人が聞いたら支離滅裂に思うだろう。だけど夏月には、佳道の言わんとすることがとてもよくわかった。

「自覚してるもんね。自分たちが正しい生き物じゃないって」

いつの間にか、夜がもう目の前にまで来ている。

「いつか、何かのきっかけで、これまで築いてきたものなんて全部壊れるだろうって思ってるもんね、私たちは」

夏月は、目の前の背中を見つめる。

この人はきっと、ここに私を連れて来て確かめたかった。披露宴や同窓会で摂取したアルコールがまだ残っている身体で、確かめたかったのだ。

二人とも、お酒を飲んだ状態でここから川へ飛び込もうなんて絶対に思えない同士だということを。

人間の予想なんて全く当てにならない現象が耳のすぐ隣で息を潜めていると、いつだって一秒もサボらず自覚し続けている同士だということを。

修が、自分の命や未来を全く疑わず川底へ飛び込んでいったその瞬間に、まさにその場所で確かめたかったのだ。

目の前で、佳道の背中が緩やかなカーブを描いている。

この人はいつだって、自分の少し前にいる。夏月は下がってきた気温の中、膝を抱えながらそう思う。

修が、藤原悟の逮捕記事を読み上げたあの日もそうだった。

生徒たちの笑い声がひとしきり収まったあと、社会を担任していた先生は頬を緩ませながら言った。そんな変な記事、本当にあったか？　修は鼻の穴を膨らませながら答えた。すっごい隅に小さく載ってました、俺隅々まで読んでるんで。

夏月はその間、昨年までこの机を使っていた誰かが彫った傷跡を見ていた。身体を目いっぱい縮こまらせて、体内に宿った熱を誰にも見つかることなく冷まそうとしていた。だから、そのあと先生が続けた言葉は、聴覚だけで摑み取った。ゆえに、強く記憶されたのかもしれなかった。

——そういえば、校舎の裏にもう使ってない水飲み場があるけど、あそこ今日から立ち入り禁止だからな。工事であの辺に残ってるもの全部取っ払う予定だから。水を出しっぱなしにするのがうれしかったとしても、触っちゃダメだぞー。

先生は冗談っぽく、藤原悟容疑者の供述を引用した。みんな、ウケるー、と、楽しそうに笑っていた。修は相変わらず満足そうな表情だったし、亜依子はそんな修に口の動きだけで「ありがと」と伝えていた。人間の異性に性的欲求を抱ける者同士のコミュニケーションがそこにあった。

その日の放課後、夏月は密かに、校舎の裏に向かった。

当時の中学校の校舎の裏は、昔使っていた焼却炉とチャボがいた小屋があるくらいで、陽が当たることもほとんどなく、生徒たちからは不気味な一角として認識されていた。かつては悪い先輩たちが隠れて煙草を吸ったりしていた場所だという噂もあり、あの中学校の敷地内で唯一死んでしまっているエリアといっても過言ではなかった。

そこに錆びた水飲み場が存在することを、夏月はずっと前から知っていた。窓からその水飲み場を見下ろすたび、あの蛇口を思い切り捻り、好きなように水を噴出させたいと妄想していたからだ。

そんな水飲み場がもうすぐ撤去される。社会の授業中、夏月はずっと、そのことで頭がいっぱいだった。

「地球に留学してるみたいな感覚なんだよね、私」

夏月はそう呟いてみる。今もあの日の放課後も、自分より少し前にあったこの背中に。

その日の放課後、夏月は、部活をしている生徒たちが帰る時間までトイレの個室に隠れていた。もう誰も学校に残っていないだろうというころ、人目を忍んで校舎の裏に向かった。どうせ撤去されてしまう古い水飲み場だ、その蛇口を壊して思い切り水を噴出させてみたかった。

足音を鳴らさないよう、息を殺して歩いた。その進み方は、普通の人間ではないことを誰かに怪しまれないよう徹底して過ごしてきたこれまでの人生に似ていた。

水飲み場には、佳道がいた。

佳道は、そこに現れた夏月の姿をじっと見つめた。夏月は佳道の姿を認めながら、顔はわかるけど名前がわからない、と思った。だから、佳道が、自分の名前を正確に知っているかどうかもよくわからなかった。

だけど、錆びた水飲み場の前では、名前など不要だった。

夏月は、白い夏服のシャツを身にまとった佳道を前にして、教科書の指定された頁を読み上げるように思った。

この人も、自分と同じなのかもしれない。

「どこにいても、その場所にいなきゃいけない期間を無事に乗り切ることだけ考えてる。誰にも怪しまれないままここを通過しないとって、いつでもどこでも思ってる」

　佳道はあのとき、夏月の姿を認め、一度だけ頷いた。夏月も同じように、一度、頷き返した。

　それでじゅうぶんだった。

　佳道は、二人の間にある錆びた水飲み場の蛇口を、思い切り蹴飛ばした。

「そうすると、誰とも仲良くなんてなれないんだよね」

　どれだけ手入れをされていなかったのだろう、錆びた蛇口は簡単にどこかへ飛んでいった。その代わり、まるで長年の封印から解かれた伝説の大蛇のように、茶色く変色した水が乱暴にうねりながら噴き出してきた。

「人生の中のたった一点を隠してるだけなのに、週末にこういう場所に来る生活とか人間関係とか、全部が遠ざかっていくの」

　視界を覆う水飛沫の向こう側で、佳道は笑っていた。

　二人は交互に、水の噴き出し口を蹴った。ずっとこうしてみたかった。家の中では限界があった。何も気にせず、自分の好みの噴き出し方を探りながら、水の形を変えてみたかった。服も体も何もかもが冷たく濡れていったが、体内には甘く震える熱を感じていた。

　水を出しっぱなしにするのがうれしかった。水を出しっぱなしにするのがうれしかった。

　夏月は心の中で、何度もそう唱えた。水を出しっぱなしにするのがうれしかった水を出しっぱなしにするのがうれしかった。私も。私も私も私も。

「俺も一緒」

蛇口があった部分に手を当て、水の形を変えた。自分の理想のそれになるよう、何度も何度も試みた。夏月のそのときの好みは、ホースの先端を指で閉じたときのような、一直線に伸びる噴き出し方だった。水がまるでビームのように力強く伸びゆく軌跡が、当時の夏月にとってはひどく耽美に感じられていた。

そんな夢のような時間は、校舎の窓からの先生の声によって、終わりを迎えた。

夏月は夢中で逃げた。もう誰も追ってきていないと確信できるまで、びしょ濡れの全身を前に進ませ続けた。

それが、佳道と交流した最後の記憶だ。

翌日以降、学校内で佳道と言葉を交わすことはなかった。それまでもずっとそうだったので、特に違和感はなかった。そのまま佳道は、三年生の一学期が終わると、関東地方へ転校してしまった。

尻の下の岩が、どんどん冷たくなっていく。

あの放課後からずっと、ただ生きてきた。

誰かの身体に触れることも、誰かに身体に触れられることもないまま、水が噴き出すという現象に性欲を抱く人生を、ただひとりで生き抜いてきた。

アプリで会った人とやっちゃったなんて言うように、彼氏との温泉旅行で何度もしたなんて言うように、夏月にも猛烈に欲望を発散させたい日があった。あの放課後みたいに、何も気にせず水を噴き出させたくなる日があった。たまたま通りかかった公園にたまたま誰も居なくて、ぽつんとそこにある水飲み場の銀色が光っていたりすると、我を忘れて吸い寄せられそうになるときもあった。だけどそのたび、教室に満ちた笑い声を思い出し、自分を抑えた。

なんよそれ。意味わからん。まじウケる。でもキチガイは迷惑じゃなあ。

恋人ができた。キスをした。セックスをした。人に言えないような場所で人に言えないようなことをした――周囲の人々はいつだって、自分の欲望の物語を楽しそうに喧伝していた。夏月はそれを聞きながら、男性器を体内に挿入するのはどうして変でもキチガイでもないのだろうと思った。男性器を口に含むことはなぜ意味わかんなくないのだろうと思った。本人たちが恋愛にまつわることにどれだけ悩み傷ついていても、人間に興奮できることが、他者とその悩みを共有できること自体が恨めしくて羨ましくて仕方がなかった。嫌いになりたくない人のことも、嫌いになっていった。遠ざかってほしくないものも、自ら遠ざけていかないと心身が保たなかった。

子どものころは、テレビに映るダムの放流や噴水を使ったショーなどの映像が、夏月にとって貴重なアダルトビデオとなった。だから、動画共有サイトの登場は衝撃的だった。そこには、注目を集めるため、届いたリクエストに何でも応えるような配信者が存在した。配信者からすると全く性的でない行動が、リクエストをした人からすると喉から手が出るほど欲しかった希少な映像となる世界。

罰ゲームに電気あんまはどうでしょうか。水中息止め対決はどうでしょうか。風船早割り対決は。サランラップでぐるぐる巻きにされてから脱出するまでの時間を測る対決は。『暑くなってきたら、夏らしく、水を使った企画はどうでしょうか。水風船を割れないまま何度投げ合えるか対決、ホースの水をどこまで飛ばせるか対決など、見てみたいです』

「やっぱり、桐生さんだったんだな」

気づけば、もうすっかり日は暮れていた。佳道は胡坐をかいたままこちらを振り返ると、

「天沢聖司みたいだなって思ってたんだ、コメント欄見るたび」と言った。

自分が口にするだろうと思っていた言葉が、自分に向けられている。佳道が続ける。

「同窓会の最後、あの音源が流れたとき、桐生さんすごい顔してただろ。あれで確信した。やっぱりSATORU FUJIWARAは桐生さんだったんだって。藤原悟本人が書き込んでんのかなとか考えたこともあったけど、逮捕歴がある人が本名でコメント残さないだろうし」

「待って」

夏月こそ、あの音源が流れた瞬間に確信したのだ。

コメント欄にいるSATORU FUJIWARAは、佐々木佳道だと。

「私も、佐々木君と全く同じこと考えてた」

「え？」

今度は、佳道が耳を近づけてくる番だった。

「コメント欄のSATORU FUJIWARAのこと、佐々木君だって」

夜が一層、深くなる。

「俺じゃないよ」

そう答える佳道の存在が、どんどん、夜の闇に呑まれていく。

「桐生さんでもないの？」

佳道の瞳に映る自分を見つめながら、夏月は、まだ夜にならないでほしいと強く願った。

今そばにいる人の、やっと摑みかけたその輪郭を見失いたくなかった。誰かのことをこん

な風に思うなんて、人生で初めてのことだった。

――神戸八重子　2019年5月1日まで、172日

人生で、初めての感覚だった。

「ダイバーシティフェス、以上で閉幕となります！　本当にありがとうございました！」

最後の〝た〟が、他の誰でもない自分の口から放たれたその瞬間。八重子は、ステージ上で深々と頭を下げていた。そうしながら、たくさんの人の拍手の音というのは、まるで骨伝導みたいに脳に直接響くのだと知った。そして、このまま頭を上げなければこの音をずっと浴びたままでいられるのかな、なんて子どもじみたことを半ば本気で考えた。

ダイバーシティフェスは想像以上の成功を収めた。企画が発表された当初は、実行委員内外からミスコンおよびミスターコンの廃止に対して簡単には見過ごせない数の反対意見が届いたが、「実は自分も違和感があった」「変えようとしてくれている人が同世代にいるなんて誇らしい」という賛同の声がじわじわ増えてきて、特に女子学生からの賛同の声は大きな追い風となった。八景祭が直前に迫ってきたころには、講義を受けている教授からも「実行委員なんでしょう？　応援してるよ」と声を掛けられるほどだった。

だが、紗矢をはじめとする実行委員が目指していたのは、ミス及びミスターコンテストの廃止ではなく、あくまでダイバーシティフェスの成功だ。『誰もが自分に正直になれて、

繋がりを感じられる祝宴』の実現を目指した数か月間は、八重子の人生の中で、最も頭を使い、疲労を覚え、時間が足りないと感じた期間だった。だからこそ、八景祭を終えて一週間経った今、実行委員と関係者を集めて行われているアフターパーティに胸を張って参加できている。今の自分が抱いている爽快感が、八重子はとても誇らしかった。

「お疲れ様」

紗矢が、「飲んでる？」と、飲み物の入ったグラスを差し出してくる。アフターパーティは小ぶりのカフェを貸し切りにしての立食形式ということで、誰とどこで話そうが自由だ。八重子は、最初の一時間ほどはお世話になった人たちに一通り御礼をして回っていたが、今は少し端のテーブルで休憩していた。

「すみません、お気遣いありがとうございます」

紗矢は八重子にグラスを渡しながら、「こういう立食パーティみたいなのって、どこに居ていいかわかんなくなっちゃうよね」なんて笑ってみせる。本当は社交性に満ちているのに、端にぽつんと立っている八重子に合わせてくれていることが丸わかりだ。

紗矢はずっと、理想の先輩であり頼れる上司であり、この人が味方側の陣営で良かったと思わせてくれる人だった。準備期間から本番まで数えきれないほどのトラブルが発生したけれど、常に全体像を見据えながら、悪い影響が及ぶ範囲が最小限となる判断を選び取れる紗矢のことを、八重子は日に日に深く濃く尊敬していった。

そして、敬う気持ちが大きくなるたび、八重子は紗矢の家庭環境に思いを馳せた。真輝の存在を羨んでは、紗矢を尊敬する気持ちの底の部分が、焦げた砂糖のようにじゅわりと泡立つのを感じた。

「今回ダイバーシティフェスがうまくいったのは、八重子が提案してくれたテーマのおかげだと思ってる。他にもほんとに色々苦労してもらったよね。本当にありがとね」

「そんな、全然、私なんて」

何もできなくて、という声が、耳慣れない音楽の中に混じる。民族音楽研究会の人たちが、アフターパーティのＤＪを担当してくれているのだ。ダイバーシティフェス当日、幕間の時間などを、様々な文化を背景に持つ音楽で繋いでくれたのが民族音楽研究会だ。八重子は、紗矢が提案してくれるまで、そんな団体がこの大学に存在することすら知らなかった。研究会の人たちは口を揃えて、大学に進学して初めて、本当に好きな音楽について語り合える人に出会うことができたと言っていた。自分だけかもしれない、が、繋がる――それは、ダイバーシティフェスという空間が提供したい価値そのものだった。

「そもそも紗矢さんが企画を募集しますって言ってくれなかったらダイバーシティフェスも存在しなかったので……本当に尊敬してます。お疲れ様でした」

平野千愛プロデューサーは、多忙のため、今日のアフターパーティには参加できていない。だが、繋がりをテーマに展開してくれた当日の講演は、これまでメディアで話している内容とは一味違い、とても興味深かった。平野プロデューサーも、男性同士の恋愛ドラマを実現させたいと考えているのは自分だけなのかもしれないと悩み続けていたことがとてもよく伝わる講演だった。

自分だけかもしれない、が、繋がる。

その言葉は、今の八重子にとてもよく響く。

「こういう場所、あんまり得意じゃない？」

紗矢はそう言うと、会場内を自然に動き回っているよし香に視線を飛ばした。八景祭が終わった後、実行委員のみで行われた打ち上げで、よし香は紗矢から来期の代表に指名された。早速今年のうちから人脈を作らねばと気負っているのか、様々な団体の代表者に挨拶をして回っている。

「よし香ほどは、得意じゃないかもです」

八重子は、よし香が『スペード』のダンサーたちとも仲良く会話をしている姿を横目で確認する。アフターパーティには、『スペード』の代表だった優芽や渉外担当の大也以外にも、当日ステージに上がったダンサー全員が招待されている。

そのとき、男の集団が大きな笑い声をあげた。服装や音楽にノッている動きから見るに、おそらく『スペード』の人たちだろう。八重子はそこに大也の姿がないことを確認しつつ、さりげなく、彼らに背を向ける。

たとえ自分のことを笑っていたわけでなくとも、旺盛な人たちの視界に入ることは、それだけで怖い。

「ていうか、もしかして」紗矢が、ぐっと、声のボリュームを落とす。「男の人のこと、苦手だったりする？」

どん、と、大きなドラムの音と共に、曲が変わった。

だけど、八重子はそのドラム音が、自分の心臓の音かと思った。

紗矢の指摘は、まるで彫刻刀のように、八重子の心をカモフラージュしているものを削ぎ落としにかかった。

「いや、深い意味はないんだけどさ、実行委員の中でも、男のメンバーと話すときは私やてくれてたけど」

よし香を介してた気がして。『スペード』とのやりとりは、担当ってこともあって頑張っ

男の人。

の目線が、この空間にはたくさん行き交っている。

そのどれかに引っかかるだけで、八重子の脳内には、かつて数センチの距離で向き合っ

てしまった巨大な文字列が蘇る。

――素人ＪＫの妹★極秘ハメ撮り映像流出。

「苦手っていうより、なんていうか」

兄の視線。

「あんまり男友達とかいるタイプじゃなかったので、慣れてないっていうか」

嘘だ。

本当は、男という生き物が気持ち悪い。

それまでもずっと、太り気味の容姿のせいもあるのか、男子からは視線でも言葉でも傷

つけられてきた。誰の恋愛対象でもないということは、生きているだけで伝わってきた。

それだけならまだしも、兄の部屋に入ったあの日からは、世の中の男が全員ああいう動画

を家で独りでじっくりと楽しんでいるのだと思うようになった。その欲望を想像するだけ

で、心身のコントロールが利かなくなるくらい気持ちが乱れるようになってしまった。

「私、彼氏とかもできたことないので」

よし香に彼氏ができた。

学祭が終わったあと、実行委員の広告局の男子に告白されたのだ。筋トレが趣味だとい

う彼は色黒のサル顔で毛深くてうるさくて、よし香のスマホの待ち受けを何年も独占しているジュウォン様とは似ても似つかぬ雰囲気だった。だから八重子は、よし香はその告白を絶対に断るだろうと思っていた。だけど、八重子以外は全員、準備期間中から二人がおそらく両想いだろうということに気付いていたらしい。

同年代の友達にはみんな恋人がいるし、漫画やドラマや音楽の中、どこでも〝女子大生〟は恋愛をしている。昔も今も、いつだって女性に嫌な思いをさせるのは男性のほうが多いのに、みんな、好きになる相手として男性を選んでいる。他ならぬ自分だってそうなのに、その理由が八重子にはわからなかった。

よし香の待ち受けは、彼氏とのツーショットに代わった。

この年齢になって、話しかけられたりしたわけでもないのに、そこにいるだけで異性を不快に思うなんて、そんなの自分だけかもしれない。八重子は、ダイバーシティフェスで平野プロデューサーの講演を聞きながら、いっそＬＧＢＴＱに生まれていればよかった、と一瞬でも思った自分に驚いた。

今の日本では好きな人と結婚すらできないマイノリティの人生の選択肢の少なさ、そこから派生する辛苦が語られているのに、八重子はその選択肢の少なさにむしろ安住したかった。

八重子の目には相変わらず、世の中を構成する最小単位は恋愛感情で繋がっている異性同士の二人組であるように見えていた。その単位を元に家族を始めとする様々な制度が構築されているし、まずはその単位になることを目的に走れと様々な方向から促され続けていると感じていた。そして、そのことにこんなにも悩むのは、自分が異性愛者だからだと思った。だから自分には様々な選択肢がある。だったらそんなもの、いらない。

こんなことを思ってはいけない。八重子は舞台袖で講演を聞きながら、自分を必死に律した。このフェスを運営しながらこんなことを考えているのは、きっと自分だけだ。自分だけかもしれない。きっと自分だけだ。そんな思いは、いつだって人の口を閉ざす。

ふと隣を見ると、紗矢の表情に後悔が滲んでいるのがわかった。いつのまにか、思ったよりも仄暗い洞窟の入口に立っていることに気付いたのだろう。せっかくの楽しい場なのに面倒な話をしたくないという思いが、泳ぐ視線から伝わってくる。

「実行委員からは卒業するけど、またいろんなこと話そうね。いつでも連絡して」

「あー、八重子ちゃん！　ここにいたんだ！」

その場を離れた紗矢と入れ替わるように、駆け寄ってくる人影があった。『スペード』の元代表、優芽だ。

「立役者がこんな端っこにいていいわけ？　探しちゃったよ」

すでに何杯か飲んでいるのか、頰は赤いし声も大きい。「できあがってますねえ」テーブルに置いてある誰のものかわからないグラスを避難させながら、八重子はその肩越しに大也の姿を探す。

もうこんなに自然に、求めてしまっている。

だって、初めてだったのだ。

兄の部屋に入って以降、男の視線を不快だと感じなかったのは。

この人を好きだと、この人に触れたいと、この人から触れられたいと思えたのは。

「もしかして大也探してる？　ごめんんね、なんか顔だけ出して帰っちゃったみたいで」

相変わらずノリ悪いよね、と、いつもより滑らかに優芽が話し続ける。

「こういう皆でワイワイみたいなの、ホント苦手みたい。合宿とかも、今年の夏に参加しただけであとはいくら説得しても来ないんだよね。むしろ合宿にまつわる事務作業とかを淡々とやってるほうが好きみたい。普通そっちを嫌がるのにねえ」

「そうなんですね、なんか意外」

八重子は、大也のことは実行委員として関わった部分しか知らない、という設定を忘れないよう心がける。『スペード』のアカウントを毎日チェックしていれば、集合写真などにも滅多に登場しない大也が内向的な性格だろうことは容易に推測できた。

「いや、ほんとに、多分彼、みんなと違うんだよね。だからってわけでもないけど、八重子ちゃん、これからも大也と仲良くしてやってね」

「え？」

八重子は思わず、優芽の表情を覗き込む。酔いから生まれた軽口かと思ったけれど、さっきまで赤かった優芽の顔は寧ろ冴えていた。

「多様性とか、繋がりとか、『おじ恋』の話とかさ、今回、大也にとってはすごくいい機会だったと思うんだよね、実は」

「どういうことですか？」八重子は、優芽との距離をぐっと詰める。

「いや、もしかしたら、一番繋がりを必要としてるのは大也なのかもしれないから」

優芽の頬に、そっと影が落ちる。

この人、大也のことを好きだ。

八重子はなぜだか、そう直感した。

「こんなこと、私が勝手に話すのは間違ってるかもしれないけど……でも、八重子ちゃんは変な風に受け取らないってわかってるから、話すね」

私の勝手な想像で私の勝手な考えだからね。そう付け足す歯切れの悪さが、優芽らしくない。

「八重子ちゃん、去年の夏の公演、観に来てくれたって言ってたよね」

「はい」八重子は頷く。

「あのとき、最初と最後とか幕間とかで、映像が流れたでしょう」

八重子は、友人に連れられて観に行った公演の様子を思い出す。確かにショーが始まる前には必ず、そのコンセプトを伝えるような数十秒間のイメージ映像が差し込まれていた。街の壁に描かれたグラフィティの前で踊っている人々の映像の後にはヒップホップのショー、抽象的な映像の後にはコンテンポラリーのショーというように。

「その中でさ、プールの映像があったの覚えてる？　男子メンバーだけのショーの前に流れたやつなんだけど」

「あ、覚えてます」

確か、水着姿の男たちがプールではしゃいでいるような映像だった。その後に続くショーも、コミカルというか、それまでとは一風変わった雰囲気のものだったはずだ。

「なんかね、私もよくわからないんだけど……なんかその、ＡＶによく出てくるプールっていうのがあるんだって」

ＡＶ。

その単語が、八重子の鼓膜を貫いて、脳にまで到達する。

「私、その映像の撮影にカメラマン役として同行してたんだけど、みんな朝からずっと、今から俺たちがどこ向かってんのかわかるよな、とか変に確かめ合ってて。ドラマとかでもよく使われてる場所らしいんだけど、健全な男子の夢の場所でーすとか言ってとにかく皆はしゃいでて」

鮮明に想像できてしまう。旺盛な男たちが、集まって、AVの話をしながら笑っている姿。八重子が不快な気持ちを表情に出さないように気を付けていると、「でも」と優芽が声のトーンをさらに落とした。

「大也だけ、そのプールのこと知らなかったの」

音楽や話し声が、すべて鼓膜から遠ざかる。

「それって、男からするとあり得ないことらしいの。例のプールを知らないで大人になる男なんていないとか言って皆すごい笑ってて」

しばらくして、八重子の世界に音が戻ってくる。「そうなんですか」と相槌を打ちつつ、八重子は、このドラム音が激しい音楽は何だろうと思った。だがすぐに、それは自分の心臓の音だと気付いた。

「それから大也、もともと皆と騒ぐタイプではなかったんだけど、もっとクールっていうか、距離を置く感じになってってね。彼女がいるかどうかとかも誰もよく知らないし、そもそもそういう話をするような関係性に誰もならないっていうか」

不思議に感じていた幾つかのことが、まるで星座を象る星のように繋がっていく。

「別に私は、大也がどういう人間だとしても気にしないんだけどね。高校まで女子校で、マイノリティの友達も結構いたし」

どうして大也の視線は、怖く感じなかったのか。兄に代表されるような、異性に対する不快感をなぜ大也にだけ抱かなかったのか。

「だから、ダイバーシティフェスに関われたのって、大也にとってすごくよかったんじゃないかなって思うんだよね。余計なお世話かもしれないけど、やっぱり、もっと心を開ける人と繋がってほしいと思ってるから、私は」

大也が他の異性と違うのは、AVを経た眼差しで、自分を含めた女性のことを見ていないからだ。

「私はもうサークルも引退だし、就活始まるし、あんまり大也のこと気に掛けられなくなっちゃうんだけどさ。八重子ちゃん、大也と確か学部も一緒だよね？　もしかしたら、ゼミとか一緒になるかもしれないよね？　もしそうなったらさ、なんか、学祭とか関係なく、色々話しかけてあげてよ」

よく考えれば、自分は今、失恋をしたのかもしれない。八重子は「はい」と応えながらどこか冷静にそう思ったが、不思議と、失恋のショックよりも大也へのより一層の親しみを感じていた。

大也こそ、自分だけかもしれない、の只中にいるのかもしれない。誰とも繋がれなくて、だからこそ誰かと繋がりたいと、こっそり、だけど切実に願っているのかもしれない。

「ダイバーシティフェス一緒にやってさ、八重子ちゃんが、なんていうかな、すっごく優しい子だっていうことがよくわかったの。ほんとに余計なお世話かもしれないけど、八重子ちゃんなら、大也にとって色んな話ができる人になれるんじゃないかなって」

本当は自分が、その役目を果たせられればよかったんだけど。

喧騒の中で俯く優芽の唇から、そんな一言が零れ落ちたような気がした。八重子は、自分はこの人から、バトンを受け取ったのだと思った。大也を、自分だけかもしれないという孤独から救い出すバトン。そしてそのバトンはなぜだか、八重子が抱えているものも一緒に搦め捕ってくれるような、そんな未知なる希望の予感を漂わせていた。

――寺井啓喜　２０１９年５月１日まで、１５４日

「バトン引き継がれたときはどうなるかと思いましたけど、よかったですね」

検事正の執務室を出ると、背後を歩く越川がそう呟いた。いま担当している事件のうちの一つ、とある銀行の不正融資事件は、産休に入る検事から急遽引き継いだものだ。当初は関係者全員が否認してばかりで埒が明かなかったが、融資を止められ倒産した不動産会社の関係者含め丁寧に取調べを続けるうち、絡まっていた事件の全体像がようやっと見えてきた。結局、否認を続けていた被疑者が音を上げて自白をしたため、無事、検事正からの決裁を得ることができた。

「でもまさか、割るとは思いませんでした」割るとは、否認していた被疑者の自白を得ることを表す言葉だ。越川が感嘆した様子で続ける。「割ると決めたときの寺井検事の迫力、いつ見ても俺がビビっちゃいます」

啓喜は執務室に戻ると、パンパンに膨らんだ風船から空気を抜くように深呼吸をした。

自白調書を取ったあとはいつも、何だか深呼吸の数が多くなる。

自白とはつまり、罪が犯されるまでの道のりが明らかにされるということだ。今回の事件は、結果から言えば、資産価値を捏造していた不動産会社があり、その捏造を把握していながら不正に融資を行っていた銀行があった、という構造だった。確実に罪は存在しており、その罪を検事として正しく裁かなければならない。ただ、資産価値の捏造に踏み切った不動産会社社員、顧客の利益にならないとわかっていながら商品を売るしかなかった行員、それぞれの犯罪への一歩目までの経緯を知ってしまうと、簡単に割り切れない自分が顔を出しかける。調書を取っているうち、罪を犯した者が罪を犯すまでに過ごした時間がこちらの体内にも流れ込んできてしまいそうになる。

そこでいかに感情に左右されないか。いかに、法律が定めたラインを越えた部分を正しく見極められるか。ラインを越えるまでの経緯に気持ちを引っ張られず、越えた部分が刑法で定められているどの罪名に値するかを見誤らないか。それが、社会正義の実現を支える検事として大切なことだ。

「煙草、吸われますか？」

まさに考えていたことを越川が口にしたので、啓喜は思わずふっと笑ってしまう。

検事正の決裁が下りた後はいつも、安心感からか、煙草を吸いたくなる。地検内が全面禁煙となってしばらく経つはずなのに、執務室で喫煙できていたころがついこの間のように感じられる。

たとえば、新潟地検の三条支部にいたころは、煙草を吸う場所に困ることなんてなかった。Ａ庁明け検事として、やっと地元の警察や三席、次席などの上司陣からも一人前として扱ってもらえるようになったころだ。

由美と出会ったころ。

「そういえば」

越川の声色が変わる。お互いに、業務としての山場を一つ終え、気が緩んでいるのかもしれない。抱えている事件はまだ山ほどあるのに、気持ちがなかなか切り替わらない。

「検索しちゃいました、息子さんのチャンネル」

「ああ」

啓喜は一瞬、目を伏せる。少し前、休憩中に泰希の動画を観ていたところを越川に覗かれてしまったのだ。

「結構頻繁に更新してるんですね。子どもってああいうの、成果が出ないとすぐ飽きちゃいそうですけど、さすがですね」

てことは、学校、まだ行けてないんですか——そう探りを入れられている気がして、啓喜は「まあな」と曖昧な返答に留めておく。

「企画も頑張って考えてて、けなげですよね。なんていうか、ほんと小学生の休み時間って感じで懐かしかったです。電気あんまとか、昔友達同士でやったなーみたいな」

その単語が出てくるということは、越川が観たのは風船早割り対決の動画だろう。啓喜が休憩中に観ていたものと同じだ。

なぜか、再生回数が最も多い動画。啓喜も膨らませられなかった風船が、画面いっぱいに転がっていた動画。

あれから、泰希の遊び道具などが仕舞われている場所を探してみたけれど、空気入れなどは特に見つからなかった。

「誰か、動画編集とかに詳しい人が手伝ってるんですか？」

「え？」

啓喜の声が、思いもよらず遠くへ飛んでいく。

「いや、効果音とかテロップとか、意外とめんどくさいことやってるなと思いまして」

そこまでしっかり動画を観ていなかったことを指摘されたようで、啓喜は少し居心地が悪くなる。ただ、確かに疑問に思っていた。泰希はもちろん、由美もパソコンを自在に扱えるわけではないのに、どうしてこんなにスムーズに動画の投稿を始められたのか。

「撮影とかも、息子さんが全部自分でやってるんですか？」

わからない。だけど啓喜は、「多分そうだと思う」と答えた。

「編集もですか？　ソフトいじって独学でやってるんだったら、結構すごいですよね」

わからない。だけど啓喜は、「子どもだからな、吸収は早いんだろう」と答えた。

そんなもんですか、と、越川が呟く。

わからない。いや、本当は、わからないふりをし続けているだけだ。

啓喜の頭の中に、蘇る声がある。

数か月前、泰希に、海に連れていくことはできないと伝えた夜。動画の投稿を応援できるかどうかは関係なく、今年の夏はゆっくり時間を取ることが難しかったのだ。だから車を出すことが難しいと伝えると、泰希は啓喜を一瞥して、聞こえるか聞こえないかくらいの声でこう言った。

「じゃあうこんくんにたのも」

耳に届いた音がどんな文字で表現されるのか、啓喜はすぐに把握できなかった。由美が「もう遅いから寝なさい、あんたは」と話を逸らしている途中でやっと、じゃあ右近君に頼も、という文章なのだろうと把握した。

右近君。泰希がそう呼ぶ人を、啓喜は知らない。だけど、啓喜の肺活量でも膨らませられなかった風船の、青く輝くなめらかな肌を動画越しに見かけたときから、なぜだか、鼓膜から剝がれ落ちてくれない言葉があった。

冬の公園で由美と一緒に聞いた、若い男の潑剌とした声。

——お子さんが動画配信してみたいって言うんだったら、家にずっといるよりは、やらせてあげるほうがいいかもしれないですよ。俺もなんとなくくらいはわかるので、始め方とかサポートできますし。

「本当は」

越川の低い声は、狭い執務室の中でよく響く。

「誰か教えてくれてる人とか、いるんじゃないんですか？」

検事は任官後五年間で、どんどん呼び名が変わる。

任官一年目は新任検事。二〜三年目は新任明け検事。四〜五年目はA庁検事、その後はA庁明け検事。任官後五年間は指導・育成期間とされているため、大小様々な検察庁を短期間で異動しながら、あらゆる事件の捜査や公判を担当し、経験を積むのだ。その後も、出世をすれば三席、次席、検事正と呼び名も立場も変わっていく。それはどんな組織でも当てはまることかもしれないが、想像以上に多い転勤に、当初啓喜は面食らってしまった。

ただ、だからこそ新潟で暮らす由美と出会えた、とも言える。

それは、啓喜がA庁明け検事として新潟地検の三条支部に配属されたころだった。任官六年目、三十三歳、つまり検事としてやっと一人前だと見なされるころでもある。それまでは大阪で公判を担当しており、A庁検事時代は噂に違わず多忙を極めた二年間だった。担当する事件の数が特別多くなくとも、犯罪の規模や内容が大きく、かつ複雑なものが多く、たとえ休日があったとしてもどこかへ出かけるような気持ちにはなれなかった。

だから、新潟に赴任していた二年間は、もちろん一つ一つの担当事件には神経をすり減らしながら対応したものの、啓喜にとっては心穏やかな時間となった。新潟には大学時代に仲良くしていた同級生が住んでおり、彼が築いたコミュニティに迎え入れてもらえたこともあって、休日には越後湯沢の温泉まで出かけたり、ウィンタースポーツに興じたりしていた。そんな繋がりの中で出会ったのが、由美だった。

由美は当時、三条市にある総合病院で看護師として働いていた。啓喜の四歳年下、まだ二十代だった。日々、生命に関わる予想外のことが発生する現場に身を置いているからか、他の同年代の人たちに比べ小さなことでは動じない堂々とした雰囲気があり、啓喜はそこを好ましく感じていた。

具体的に言えば、新潟に限らず、東京や大阪などA庁と呼ばれる大規模な検察庁がある場所以外で出会う人たちは、検事と名乗っただけでどこか異物として扱ってくるような雰囲気があった。その気持ちはわからないでもなかったが、警戒心や好奇心をあまりにも剥き出しにされるというのもいい気分ではない。流行したドラマの影響などもあるかもしれないが、質問攻めに遭うことも多く、啓喜は転勤を経験するたび、初対面の人の前でわざわざ自分から職業を明かさなくなっていった。

だが、何度も集まるようになれば、自然と職業は知られてしまう。啓喜が検事だということが新潟でたびたび会うようになっていた仲間に知られたときも、酒の席ということもあり俄かに盛り上がった。「検事？　ドラマによく出てくる？」「あーでも頭堅そうだなーとは思ってた！」など、好き勝手な発言が飛び交う中、由美は特に何の反応も示さなかった。

啓喜はそれだけで、いい意味で由美のことが気になった。当時よく集まっていたメンバーの中では珍しく女性の喫煙者ということもあって、もともと由美とは二人きりで話す機会も多かったのだ。

あるとき、喫煙所で、検事だと知っても過剰な反応を示さなかったことについて訊いてみたことがある。由美は、うーん、と少し首を傾げた後、「毎日、医者と接してるからかも」と言った。

「子どものころとかって、お医者さんはとにかくすごい人、みたいなイメージでしたよね。ドラマでも泣ける医療モノって多いですし」

当時の由美は、パーラメントを吸っていた。

「病院で働き始めて、そういう職業への幻想が本当になくなったんですよね。医者に対してもそうだし、患者に対してもそう。色んな職業の人が来るんですけど、みんな足折れば入院するし、どんな人でも同じ臓器持ってるし、血がいっぱい出れば死ぬんですよ」

由美は煙草の灰を落としながら続けた。

「多分どこもそうだと思いますけど、病院って想像以上に人間の嫌なところが詰まった組織なんですよね。命を預かってる場所なのに、人間関係っていうか、政治的なもので色んなことが決まっていくんです。そういうのいっぱい見てきて、難しそうな仕事してるから偉いとかすごいとか、そういうこと全然思わなくなったっていうか」

聞けば、由美は、数年ごとに働く場所を変えているようだった。今は総合病院に勤務しているが、これまでは美容クリニックや企業の診療所などでも働いたことがあるらしい。基本的にどこも人手不足な業界らしく、転職は簡単だが、数年勤めるとその組織の膿んだ部分に嫌気が差してしまうそうだ。

「ひとりひとりは優秀なのに体制がダメっていうのにいちいちうんざりしちゃって。ただ飽きっぽいだけなのかもしれないんですけど」

由美の話を聞きながら啓喜は、本当にどこも同じようなものなんだな、と感じた。日本で、被疑者を起訴する権利を持つのは、つまり一人の人間を無罪か有罪か裁く舞台に連れていくことができるのは、検事だけだ。そんな、被疑者にとっては人生がかかった瞬間を整える職業だというのに、地元の警察とうまく人間関係を築けているかどうかで捜査の深度が変わったり、確固たる証拠を摑めていないにも拘らず功績のために何でも起訴して有罪をもぎとることに腐心する検事がいたり、中には検事として有利な判決を貰うため日ごろから裁判官と距離を縮めようと尽力する奴までいた。啓喜は、検事とは、もっと様々な関係性や文脈から独立して社会正義を追い求められるものだと思っていた。少なくとも自分はそうありたいと感じていた。

「確かに」

啓喜も、由美と同じく灰を落としながら言った。

「世間から珍しがられるような職業ほど、くだらないしがらみだったりするよな」

戻りますか。啓喜は由美にそう声をかけた。二人きりで喫煙所で話すということもまだ珍しい時期で、少し緊張していたということもあった。

「でも」

そのときの由美の声には、その場を離れようとする人間の掌をそっと握るような温度があった。

「だからこそ、そんなしがらみの中でちゃんとしていたいって思ってる人のことは、なんとなくわかりますよ」

由美にじっと両目を見つめられたとき、啓喜は、自分はこの人と今以上の関係性を築くんだろうな、と予感した。それは、取調べを重ねるうち事件の全体像がふっと見えたときの感覚に似ていた。

由美と初めてセックスをしたとき、啓喜は一瞬、怖じ気づいた。挿入したタイミングで由美の目から涙が零れたからだ。由美は「気にしないで」と言いながら、「勝手に出てきちゃうだけ」と涙を拭いた。

「死んでいった患者さんたちのこと、何でかわかんないけど、思い出しちゃうんだよね。真逆のことしてるからかな」

啓喜はそんな吐露を聴きながら、性器を押し込んだ分だけまるで心太のように滲み出てくる涙を見ていた。そんな行為を繰り返すうち、啓喜はいつしか、由美の涙を見るだけで興奮するようになっていた。

二年間で新潟を離れることになった。啓喜は三十五歳、由美は三十一歳だった。由美と付き合い始めて一年と少し、経っていた。

由美とは、これからも一緒にいたいと思っていた。だけど、結婚したいと言ったところで自分のこの転勤生活に付き合わせてしまうことになる。そう考えると、大胆なことは言いづらかった。

踏ん切りがつかないまま、辞令が出たことを伝えた。すると由美は、「それなら、結婚するっていうのはどう?」と、まるで曇りの日に折り畳み傘を持ち出すように言った。そして、「いや、結婚は正直どうでもいいんだけど」と訂正したあと、

「私、子ども産みたいんだよね」

と言った。

「私、すっごく飽きっぽいのね。職場もすぐ変えたくなっちゃうし、すぐ引っ越しもしたくなる。同じ状態でい続けるっていうのがなんか苦手なのかもしれない。いつも、アッて直感することがあったら、体が勝手に動いちゃうんだよね」

由美は啓喜を見つめると、「あなたに初めて会ったとき」と、一度唾を呑み込んだ。

「何でかはわかんないけど、この人の子どもを産む気がするって思ったんだよね」

このときの由美の表情を、啓喜は今になってよく思い出す。

飽きっぽい。同じ状態でいることが、なんか苦手。そんな言葉たちと一緒に、今こそ、啓喜は執拗に思い返す。

――桐生夏月

２０１９年５月１日まで、１２１日

右隣の椅子に沙保里が座った瞬間、むわっと、体温の高さのようなものが伝わってきた。

『年末年始は、イオンモールで買い物をしておじ恋グッズを当てよう！』

モール内で流れているキャンペーンの音源が、休憩室でも空々しく繰り返されている。性的少数者を都合よく描いたドラマシリーズに出演しているキャストたちが、『大切な人へのプレゼントに！』だとか『ご家族や仲間たちとの団欒に！』だとか、広告代理店が時流に合わせて用意した台詞を意気揚々と語って大金を稼いでいる。

夏月は、沙保里と会話をしたいわけではなかった。だが隣に座られたのに完全に無視するのもおかしな話なので、「お疲れ様です」と声を掛けた。いつもなら、こちらからの挨拶を待つことなく一方的に自分の話を始めるのに、今日の沙保里はマスクをしたまま視線を動かさない。

相変わらず不妊治療がうまくいかず、機嫌が悪いのかもしれない。夏月はそう思いながら、さりげなく、会話をする雰囲気を閉じていく。店舗では一応大晦日である今日が仕事納めということになっているが、ショッピングモールは元旦も営業しているので、共同の休憩室にはいわゆる仕事納めの雰囲気はこれっぽっちもない。どこの誰が貼っているのかわからないが、休憩室の壁にもご丁寧に年末年始のキャンペーンのポスターが掲示されており、おせちやら羽子板を贈り合っている男性俳優同士が巨大なハートマークで囲われている様子が嫌でも視界に入ってくる。

性別を限定せず〝大切な人〟と表記していることが素晴らしい、家族だけでなく仲間という一言があることに多様性を感じる、これまで一歩踏み出せなかった人に押しつけがましくなく勇気を与えるコピーだ——このキャンペーンに関する広告のビジュアルが解禁されたとき、そんな評判が湧き上がったことは記憶に新しい。夏月はそのたび、そうやって簡単にありがたがってろよ、と唾を吐きたくなった。

年末年始も休まず仕事だと伝えると、両親はかわいそうにと顔をしかめた。だが、夏月はそのほうがありがたかった。転職する前の会社では、仕事納めの日は取引先の人が昼間から酒を持って挨拶に来るようなところで、今日は無礼講だという空気だけ出しつつ結局は準備も片付けもすべて女性社員に押し付けられていた。赤ら顔の見知らぬ男たちに「休みは何するん？」「寝正月？　ひとりで？」等とプライベートを詮索されることはひどく苦痛で、夏月は様々な取引先が持参する惣菜には手をつけず、皆が嫌がる準備や片付けに率先して取り組んだ。そのほうがはるかに楽だった。

その時節ならではの行事や雰囲気が生活空間に流れ込んでくるとき、夏月は、自分の人生に季節がないことを思い知る。暑い寒いは当然感じるけれど、夏だからバーベキューをしようだとか、年末年始だから家族や仲間と特別なことをしようだとか、そういう意味での季節はもう長らくこの人生に流入してきていない。

『大切な人と過ごす特別な季節！　イオンモールで買い物をしておじ恋グッズを当てよう！』

隣に座ったものの何も話さない沙保里を不気味に思いつつ、それならばと夏月が立ち上がろうとしたときだった。

「なあ」

相変わらず視線すら動かさないまま、沙保里が言った。

「妊娠しとるって本当なん？」

何を問われているのかわからず、夏月は財布から小銭でも落とすように「え？」と声を漏らした。

「だから、子どもできたって本当？」

冬は、店頭でも休憩室でもマスクをした人でいっぱいだ。顔の下半分が隠れていると、視線の動きが目立って見える。

「できたんじゃろ？　そんなつもりなかったのに予想外でびっくり、なんじゃろ？」

沙保里の声が大きくなるが、身に覚えのない問いかけに戸惑うほかない。

「なん、その顔？　クリエでそういう話しとったって聞いたんじゃで」

クリエ――このモールに入っているカフェの名前を聞いて、夏月は、沙保里の言っていることの輪郭をやっと把握し始めた。

あの同窓会から、なぜか門脇かおるから頻繁に連絡が来るようになった。はじめは同級生の噂話だったり日常の不満だったりと何てことのない内容だったが、そのうち亜依子の子どもを預かる回数が増えたことの愚痴が滲み出てくるようになった。そのとき夏月は、これまで亜依子が相手役を務めていた時間が自分に向けられていることを察した。さらに言えば、相手役が亜依子から変わったおかげで、亜依子に対して言いたいけど言えなかったことまで併せてぶつけられているということも悟った。そして、この地域に張り巡らされている様々な循環から距離を置いているように見える自分が、あらゆる愚痴を吐き出す場所として丁度いいのだろうということもよくわかった。

先月、かおるから遂に「直接話さん？」と連絡が来た。二か月に一度、夫の龍一が子どもの面倒をみるという約束で、自由に美容院などに行ける日が設けられているらしかった。「あっちは散々飲み会とか行っとるくせに、こっちは二か月に一回ってやばいじゃろ？」適度に共感しつつ全てを受け流していく夏月の態度が心地いいのか、モールの中にあるカフェで、かおるの愚痴は止まらなかった。夏月の退勤後、たった一時間ほどの会合だった。

その中で、別の同級生の話になった。あの同窓会でも独身であることを自虐していたある女性が、急な妊娠により結婚することになったという。夏月はその中で、「そんなつもりなかったなら、予想外でびっくりだろうね」と言った。

その会話を近くで盗み聞きしている人がいるなんて、当たり前だが全く予想していなかった。そしてその人が、キーワードだけを抜き出して、夏月が妊娠したという噂話として流すなんて、全く。

「私の妊活の話、どんな気持ちで聞いとったん？」

こちらを睨む沙保里の目の中に、火が灯っている。

かおるとの会話を沙保里が聞いていて、私自身の話だと勘違いした？　夏月は頭の中を整理する。いや、さっき沙保里は、誰かから伝えられたような口ぶりだった。だとしたら、誰かが勘違いして、沙保里に伝えた？　でも、向かい合った店舗に勤めているだけの関係性なのに共通の知り合いなんて――

「ずっとむかついとったんよね」

休憩室内に流れるキャンペーン音源が、ついに、沙保里の声量に負ける。

「いっつも自分だけは無関係みたいな顔しとって」

休憩室にいる人たちの視線が、自然と集まってくる。

「私がどんな話しても、そうなんだね、大変だねって適当に共感して受け流すだけ。人の悩みをなんと思っとるわけ？　自分の話は全っ然せんし、なんか変な人じゃなあとは思っとったけど、そういうことだったんじゃ。ずっと見下しとったんじゃ、私のこと」

なんか、私ばっかり話しとるね。

かおるもあの日、別れ際にそう言ってきた。「じゃけどこんな話できるの、桐生さんしかおらんのよね」。かおるが最後に加えたその台詞は、沙保里が初めて声を掛けてきたときのものとそっくりだった。

――お店の中で一番年上になっとってな、誰とも話が合わんのよね。

「その傍観者気取りの態度、マジでずっと不快じゃった。でもあれじゃね、傍観者どころじゃなかったんだ。笑っとったんじゃもんね、私のこと。ずっと」

勝手にヒートアップしていく沙保里を前にして、夏月は、自分の身体が最も熱くも、最も冷たくもなっていくのを感じていた。

こういうことが、これまでの人生で、何度もあった。

頼んでもいないのにとっておきの秘密を明かしてきて、お望み通り聞き役に徹していたらあるとき突然そのお返しがないとキレられる。

自分だけは無関係みたいな顔。傍観者気取り。

本当にそうなんだよ。

夏月は、声には出さないまま、沙保里の目の中の炎を見つめる。

特殊性癖として生まれた人間は、本当に、この世界を傍観するしかないの。いっそもう降りたい降りたいって言ってるあんたを、もうすっかり降りた場所から眺めるしかないの。それがどれだけ辛いかも知らないで。

「こっちがどれだけ辛いかも知らんで」

沙保里の怒りに満ちた声が、聴衆の注目を呼び寄せる。

だけど夏月はもう、否定する気も起きなかった。

「こっちがどれだけ苦しんどるかも知らんで！」

しんと静まり返る休憩室に、『大切な人と過ごす特別な季節！』という空々しい音声が降ってくる。人生に季節がある人に向けた、明日からも生きていきたいという前提に立っている人だけに向けられた言葉が、流星群のように夏月の頭上を流れていく。

夏月は思う。既に言葉にされている、誰かに名付けられている苦しみがこの世界の全てだと思っているそのおめでたい考え方が羨ましいと。あなたが抱えている苦しみが、他人に明かして共有して同情してもらえるようなもので心底羨ましいと。

夏月の全身には、最も熱い部分と最も冷たい部分が共存していた。脳の中の沸騰している部分からはどんどん言葉が溢れてくるけれど、それを瞬間冷凍させるくらい、どんな言葉で説明したところで無駄だ、という巨大な諦めがそのすぐ傍にある。

そもそも、誰かにわかってもらおうと思うこと自体が無駄なのだ。私の人生は。

「ふざけんでよマジで。死ね」

何も言わない夏月に痺れを切らしたのか、沙保里はおよそ社会人とは思えない言葉を遺してその場を去っていった。

『イオンモールで買い物をしておじ恋グッズを当てよう！』

広い休憩室にいる人たちの視線のほとんどを集めていることは確認せずともわかったが、夏月はそのことも含めてもうどうでもよかった。

人と関わると、どこかで、こういうことになる。

たったひとつのことを隠しているだけなのに、たったひとつを隠すための言動を続けているだけなのに、どこかで何かが徹底的に間違う。

その繰り返しだ。いつだって、人間関係の先にある四季に辿り着く前に、全てが終わる。

『大切な人へのプレゼントに！』

『ご家族や仲間たちとの団欒に！』

沙保里が席を外したことで、その一つ向こう側の席に、沙保里と同じネームプレートを着けた女性が座っていることに気が付いた。

脇元、の二文字。

脇元も、休憩室にいる人々と同様にマスクをしていた。だけど夏月には何故か、そのマスクに隠されている口元が緩んでいるのがわかった。

「あなたが言ったの？　那須さんに」

自分と沙保里の共通の知り合いなど、この人物しか思い当たらない。

「はあ」

脇元は、スマホを操る指の動きをそのままに、答える。

「あの日、私もクリエにいたんですけど、なんか子どもとか想定外とか、そういう話が聞こえてきちゃって」

休憩室にいる人々はもう、数分前の状態に戻っている。誰も夏月たちの会話なんて聞いていない。

「聞き間違いかもですけどあの人子どもできたみたいですよーって沙保里さんに言ってみたら、本人に確かめたいって」

向かいの席の人が立ち上がる。空いた席に誰かが座る。普段と変わらない景色の中で、脇元がアイラインに囲まれた目だけを夏月に向けている。

「もしかして、マジで聞き間違いでした？」

だったらすみません、と立ち上がる脇元の香水の匂いを嗅ぎながら、こういう子もいたなあ、と夏月は冷静に思う。急に怒り出す人の隣には、大抵、いる。そこにある種にせっせと農薬たっぷりの肥料をやり、わざわざ新種の花を咲かせるような人間が。

肩甲骨の浮き出た脇元の細い背中を、夏月は見送る。

若いってああいうことだよな、と思う。背中に余計な脂肪がついていないこと。自分の暇を埋めるためには思い付きで誰かの感情を引っ掻き回してみてもいいと思っていること。社会の多数派から零れ落ちることによる自滅的な思考や苦しみに鈍感でいられること。鈍さは重さだ。鈍さからくる無邪気は、重い邪気だ。

目を瞑っていても書き写せるような景色の中を、欠伸の出そうな速度で通過していく。負の感情に呑み込まれそうになったとき、夏月は、田舎の車社会の数少ないメリットを実感する。どれだけ我を忘れて感情が暴走しそうになっても、自分の身体より遥かに大きくてパワーのある鉄の塊を操るとなると、落ち着かざるを得ない。

だけど今日は、何だか勝手が違う。夏月は、いつもよりも混んでいる帰路の中で、ふうと深呼吸をする。

結局あれから、シフトに戻ったあとも退勤のタイミングになっても、沙保里にも脇元にも会わなかった。普段もどうせ休憩のタイミングが重なったときに言葉を交わす程度の関係だったが、だからこそ、どうしてあんなことを言われなければならないのかという正当な不満が、足の裏からつむじの中心点にまでみっちりと溜まっていった。

正当な不満は、思考を生み、言葉を練り出す。出所が正当なのだから、その論理はどこに出しても恥ずかしくないほど整ってしまう。だからこそ苛立ちは増大していく。

大切な人へのプレゼントに！

ご家族や仲間たちとの団欒に！

幾度となく聞いたフレーズが、車の中でバウンドしている。

何かのきっかけで、これまで散々頭の中で練ってきた言葉が氾濫しそうになる。この世界の循環の中にいられるくせに不満ばかり垂れ流す人間たちに対して、人生をかけて醸成してきた思考を力の限り投げつけたくなる。だけどそんなことをしたって、何も変わらないことを知っている。世界に対するとっておきの復讐なんかにならないことも知っている。

そのうえでただ叫びたい。こんなにも辛いんだと。

性的対象は、ただそれだけの話ではない。根だ。思考の根、哲学の根、人間関係の根、世界の見つめ方の根。遡れば、生涯の全ての源にある。そのことに多数派の人間は気づかない。気づかないでいられる幸福にも気づかない。

他者が登場しない人生は、自分が生きていくためだけに生きていく時間は、本当に虚しい。その漆黒の虚しさを、誰かにわかってもらおうなんて思わない。だけど目に映る全員に説いて回りたい。私はあんたが想像もできないような人生を歩んでるんだって叫び散らして、安易に手を差し伸べてきた人間から順に殺してやりたい。

　車が流れ始める。夏月は速度を上げる。

　十二月三十一日の街は、異端者を最も遠ざける。

　その助走は、ずいぶん前から始まっている。十一月の終わりからショッピングモールにも顔を出し始める、クリスマスの雰囲気。そういうところから、根が異なる者への排除は始まっている。モールにかかる音楽が変わり、掲げられるキャンペーン名が変わり、売り上げ目標も変わる。世界の単位が、家族や恋人に始まる〝人間〟との関係を築いている人たちとなる。夏月は今年も例年通り、こんなことにもう慣れたと平静を装っていた。はずだった。

　前を走る車との距離が縮まり、夏月はスピードを緩める。

　だけどなんだかもう、うんざりだ。

　結局誰にも何も言えないまま、明かしていないだけで辛さも苦しみも想像すらされないまま、星ごと浮かれているようなこの期間を今後も何十回とたったひとりで通過するのだろうか。彼氏彼女と言わずに大切な人と呼んでいる等という小手先の言葉選びによる多様性の尊重が礼賛される時代に、氾濫させられない叫びを噛み砕きながらどうにか割り入っていくしかないのだろうか。

　前の車が、徐々にスピードを落としていく。車間距離を保とうとすると、もう、ほとんど止まるしかない。

この人生はもう、どうにもならない。

だって、努力のしようもないのだ。あのドラマのキャラクターが言うように勇気を振り絞ってみたところで、あのドラマのプロデューサーが言うように自分に正直になってみたところで、あのコメント欄に集まるような人間は世間に眉を顰められるだけだ。水に興奮します。窒息に、風船に、ミイラのような拘束に、小さな子どもが電気あんまで悶えている姿に興奮します。あのコメント欄には、他にも色んな性癖の人が集っている。特殊性癖である夏月にさえ想像できないような人がそこには沢山いる。

夏月は思う。

多様性とは、都合よく使える美しい言葉ではない。自分の想像力の限界を突き付けられる言葉のはずだ。時に吐き気を催し、時に目を瞑りたくなるほど、自分にとって都合の悪いものがすぐ傍で呼吸していることを思い知らされる言葉のはずだ。

頭の中がうるさい。

大切な人へのプレゼントに！

黙れ。

ご家族や仲間たちとの団欒に！

黙れ黙れ黙れ。

いっつも自分だけは無関係みたいな顔しとって。

その傍観者気取りの態度、マジでずっと不快じゃった。

仕方ないじゃん。だって、実際に、そうなんだから。

何も知らないくせに。

ふざけんでよマジで。
死ね。
死ねよ。
自分。
自分、もういい加減、死ね。
気持ち悪いんだよ。
なんでこんなんなんだよ。
水に興奮とか、気持ち悪すぎるだろ。
なんで世間が言うマイノリティにすら当てはまらないんだよ。
そんな人間、もう、いいよ。
もう、いい。
夏月の身体が軽くなる。
間違った形の命がついに、この身体から浮遊して、離れていったような感覚がした。
それは、夏月にとって、とてもしっくりくる状態だった。
しっくりきてしまった。
ずっと死にたかった。
今だ。
ずーっと、死にたかったじゃんか。
今だ。
ほら、頭を過るものがない。

今だ。

自分を社会に引っかけておいてくれるものが、何もない。

さあ。

この星との摩擦がない今。

アクセルを。

踏んで。滑り出てしまえ。

行け。

と思ったときには、車は止まっていた。

信号が赤く光っている。

どうやら、無意識のうちに交通ルールに従っていたらしい。結局はこの世界の規則から飛び出られないことを突き付けられたようで、胸と喉が締め付けられる。

フロントガラス越しに、人々が、十二月三十一日を歩いていく。

自分が外から見ているしかない世界の中を、歩いていく。

もう、誰か巻き込んでもいいか。

ヒトでもモノでも何でもいいからブチ破って、この星から脱出しようか。

そう思った瞬間だった。

横断歩道を渡る人々の中の、たったひとつの人影に、視点が定まった。

そんなわけない。

まずはそう思った。

だけど、もしかして、と思い始めたらもう、止まらなかった。

でも、関東に住んでるはずだし。

こんなところにいるわけ。

「ねえ！」

夏月は車の中で、大きな声を出す。

「佐々木君！」

重い足取りで横断歩道を渡る佐々木佳道は、目に映る人々の中で唯一、十二月三十一日から除外されているように見えた。

夏月は窓を開け、口を破るみたいに叫ぶ。

「待って！」

――――――――――神戸八重子　　　2019年5月1日まで、121日

「待って！」

思わず八重子が声を上げると、少し前を歩いていたよし香と紗矢が振り返った。そして、「ごめんごめん、靴紐結んでたの気づかなかった」と二人して笑った。

「八重子も、一言言ってくれればよかったのに」

「ごめんごめん、手袋外したりしてたら手間取っちゃって」

八重子はそう言うと、地面に置いていた手袋を手に取り立ち上がった。もこもこのダウ

ンジャケットから顔と手だけを出している紗矢が、「一か所目で逸れるとかシャレになんないもんね」と、その口から白い息を飛び立たせていく。

大晦日の夜から色んな神社仏閣を巡るツアー行きませんか——そんな連絡が、先週、よし香から届いた。かつて紗矢から言われた「今度有名な神社案内してね」的な言葉をよし香はずっと覚えていたみたいだ。よし香は【私が車を出すので、おすすめの場所、私が行ってみたかった場所、それぞれ巡りたいです。やっぱり初詣期間は特別なことしてるところも多いので、徹夜コース覚悟でお願いします！】とやる気満々で、特に年末年始の過ごし方を決めていなかった八重子は、渡りに船とばかりにその誘いに乗った。

「今日は結構混雑してるところにも行く予定なんで、落とし物とかも厳禁ですよ」

よし香は学校の先生のように「落ち着いて行動！」とか呼びかけているが、その本人が一番浮わついて見える。新年を迎えるまでまだ三時間近くあるとは思えないテンションだ。

「すごいね、ここ。こんな場所があるなんて全然知らなかった」

八重子は、眼下に広がる光景を眺める。弘明寺駅の出口から始まる下り坂に沿って歩いていくと、沢山の人で賑わう商店街が現れた。八重子の住む町の最寄り駅には必要最低限の店すらないので、そのギャップにくらくらしてしまう。

「でしょ。この商店街で腹ごしらえからの弘明寺初詣コース、夢だったんだよねー！」

よし香が神社仏閣ツアーの一つ目の場所として選んだ弘明寺は、横浜最古の寺院としても名高いらしく、千年を超える歴史があるという。そう言われても八重子はさほど興味を持てなかったが、よし香から送られてきたスケジュールに付け加えられていたURLによると、炎の中にゴマ木を入れながらお経をあげる「護摩行」が有名で、今回はそれを目当てに行くようだった。

ツアーの始まりということで、待ち合わせは横浜市営地下鉄の弘明寺駅の改札だった。よし香は、近くの駐車場にあらかじめ車を停めているらしい。

「あ、ここ、ここ！」

よし香の淀みない誘導の先には、中に座敷の席が広がるこぢんまりとした居酒屋があった。店の軒先では、もつ煮込みや串揚げという、酒好きにはたまらないだろうメニューを記した暖簾が、やさしく手招きをするように揺れていた。

「なんかいいね、ここ」

靴を脱いだ脚を掘り炬燵に差し込みながら、紗矢がマフラーをほどいていく。

「雰囲気もいいし、料理もおいしそうだし、何より」紗矢は手書きの張り紙や古いポスターに溢れた店内を見渡すと、こう続けた。「人生が循環してる感じ」

「人生が循環？」

「そう」気になったフレーズを繰り返した八重子に、紗矢が微笑む。「最近就活の準備してるんだけど、いろんなこと考えちゃって」

紗矢の頬が、暖房に整えられた空気の中で赤く膨らんでいく。

「どんな仕事をするかとか、どこで働くかとかって、ざっくり言えばどう生きていくかって話でしょ。私はなんとなく、姉みたいに東京のベンチャー企業とかでバリバリ働きたいなって思ってたんだけど、それってほんとに、なんとなく、だったんだよね」

紗矢はそう言うと、ちらりと店の入口のほうに視線を飛ばす。店頭では、この店を営んでいる夫婦の子どもだろう、中学生くらいの男の子がテイクアウト用の惣菜を販売している。決して愛想の良くない様子がいかにも思春期という感じで、それでも、同級生などがよく通るだろう場所で大晦日にきちんとお手伝いに勤しんでいるところが微笑ましい。

「こうやって地元で好きな人と一緒になって、子どもと一緒に商売してっていう人生考えたことなかったけど……なんていうのかな、生まれた場所でまた子どもを育てて、みたいな命の循環に、今すっごくじんときちゃってさあ。なんか年末年始とかそういう特別な季節って、妄想モードにならない？」

急に照れくさくなったのか、紗矢が「オーダーお願いします」とその細い腕を挙げる。よし香は彼氏のことでも思い出しているのか、「わかります」と頷いている。二人とも、恋愛や結婚、そして出産というものを、自然と自分事として捉えている。

厚着をしてきたのに、足の指先が冷たい。

大学の冬期休暇に入ってから、『スペード』の各ＳＮＳのアカウントは更新頻度が落ちている。稀に新しい写真が投稿されたとしても、そこに大也の姿はない。年末年始のシーズンに活動が減るというのは当然のことかもしれないが、それ以外に大也の姿を確認する術を持たない八重子にとって、今の状況はあまりに寂しかった。

それに。

――ダイバーシティフェスに関われたのって、大也にとってすごくよかったんじゃないかなって思うんだよね。余計なお世話かもしれないけど、やっぱり、もっと心を開ける人と繋がってほしいと思ってるから、私は。

あれから、八重子が大也に抱く感情は少しずつその色を変えていた。八重子はいつしか、大也を好きだと思う以上に、大也の心の支えになりたいと思うようになっていた。

仲間と騒ぐことが苦手らしい大也は、年末年始をどう過ごしているのだろう。もしかしたら、独りで、誰かと繫がりたいと願っているのではないだろうか。

「私も、新しい夢、できたんですよね」

いつの間にか揃っていたドリンクで乾杯すると、よし香がそう切り出した。串揚げの盛り合わせともつ煮込みもすぐに届き、狭い店の小さな一角が、世界の幸福が全て詰まったような空間になる。

「夢？　なになに？」

「なんかちょっと、無謀すぎて恥ずかしいんですけど」よし香はここで少し間を置くと、内緒話をするようなボリュームで言った。「私、八景祭で平野プロデューサーとお会いしてから、ちょっと、ドラマのプロデューサーに、憧れるようになっちゃったんですよね」

「え⁈」

紗矢の膝でも当たったのか、テーブルががちゃんと音を立てる。「ちょっと、びっくりしすぎです」と苦笑しながらも、よし香は続ける。

「わかってますよ、テレビ局とかってすんごい倍率だろうし、有名な大学の人ばっかりだろうし……自惚れてるのもわかるんですけど、なんか、単純に、『おじ恋』みたいに、今まで自分はマイノリティだって悩んでた人を救うようなドラマで社会現象を起こすってすごいことだな、自分もどうせならそういう仕事したいなって思ったっていうか」

また恥ずかしくなって来たのか、よし香がどんどん早口になっていく。親友の知られざる告白に、八重子も、「自惚れじゃないよ」「すごい」と、思うが儘に相槌を打つ。

「そうかー。そんなことがあるなんて。なんか、めっちゃ嬉しい、今、私」

「嬉しい？　紗矢さんが？　何で？」と、よし香。

「いや、なんかさ、やっぱ普通にミスコンしてほしいとか、おじ恋興味ないみたいな意見もある中で貫いたわけじゃん、今年の八景祭って。色んな人たちに登壇してもらえてさ、企画自体は確かに好評だったけど、ダイバーシティフェスのおかげで新しく誰かと繋がれました、とか、そういう具体的な反響が参加者から届くわけじゃないじゃん、私たちに」

「それは、確かに」と、よし香。

「でも、こうやってよし香の夢に繋がったことがわかって、手前みそだけど誰かのためになれた感じがして、私いま、本当に嬉しい」

　赤ら顔の紗矢は、「かんぱーい！」と、まだ少し残っているビールのジョッキを持ち上げる。応えるよし香の頰も少し赤いが、それは照れているからだろう。

　今まで自分はマイノリティだって悩んでた人を救うような。

——八重子ちゃんなら、大也にとって色んな話ができる人になれるんじゃないかなって。

「私も」

　気づいたら、声に出していた。

「いま繋がりが欲しいって思ってる人の力になりたいって、思う」

　靴紐をきつく結び直すようにそう呟く八重子を、よし香と紗矢がそれぞれに火照った頰で照らしてくれている。

　夜は長いのだから飲みすぎないようにしよう。そう心に決めていたはずなのに、想像以上にお酒が進んでしまった。

「ちょっと、トイレ行ってくるね」

八重子は携帯だけ握った状態で、掘り炬燵からぬるりと抜け出す。だが、トイレらしき小さなドアに貼られていたのは、【使用できません】という注意書きだった。

「ごめんなさいね、こんな時期だから修理もできなくて。外出て、駅と反対方向にちょっと進むと商店街共有のトイレがあるから、そこ使ってくれる？」

どうやら故障しているらしい。申し訳なさそうに謝る女性店員に「全然大丈夫ですー」と告げ、八重子はそのまま店の出入口へと向かった。

その途中、店頭のテイクアウト用の販売スペースに男性客がいることは目視していた。だけど、それが諸橋大也だということに気が付いたのは、店を出て大也とすれ違ったその瞬間だった。

うそでしょ。

携帯を握る手に、ぎゅっと力が入る。

八重子はそのまま、大也の背後に回った。酔いは醒め、心臓が早鐘に変わる。「二百円のお返しです、ありがとうございましたー」相変わらず愛想のない男子中学生からお釣りを受け取ると、大也はそのまま、駅とは反対方向へと歩いていった。

大也だ。絶対に大也。離れていく後ろ姿を見つめながら、八重子は思う。絶対に絶対に大也だったし、自分は気づかれていないはずだ。

八重子は、足音を立てないようにして、大也と同じ方向へと歩く。あとをつけているわけではない。共有のトイレもこっちだから仕方ない、と自分に言い聞かせながら。

だけど、携帯を握る手が、理性とは裏腹にそっと自分の顔の前で動いていく。

ちょっとだけ。ほんのちょっとだけ。だって、インスタでも全然出てこなかったし、こんなオフっぽい私服見るのも、初めてなわけだし。

大也は、黒いダウンジャケットにジーパンという姿で、両手に白いビニール袋を提げていた。八重子は、カメラ越しに見える全身をゆっくりと堪能しながら、読み解ける情報を繋ぎ合わせていく。

大晦日。夜の二十二時を回ったところ。手ぶらで買い出しにきたような様子。仲間で集まって騒ぐことが好きではない性格。

このまま、家に帰るのかもしれない。

そう思った瞬間、八重子の視界の右側を、共有のトイレが通り過ぎていった。あ、と思ったけれど、八重子の足は止まらなかった。

――寺井啓喜

2019年5月1日まで、121日

「ちょっと止まって、ストップストップ」

それまで啓喜の注意を無視していた子どもたちが、右近一将（かずまさ）の指示にはすぐに従った。

「勝手にいじっちゃうともっとよくないから。一回触るのやめよう。な」

右近がそう言うと、泰希も彰良も「はーい」とまるで学校の生徒のように手を挙げた。

カメラやパソコンをいじる右近の手は、冬だというのによく日に焼けていてたくましい。

大晦日に生配信をしたいから機材を揃えたい――クリスマスの翌日、泰希にそう相談されたとき、啓喜にはその言葉の意味するところがよくわからなかった。

動画配信の世界では生放送をするという文化があること。タイミングとしては、土日や長期休暇など、人々が家で動画を観られるような期間が狙い目だということ。視聴者との距離が縮まるという意味で、人気を得るためには有効な手段だということ。彰良と運営しているチャンネルの登録者数を伸ばすためにも、視聴者の人たちと共に新年を迎えたいこと。実現するときは、彰良の家は父親が厳しいので、こちらの家でやりたいと考えていること。

「つまり、新しくそれ用の機材が欲しいって話か」

啓喜がそう言うと、泰希は「っていうよりも」と言葉を続けた。この人何もわかってない――息子のそんな表情は、啓喜を確かに苛立たせた。

「パソコンでの配信に早めに慣れておきたくて」

「今は生配信とかもスマホで簡単にできるんじゃないのか」

啓喜が口を開くたび、泰希の顔面の肉が重力に負けていくのがわかった。

「簡単な生配信ならそれでいけるけど、今後ゲーム実況とかもやりたいから、そのために今のうちに色々できるようになっておきたいの」

啓喜はちらりと台所にいる由美に視線を飛ばすが、特に助け船を出してくれる様子はない。動画の投稿を始めてから、泰希との会話はますます成立しなくなっていた。

「パソコンに内蔵されてるカメラとマイクでもできないこともないんだけど、いずれそれ用のものは欲しくて、だけど今はそれよりソフトの設定が」

「結局、お前は俺にどうしてほしいんだ」

そう言ったとき啓喜は、自分はいま息子の話が理解できない苛立ちをそのままぶつけているのだと自覚した。会話として必要な言葉を発したのではなく、話し出すタイミングや語気や表情に、息子を黙らせることのみを目的とした感情が混入したことを自覚した。

そしてそれが泰希に伝わったことも、はっきりわかった。

「お母さん」泰希は台所を振り返ると、なんてこともないように言った。「やっぱり右近君に頼もうよ」

そのとき啓喜には泰希の表情が見えなかった。だけど、その頬骨は、少し上がっているように見えた。

「右近君ならカメラもマイクも貸してくれるかも」

煽られている。泰希の隆起した頬骨を見ながら啓喜はそう思った。こいつは、この名前を出すと父親が不機嫌になることを知っていて、わざと話している。そんな気がした。

右近君——右近一将については、このときよりもさらに数週間前、啓喜が尋ねる形で由美から説明があった。泰希と彰良が出会った活動の運営母体である〝らいおんキッズ〟の職員で、あの日の帰り際、バドミントンのラケットを片付けながら動画配信について助言してくれた人だった。啓喜もその青年のことを覚えてはいたが、泰希が彰良と動画の配信を始めるにあたり本当に援助を受けていたとは知らなかった。

「機材のこととか、私も富吉さんちもよくわからなかったし、やっぱり詳しい人に手伝ってもらわないと色々心配だったから」

由美は、後ろめたいことは何もない、という表情と声色で、淡々と説明した。啓喜も、後ろめたいことがあるなんて思っていない、という表情と相槌で、その説明を聞いた。

「電話だけだとわからないことも多かったから、うちに来てもらうこともあったの。いちいちあなたに許可を取るのも邪魔くさいかなと思ってね。今では二人のいいお兄さんって感じで、私もすごく助かってる」

啓喜はそのとき、静かに察した。自分の肺活量では膨らませられなかった風船に息を吹き込んだのは、右近なのだと。


「あ、いけたっぽい」

右近がそう呟いたとき、ぱんぱんに張っていた風船に穴が開いたように、緊迫していたリビングの空気が和らいだ。

「え、ほんと？」

「あ、ほんとだ！　わーい、新時代を生きる皆さんこんにちは〜、泰希でーす」

泰希がパソコンの画面に向かって手を振っている。果たして本当に、この二人の生配信を好んで視聴する人間などいるのだろうか。「右近君ほんとにありがとー！」彰良が、まるで学校の友達に接するように、右近に笑いかける。

結局、大晦日だというのに右近にわざわざ家まで来てもらうことになってしまった。啓喜は、あの公園以来初めて会う右近に対し、「こんな日にまでありがとうございます、何だかいつもお世話になってしまっているみたいで」と頭を下げる。いざ実物を目の前にすると不思議な余裕が生まれるものだ、自分が建てた家を背景に立つ若者の肌はピンと張っており、まだ何の歴史も刻まれていないように見える。

「いやいや、時間かかってしまってすみません。でもさっきまでうまくいかなかったのは何が原因だったんだろ」近くで話していると音声が拾われてしまうようなので、大人チームは子どもたちから離れる。「いやーでもとりあえずよかったです、本番もこのままいけばいいんですけどね」

この家の中で、若い男特有の、低くなりきっていない張りのある声が鳴っていることが、啓喜の耳にはひどく新鮮だった。

「あ、いつもリクエストくれてありがとうございまーす！」

「皆さんのリクエストで成り立ってまーす、ありがとうございまーす！」

子どもたちの声を浴びながら、啓喜は正直、もしこのあとトラブルが起きても自分では対応できないだろうと思った。そもそもYouTubeでの生配信というのがどういうものなのか、啓喜にはよくわからない。泰希が由美の携帯を観ながら「コメント来てる！」と喜んでいるということは、視聴者と直接やりとりもできるということなのだろうか。

「『また、面白い罰ゲーム希望です』だって！　ありがとうございまーす！」

「あ、でも皆さん、これはお試し配信なんで！」

「そうそう、本番はカウントダウンのときなんでー！　そのときもぜひ来てくださいねー！　リクエストも待ってまーす！」

二人の発言を聞いている限り、視聴者の中には常連さんもいるらしい。風船早割り対決なんかを楽しんで観ているのだから、きっと二人と同世代の子どもたちだろう。

泰希と彰良のチャンネルは、登録者数はなかなか伸びないものの、いくつかの動画は何千回と再生されているらしかった。その動画というのは終盤で過激な罰ゲームが繰り広げられているものばかりらしく、その話を聞いて啓喜は、結局、テレビで芸人が体を張るという構造と同じものが別の媒体に降りてきているだけなのだと得心した。二人とも未だに、元号が変わるころには新時代が訪れる、常識が常識でなくなるなんて言っているが、時が経ったというだけで抜本的に刷新されることなんてこの世にそうそう存在しない。

「もう大丈夫そうですかね」

右近がそっと、ソファに置いていたリュックを持ち上げる。

「大晦日にわざわざ申し訳なかったね。君はこの辺に住んでいるわけでもないんだろう？」

大人三人で、玄関まで移動する。その間にも、リビングからは、楽しそうな子どもたちの声が飛んでくる。

「今日はこのまま友達の家に集まって、弘明寺に初詣に行く予定だったので」

全然大丈夫です、と、右近が笑う。絵に描いたような好青年だと、啓喜は思う。だからこそ、募る不安がある。

――私、すっごく飽きっぽいのね。

右近が男として魅力的であればあるほど、かつて自分にプラスの意味で向けられた由美の声が別の意味を持ち始める。

――アッて直感することがあったら、体が勝手に動いちゃうんだよね。

「あの」

玄関のドアを開ける直前、右近が、突然こちらを振り返った。

「せっかく泰希君のお父さんにもお会いできたので、ちょっとお話したいことがあるんですけど」

先ほどとは違う物言いに、啓喜は思わず身構える。右近の表情が、子どもや子どもの親に向けるそれでなく、大人同士で対話をするときのそれになっている。

「前に、二人が投稿している動画のコメント欄を、いくつか見て回ったんです」

「コメント欄」

それがどういうものなのか啓喜にはピンと来ないが、多分、動画の感想が書かれるような場所だろうと想像する。

「はい。大抵、面白かったとかそういう感想が色々書き込まれてるんですけど」

「ああ」と、啓喜。

「二人の視聴者は、リクエストをよく送ってくるみたいなんですね」

リクエストありがとうございますと、ついさっきもリビングから聞こえてきた気がする。

「まず観てくれてる人がいるってことが驚きですけどね」と話す啓喜を遮るようにして、右近が口を開いた。

「その中で、いくつか気になるものがあって」

「ねー右近君」

啓喜の腰の辺りから、突然、泰希の声がした。いつの間にか、玄関にまでやって来ていたらしい。

「なんか、コメントで、子どもだけの夜中の配信はダメですよーって言われてるんだけど、そうなの?」

「え？」一瞬、思案顔になった右近が、すぐに対子ども用の表情と声色を取り戻す。「うわっ確かに禁止されてたかも！　すっかり忘れてた！」

「えー、ダメなのー？　お正月なのにー？」

泰希はもう、動画配信に関する質問を啓喜にしてこない。由美が、「労働基準法、みたいなこと？」と、再びリビングに向かうため靴を脱いでいる右近に身を寄せて質問している。啓喜は、連れ立ってリビングに向かう三人の背後に取り残される。

ねえねえ、と積極的に質問をする泰希。心配そうな表情の由美。泰希の疑問に全力で応えようとする右近。

親子みたいなシルエットだ。

啓喜がそう思ったとき、泰希が一瞬、後ろを振り返った。

そして、啓喜の目を見つめたまま、右近の手をぎゅっと握った。

啓喜だけが取り残された玄関に、「カウントダウンの練習しましょー！　10、9、8、7」と、彰良の無邪気な声が聞こえてくる。

――――桐生夏月

２０１９年５月１日まで、１２１日

5、4、3、2、1。

「あ」

夏月が小さく口を開く。

「投票、締めきった」

世間的にはこの一年で最も華やかだと評されるだろう面々が、小さなテレビ画面の中にすし詰めになっている。岡山駅のすぐそばにあるビジネスホテルは、一人部屋ということもあるのか、テレビだけでなく何もかもが小さい。それぞれ明後日(あさって)の方向を見ていたとしても、大人がふたり存在しているだけで呼吸の尾が重なりそうだ。

「紅白の勝敗って形骸化してるよね、もう」

夏月は、部屋の大部分を占めているシングルベッドに腰掛けている。部屋に入ったとき、佳道がテレビのすぐ隣にある小さなデスクのほうに身を置いたので、夏月は自然とベッドのほうに流れ着いたのだ。

『それではいよいよ、結果発表です！』

司会者の男性アイドルがそう言うと、審査員投票、会場投票、視聴者投票の結果がそれぞれ表示された。その後、各投票数が読み上げられると、『今年の優勝は、白組です！』というアナウンスと共に紙吹雪や銀テープなどの装飾が派手に舞った。すでに様々な色でうるさかった画面がますます雑多なものになる。

「白組、おめでとうございまーす」

この部屋に入ってから、夏月だけが話している。部屋の主である佳道は、夏月に顔の左側を見せるような形で、デスクに右肘を置いて座っている。

いや、座っているというよりは、人形をそこに置いたという表現のほうが近いかもしれない。椅子の上に置かれている佳道は、四肢に力が入っているように見えない。視線は床に注がれ続けており、デスクにあるトイレ用洗剤と入浴剤がひどく浮いて見える。

　車の窓を開け、横断歩道を歩く佳道に声を掛けたのは数時間前のことだ。あのとき、こちらを振り返った佳道の表情を見て、夏月は思わず息を呑んだ。そこには佳道の顔ではなく、鏡が嵌め込まれているように見えた。

　アクセルを踏み込もうとしていた自分に、そっくりだったのだ。

「うわー全員出てきた。すごいすごい、バックダンサーみたいな人たちもいる」

　声を掛けた後、佳道は何も言わずに、車の助手席のドアを開けた。夏月は、まるでこうなることが決まっていたかのようにシートに収まる身体を見ながら、この前とは逆だなと思った。前回は、何の説明もなく夏月のほうがタクシーに乗せられ、同窓会の会場から西山修が死んだ川辺へと向かった。「ごめん、逆方向。駅前の東横イン」そう説明する佳道の声を聞きながら、必要以上に説明しなくともお互い何かを了承し合っているところは変わらないなと思った。

「けん玉の人たち、出番終わった後もずっと待ってたんだね」

　大変だよねと笑いつつ、夏月は、紅白歌合戦というものの凄さを身に染みて感じていた。この部屋に入ってから、特にまともな会話をすることもなく二時間以上が経っているが、こうして画面内で起こる出来事にツッコんでいれば一人でもそれなりに暇を潰せるのだ。もう十何年もまともに視聴していなかったけれど、改めて、満を持して年末に放送される番組なのだなと感じる。

　テレビの画面が、引きの映像になる。『よいお年を～！』という司会者たちの声に合わせて、カメラがどんどん遠ざかっていく。

「よいお年を、だって」

CMを挟むことなく、画面が切り替わる。年末年始の華やかな要素だけを凝縮させたようだった世界が、一瞬で、除夜の鐘の音とその渋さを表したような映像になる。

「よかった年なんて、あったかなー」

ふっと、軽く笑ってみせる。佳道は相変わらず、椅子に体を載せられている。

「みんな寒いのに初詣ちゃんと行って、偉いよねほんとに」

夏月は、生中継されているどこかの神社の映像に向かって独（ひと）り言（ご）つ。佳道から反応が返ってこないことは、特に気にならない。この前だって、川辺に着いてから話し始めるまで、暫く時間が必要だった。

夏月は知っていた。この二人が二人きりの空間で話すことは、自然と、人生で初めて口にする内容となる可能性が高いことを。じゅうぶんな気持ちの助走が必要なことを。

「バカにしてるとかじゃなくて、鐘鳴らすためにちゃんと長時間並べる人のこと、私ほんとに尊敬してる」

夏月は待ち続ける。たとえ言葉が返ってこなくとも、たとえ自分の腰かけているベッドにビニール袋やガムテープが置かれているとしても。

『ゆく年くる年、今年は岐阜県関市にあります日龍峯寺（にちりゅうぶじ）の映像からスタートです』

映像も音も華美を極めていた紅白歌合戦のあとの番組は慌てて年末年始へ向けて帳尻を合わせているような静けさだ。夏月はテレビ画面をぼうっと眺めながら思う。

インタビューに応える人々も、その背景となっている人々も、誰も、独りではない。皆、友人、恋人、家族、親戚など、これまでの人生で繋がってきた人たちと、年が変わる瞬間という特別な季節を味わおうとしている。

「しんどいよね、年末年始って」

除夜の鐘の音は、脳の底を撫でるように響く。

「自分が誰の一番でもないってこと、思い知らされるっていうか」

画面の中では、双子だろうか、幼い男女のきょうだいが、おそろいのダウンジャケットを着て楽しそうにはしゃいでいる。

「大晦日とか正月って、人生の通知表みたいな感じがする」

二つの小さな口から漏れる白い息が、両親の骨盤のあたりでいちいち消える。この両親は同世代くらいかもしれない。年下にも見える。

また、脳の底が撫でられていく。

孫の顔を祖父母に見せるために帰省しているのだろうか。決して長くはない休暇の中、どちらの実家にも顔を出すのだとしたら大変だろう。だけどその大変さを請け負っているからこそ、今日のような特別な季節を味わう権利を得ているのだ。そんな一家の向こうに見える若者たちは、地元の友人のグループだろうか。地元を離れても、年末年始はこのメンバーで集まると決めているのかもしれない。

「誰にも踏み込まれないように生きてきたくせに、こういうときはちゃっかり寂しくなったりするの、ほんと面倒くさい」

テレビ画面に映る、寒いと言い合うことすら楽しそうな人々。

「誰かの年末年始に自分が選ばれる未来、全然想像できないな」

こんな、大量生産されたうちの一つでしかない、どこでもないような場所で、性癖以外何も知らない程度の関係性の人と過ごしている自分。

「親は？」

佳道が、口だけを動かした。

床の辺りに視線を落としたまま、佳道が言う。「なんかね」突然話し出した佳道に対して過度に反応することはせず、夏月は続ける。

「親がいるだろう」

「必死に物分かりよくなろうとしてるんだよね、うちの親」

両親の白髪が脳裏を過る。

「ちょっと前までは結婚とか子どもとかそういう話ガンガンしてきたんだけど、〝幸せの形は人それぞれ〟みたいな風潮が出てきた途端、そっちの考えに合わせ始めたの」

『年末年始は実家に帰ってます』

参拝者へのインタビューは続く。

「でも、もうバレバレなんだよね。娘が独り身で実家暮らしでたった一人の恋人も連れてきたことがないこと、絶対気にしてる。その感じがちょっと、疲れちゃうっていうか」

『子どもも祖父母に会えるのを楽しみにしているので、はい、そうですね、数日ゆっくりして、夫の実家のほうにも帰ります』

子ども、祖父母、夫の実家。すべて、別の星の言語のようだ。

「そっちは？」

夏月は、佳道に水を向ける。

「もうこっちに住んでないんだよね？　御両親は今」

「死んだ」

読み終わった本を閉じるように、佳道が言った。

「十月に。交通事故で」

『神さまに何をお願いしましたかーだって、ほら、テレビのお兄さんが』

「そっか」

『おじいちゃんとおばあちゃんが長生きしますようにーって、おねがいしました！』

「そっかそっか」

『私はもう、家族が健康でいられますように、それだけです。子どもが生まれてからは、本当にもうそれだけですね』

「ちょっと寝転ぶね」

夏月は、万歳をしながら上体を倒した。綺麗でも汚いわけでもない天井が視界を占領したのと同時に、右手にビニール袋が、左手にガムテープの側面が触れた。

「このガムテープ、ガスが漏れやすいんじゃなかったかなー」

この部屋に入った瞬間、わかった。死のうとしている人間の空間だと。

まず、デスクに置かれているトイレ用洗剤と入浴剤。混ぜると有毒な硫化水素が発生することでよく知られる組み合わせだ。そして、硫化水素自殺を実行するときに気を付けるべきはガス漏れによる二次被害であり、ドアの隙間などを塞いでおくガムテープ、有毒ガスが発生していることを知らせる張り紙も必須だと言われている。また、ガスを効率よく吸い込むためには、頭からビニール袋を被るのが良いらしい。

『そうですね、毎年初詣はここです。あ、そうです、地元の人間です』

テレビから聞こえてくる若い男性の声だけが、部屋の中に響いている。

佳道は何も言わない。だけど夏月は、そのまま待つ。

前もそうだった。二人でしばらく、西山修が沈んだ川を見下ろしていた。

夏月は知っていた。佐々木佳道という人間の中には、その肉体の端から端まで、思考と言葉がぱんぱんに詰まっていることを。

これまで自分が構築してきたものと同じ種類の哲学が、この薄い皮膚の向こう側でじっくりと熟成されていることを。

「よくわかったな、それだけで」

表情は見えないけれど、佳道はきっと頬を緩めている。

「自殺の方法を何度も調べたことがあるのは、お互い様でしょう」

『初詣でここに来ると同級生にも結構会ったりできるので、いいですね。やっぱり昔からの仲間に会えると安心します』

仰向けになって寝転んでいると、呼吸するたび、腹が大きく上下する。性懲りもなく生きているということが他ならぬこの身体によって示される。

自殺の方法を一度も調べたことのない人の人生は、どんな季節で溢れているのだろう。

生まれ持ったものに疑問を抱くことなく生きていられる人たちの目に、この世界はどんなふうに映っているのだろう。

『いろいろ大変なこともあった年でしたけど、家族のためにも、来年もがんばっていこうと思います』

テレビの音声だけが流れる。

『年末年始は、ふるさとで、大切な人と過ごせる時間なので、本当にありがたいです』

大量生産されたうちの一つでしかない、どこでもないような場所。性癖以外何も知らない程度の関係性の人。

言葉で表現すると何もかもが間違っているような大晦日だけれど、夏月には、真水が傾斜を流れていくみたいに、あまりにも自然にこの空間に辿り着いた実感があった。

あの日同窓会の会場で再会したことも、数時間前に横断歩道で再会したことも、すべては偶然などではなく、今日という日を生き延びるために、どうにか飛び移れる距離に置かれていた飛び石のようなものだった。がらにもなくそんなふうに思う自分を、今なら抵抗なく受け入れることができる。

「親が死んだとき、まず」

佳道の声が聞こえる。

「よかった、って思ったんだ」

『まずは日龍峯寺の映像を観ていただきました』

映像が、二人のアナウンサーがいる場所に切り替わる。

「俺が特殊性癖だって気づかないうちに死んでくれた、これで辻褄が合ったたって」

『本当に多くの人で賑わっていましたね』

共感する気持ちが、仰向けの夏月の腹を大きく上下させる。

親のことが嫌いなわけじゃない。できることなら普通の親子みたいに色んな話をしたい。

『みなさん、防寒対策はしっかりしてくださいね』

だけど、何も知らないうちに死んでほしいと思っている自分もいる。

「そんな風に思いたいわけじゃないのにね」

そんな風に思いたいわけじゃない。

本当は両親とも、それ以外の人とも、人生や未来、色んなことについて話したい。哲学を晒して対話をしてみたい。

親友という存在を経験してみたい。信頼できる誰かに悩みを相談してみたい。恋だってしてみたい。触れたいと思う対象から触れられてみたい。

好きな人をみんなにお披露目して拍手で祝福されてみたい。一生なんて無理かもねとか腐しながら一生の誓いを立ててみたい。自分で作る家庭というものがどんなものなのか、大変な部分も含めて味わってみたい。孤独死以外の未来を見据えて、生きてみたい。

これまで出会った人たち全員、修のことも沙保里のことも、本当には嫌いになりたかったわけじゃない。

こうして身体を上下させながら生きている自分のことだって、本当は愛したい。

「多分、自分が死ぬときもそう思うんだよ、俺」

『それでは次は、渋谷の現在の様子を見てみましょう』

画面が切り替わったのだろう。がやがやとした騒音が聞こえてくる。

「よかった、誰にも気づかれなかった、これで辻褄が合った、って」

『わあ、みなさんそれぞれにとても楽しそうですね』

「何なんだろうな、その人生」

幸せの形は人それぞれ。多様性の時代。自分に正直に生きよう。

そう言えるのは、本当の自分を明かしたところで、排除されない人たちだけだ。

「無事死ぬために生きてるって感じだよね、私たちって」

幼児に始まり、手袋、ラバー素材のもの、車、風船、催眠状態、自然災害、状態異常／形状変化、丸呑み、心臓、マミフィケーション……特殊性癖には様々な種類があることを、夏月はインターネットの普及と共に知った。一つ知るごとに、夏月の鼓膜の上で、かつて聞いた少年少女の声が躍った。

なんよそれ。意味わからん。まじウケる。でもキチガイは迷惑じゃなあ。

やがて声は、混ざっていく。

なんよそれ。幸せの形は人それぞれ。意味わからん。多様性の時代。まじウケる。自分に正直に生きよう。

でもキチガイは迷惑じゃなあ。

「頭を過るものがなくなったんだ」

佳道が口を開く。

「親が死んで、自分を死なないでいさせてくれる最後の砦がなくなった」

『次は、北海道の厚真(あつま)神社の映像です』

最後の砦。頭を過るもの。この星との摩擦。

『こちらも、家族連れの方が多いですね』

もういいか、とアクセルを踏み込もうとする自分を、この星に引き留めてくれるもの。

『神社でもらえる甘酒を待ちわびているのでしょうか、子どもたちもちゃんと順番を守って並んでいますね』

自分たちはいつだって、そういうものを掻き集めている。

千切れそうなほどに腕を伸ばして、血だらけになっても身体を引きずり続けて。

自分をこの世界に引き留めてくれるものを、探している。

『あと三分ほどで、新年を迎えます』

同じだよ。夏月は思う。私も今日、そんな気分だったんだよ。

「今日、実家があった場所を見てきたんだ」

私も今日、職場で嫌なことがあって、普段なら飲み下せるようなことでももうなんかダメで、どうにでもなれって思いながら車を運転してたんだよ。

「親戚が色々やってくれて……全部終わったからって連絡があって」

運転中、もういいかって思った一瞬があったの。この世界にどうにか留まってみたところで、って、力が抜けた一瞬があった。

「実家があった場所が、元から何もなかったみたいになってた。それ見たらもう本当に、なんつうか、あとはもうつるっとここから滑り出るだけだって思った。そしたら」

そしたら。

「呼び止められた」

自分と同じような顔をしている人を見つけた。

「目が合って、動けなくなった」

夏月の目に映っているのは、天井だ。

夏月の手に触れているのは、ビニール袋とガムテープだ。

だけど夏月は、いま自分は佳道と見つめ合っていて、両腕で佳道と抱きしめ合っているような気がした。

自分たちはこれまで、運命というものがあるとしても、自分を殺す種類のそれしか信じてこなかった。

生まれたときに搭載されてしまったオプションに、本体ごとぶっ壊される未来しか想像できていなかった。

自分を生かすための偶然も、奇跡も、自分への憎悪ですべて握り潰してきた。

「私、さっき通ったイオンで働いてるんだけどさ」

夏月は、ベッドの縁にかかってる脚を、バタバタと動かす。ふくらはぎの筋肉が、ベッドの骨組みを弾く。

「もう、おめでたい雰囲気のものばっかりでいやになるわけ、この期間は特に」

大切な人へのプレゼントに！

「日も耳も全部、楽しい未来を信じてる人用のもので埋め尽くされる感じ。この世界には死にたくない明日しかないって、そこらじゅうから叫ばれてる感じ」

ご家族や仲間たちとの団欒に！

「でも、大半の人は私が傷つく一つ一つが楽しくて、むしろそれがこの世界に留まる理由になってるんだよなって考えたら」

夏月は、暴れさせていた脚を止める。

「いつもなら飼い慣らせるような感覚も、急にどうにもできなくなって」

——こっちがどれだけ苦しんどるかも知らんで！

「もう全部終わりとか思ってたんだけど」

——ふざけんでよマジで。死ね。

「今、なんか、ここにいる」

夏月は右手に触れているビニール袋を丸めると、そのまま適当に投げてみる。重さがあるものではないので、どうせ、そんなに遠くへは飛んでいかない。

だけど、なんとなく、そうしてみたかった。

そうしてみたいと思えることがあるという気持ちを、久々に抱いた。

「年末年始のイオンって、明日も生きていたいって自然に思える人からしたら、すっごく楽しい場所なんだと思う」

『二〇一八年も、あと一分で終わりを迎えます』

「私も、そういう目線で、あの中を歩いてみたかった」

『興福寺の映像と共に、二〇一九年を迎えましょう』

「一生に一度でいいから」

テレビから音が、聞こえなくなった。

年が変わる数十秒間、その静けさ。

夏月の身体の左半分が、突然、ベッドに沈む。

「今」

声が近い。夏月は上体を起こす。

「自分が話してるのかと思った」

すぐ隣に、佳道が腰掛けている。

「自分が話してるのかと思って、びっくりした」

佳道はそう言いながら、夏月に向かって何かを差し出している。

携帯電話。

「これまでずっと、書き溜めてたことがあるんだ」

夏月は、佳道から携帯電話を受け取る。

「今初めて、誰かに読んでもらいたいと思った」

『あけましておめでとうございます。二〇一九年になりました』

夏月が手元に視線を落としたそのとき、画面の上部に表示されていた数字が、一度、すべて0になった。

たとえば、街を歩くとします。

すると、いろんな情報が視界に飛び込んできます。

そんな二行から始まる文章が、夏月の瞳の中を、まるで血液のように巡っていく。すべてが零になった心に、一文字ずつ、言葉が積み重なっていく。

2019年5月1日まで、89日

――佐々木佳道

「お前の提案、今んとこかなり無理あるからな」

佳道がデスクから立ち上がると、田吉（たよし）はその瞳をぎょろりと動かした。

おそらく、これから佳道が向かう打ち合わせについて言っているのだろう。田吉は、自身が所属しているのは営業課であるのに、商品開発課が抱えている案件の進捗まで把握している。数年前まで商品開発課の課長だったとはいえ、その執念深さに佳道はもはや感心してしまう。

「そこも含めての打ち合わせを、これからしてきます」

佳道がそう返すと、田吉は唇の右端だけを吊り上げた。お前は何もわかってない。そう言外に伝えるとき、田吉はいつもこの表情になる。

佳道は今、高良（たから）食品の営業部商品開発課のひとりとして、新商品の開発に関わっている。今日はこれから川崎市の鈴木町駅にある工場まで行き、現場の担当者たちと打ち合わせの予定だ。商品化が決まったチーズケーキの包材について、選定が難航しているのだ。

開発途中のチーズケーキは、最近拡大している「大人向け」「高級感」市場を狙いにいくものだ。長年、安くて親しみやすい商品が売り上げを伸ばしていたスイーツ業界だったが、近ごろは様相が変わってきた。少し値が張るとしても、そのスイーツが一日の締めくくりに相応しいご褒美となるような、高級感溢れる商品が人気を集め始めたのだ。佳道の勤める高良食品にはその消費行動に合致する商品が少なく、新規開発が望まれていた。

様々な難関を乗り越え、クレームブリュレ風に表面をキャラメリゼしたチーズケーキが無事商品化に至ったものの、焼き工程に対応できる包材を見つけ出すことが難しかった。既存の取引先に加え新規の業者にも当たってはいるが、適した包材に出会えたところで問題なく大量生産できなければ意味がない。キャラメリゼ部分の焼き目の美しさ、時間が経っても劣化しないパリパリとした食感の安定供給、この二つを達成したときは峠を越えたかと思ったのに、包材で躓くとは予想外だった。トラブルのない自動化を実現させるためには、まだ様々に乗り越えなければならない落とし穴がありそうだ。

「工場時代、お前みたいな担当者に色々言われるのが一番ストレスだったわ」

田吉は工場勤務である製造部、生産技術部、本社勤務である品質管理部、そして営業部商品開発課を経て、現在の営業部営業課長というポジションに就いている。一つの商品が生み出されお客様に届くまで、その全ての工程に従事していたという経験ゆえの大局観に助けられることも多いが、その分、製造現場の厳しさを知る者だという自負が強く、特に商品開発に関わる若手への目線は厳しい。

「もちろん、現場の方々の意見を最大限に取り入れながら進めていきます」

佳道はちらりと、直属の上司である商品開発課の加賀に視線を送る。加賀は田吉と同じく課長という肩書だが、かつては田吉の部下だったということもあるのか、部内で田吉から攻撃されている若手がいたとしても特にフォローしない。

「で、そのあとは直帰ですか」

田吉がパソコンを覗いたまま、また唇の右端を吊り上げる。社外に出る際の予定は、部内の人間であれば誰でも閲覧できるオープンウェブに入力する仕組みとなっている。

「俺が工場にいたときは、打ち合わせのあと本社の人間がよく慰労してくれたけどな。そこでしか言えない意見とかも当然あるわけで」

佳道はできるだけ、顔色を変えないようにする。受け手がうんざりした表情を見せれば見せるほど田吉が勢いづくということは、社内では常識だった。

「まあでも」特に応じない佳道に対し、田吉が、歯を見せて笑う。「愛する嫁が待つ新婚さんだから、仕方ねえか」

すると、田吉の周囲にいる社員の視線が、それぞれに動いたのがわかった。田吉を見る者もいれば、佳道を見る者もいる。その頭の中でどんな思考が動いたのか、佳道は想像しないようにする。

「打ち合わせでは、現場の方々の声を細やかに聞くよう努めますので」

デスクに背を向け歩き出す直前、田吉がおそらく隣のデスクの社員に何か囁いた。内容はわからないが、佳道の目を盗んで話し始めたかったことがあるということはわかる。

田吉と関わっていると、マジョリティというのは何かしら信念がある集団ではないのだと感じる。マジョリティ側に生まれ落ちたゆえ自分自身と向き合う機会は少なく、ただ自分がマジョリティであるということが唯一のアイデンティティとなる。そう考えると、特に信念がない人ほど〝自分が正しいと思う形に他人を正そうとする行為〟に行き着くというのは、むしろ自然の摂理なのかもしれない。

オフィスの入ったビルを出ると、強張っていた身体から余計な力が抜けていった。青物横丁にある本社から打ち合わせ場所の工場までは、電車を乗り継いで四十分と少し。その間は一人でいられる。そう思うと、佳道の心身は幾らか軽くなる。

打ち合わせを終え、鈴木町駅で電車の到着を待っているときだった。

「なかなか厳しいな」

現地で合流した品質管理部の豊橋が、やっと口を開いた。「ですね」佳道も同調する。状況が好転しないことへの焦りは、打ち合わせ終盤からずっと抱いていた。ただ、言葉にしたところで士気が下がるだけだと思い、新規商品開発チームの一員として口を慎んでいたのだ。だけど、工場から十分に距離が離れ、このまま帰社することなく直帰する今、否応なしに意識は緩んでいく。

「乳製品の包材って、条件厳しいんだな」

「そうなんです。決まりが多いんですよね」

豊橋は品質管理部に異動してきたばかりなので、年次的には先輩だが業務内容に関してそこまで知識が深いわけではない。その状態で工程が複雑な商品の担当をするのはなかなか大変だろうが、素直でオープンな性格ということもあり、日々周囲から知識を吸収しているようだ。

工場での打ち合わせには、豊橋以外にもマーケティング戦略部や生産技術部の人間も同行していた。田吉の話していた通り、その二人は現場の担当者と飲みに行ったようだが、佳道と豊橋は帰路に就くことを選んだ。

「そろそろ解決策見出さないと、マジでやばいよな」

運よく空いていた席に二人で腰掛けると、豊橋はより気が抜けたのか、言ったところで仕方のない愚痴をさらに重ねる。

今は二月。冷蔵スイーツの新商品を夏の時点で消費者に浸透させるには、せめて夏の二か月ほど前、つまり五月ごろから店頭に並べておいてもらう必要がある。顔見せの期間を経ることで、いざ冷たい甘味を買おうと思ったとき、選択肢として優先的に思い浮かべてもらうためだ。

「ですね。慣れない高級路線ってことでパッケージでも色々もめてるみたいですし」

佳道はそう返しつつ、やるべきことを頭の中に並べる。ブリュレチーズケーキの他にも、既存の人気商品のリニューアル版など、抱えている案件はいくつもあった。

「まあでも」佳道の不安が具体的になっていく隣で、豊橋が組んでいた脚をほどいた。

「どうにかなるか。どうにかするしかないよな」

若いころは筋肉でコーティングされていただろう豊橋の太ももは、皿にあけたゼリーのように、電車の座席の上にぴったりと広がっている。どうにかするしかない、という言葉が出てくるに相応しい強度の身体は、電車の座席の一人分のスペースでは狭すぎる。

「佐々木君はどの辺なんだっけ？」

住んでるの、と、尋ねてくる豊橋の左手の薬指で、指輪がしっかりと光る。もともとそこに居座ることが決まっているかのような輝きには、ふてぶてしささえ宿っている。

豊橋は学生時代、野球一筋だったという。今も、社内にある草野球チームでピッチャーと幹事を務めているらしい。十年近く前、秘書室勤務の女性社員と社内結婚をしたときは、極秘に付き合っていたということもあり美女と野獣婚などとかなり騒がれたようだ。社内の人間が沢山参加した結婚式、披露宴は共に大盛り上がりだったらしく、特に草野球チームの面々が行った余興が爆笑をさらったという。

暖房が効きすぎている電車の中で、佳道はコートを脱ごうとする。だが、豊橋の肩幅が広すぎて、なかなか自由に動けない。

「僕は横浜のほうです」

「あ、そうなんだ。結構多いよな、そっち方面住んでる人」

「豊橋さんはどこでしたっけ」と、すかさず主語を明け渡す。

「俺は尻手(しって)だから、京急川崎で南武線。ていうか、そうだったな」豊橋が、佳道の左手に一瞬、視線を向けた。「結婚したんだったな」

誰から聞いたのだろう。佳道はまず、そう思った。人事部からだろうか、それとも、田吉やその取り巻きだろうか。

前者であってほしい。佳道の頭の中で、会社を出るときに聞いた笑い声が蘇る。

「お祝いの一杯でもしたいところだけど」

豊橋は顔をしかめると、「うちも次男がまだ小さくてね、早く帰らないと」表情とは裏腹に、幸せそうな声でそう続けた。

「お気遣いいただきありがとうございます」

「いや、でもほんとに、若いときに子ども作っといたほうがいいよ」

どこから「でもほんとに」と繋がるのかがよくわからなかったが、佳道は「そうですか」と相槌を打っておく。

「子育てってのは腰に来るわ、想像の何倍も。風呂入れるだけでもうこっちはへとへと。マジで育児は若いうちに終わらせといたほうがいい」

「そうなんですね」

佳道が言葉を添えると、豊橋はそれを踏切板のようにして、「ホントそう！」と声を高く跳ばした。

「俺もうすぐ四十だけど、二人目が長男みたいに動き回るの想像しただけで疲れるもん。うちはどっちも男だし、キャッチボールくらいはいつでもできる親父でいたいしな」

ていうかあれだな、と続けると、豊橋はちらりとドア上の表示を見た。指輪の宝石のごとく小さな光が連なって、次は京急川崎、という文字が象られている。

「家近いし、今度嫁さんと遊びに来いよ。商品開発関係で色々聞きたいこともあるし」

「ありがとうございます」

佳道が頭を下げると、豊橋が「よいしょっ」と立ち上がる。その大きな骨格に圧されていた佳道の身体が、息継ぎをする瞬間の肺のように、ふわっと広がる。

「じゃあ、また」

改札へ向かう豊橋に対し、佳道は頭を下げて礼をする。いま自分が手に入れているもの、これから自分に訪れるだろう元気な息子たちとキャッチボールをする未来、それらがすべて当然のように背負われている広い背中を見送る。

佳道は、乗り換えのためのホームへと向かう。

豊橋は、心身ともに、自分を世界へと開いている。後輩のほうが詳しい分野ならばその後輩に助けてもらうことに何の抵抗も見せない。変なプライドを持ち合わせていない、社会人として本当に理想的な人間だ。その無邪気な人懐っこさは多くの人を魅了しており、豊橋の家に草野球チームのメンバーや近しい社員たちがよく遊びに行っているというのは社内でも有名な話だ。

電車に乗り込み、空席に収まる。見知らぬ人と肩が接触している。

佳道は、自分に優しい人間が怖い。

心を開いて、自分を受け入れようとしてくる人間が、ずっと怖い。

そういう人に出会うと、先に謝ってしまいたくなる。

この身体の中にはあなたが想像もしないようなものが詰まっていますと、先に宣言してしまいたくなる。

電車が動き出す。会社から物理的に離れていくほどに、まともな人間である振りをする必要性が薄れていくほどに、呼吸は深く、安定していく。

豊橋は本当にいい人だ。無邪気に自分と距離を縮め、嫁さんも一緒に、なんて誘ってくれる。だけど、長時間二人きりで過ごすとなると、もしかしたら田吉といるほうが気は楽かもしれない。

ようやっとコートを脱ぐ。脇が汗で濡れている。豊橋との時間に緊張していた証拠だ。

優しい人はいつだって、どんなあなたでも受け入れるよという顔をしている。近しい関係になるために、家族や居住地などの情報を共有しようとしてくる。何の悪気もなく、完全なる善意で。

その居心地の良さに、居心地が悪くなる。豊橋の家に行くくらいなら田吉から疑惑の眼差しを向けられ続けているほうが佳道にとっては自然だった。

いつしか、幸福よりも不幸のほうが居心地が良くなってしまった。はじめから何も与えられず、何を手に入れられるかや何を失うかで思い悩まなくてもいい状態に、すっかり慣れてしまった。

太ももに、畳んだコートを載せる。視線を上に向けると、電車内を埋める広告の数々が目に入ってくる。

スーツを着た若手俳優の隣にある、英会話学習を薦めるコピー。SNSで人気のモデルの素肌を横断する、脱毛を呼びかけるコピー。語学力に始まる何かしらの能力を伸ばしたり、外見を整えることを推奨する言葉たちが、手を繋いでこの世界の欲望を象っている。世の中に溢れている情報は、基本的には、「明日死なないこと」に集約される。英会話も脱毛も結局は、観点は違えど、自分という生命体をよりよい状態で生き永らえさせてくれるものだ。

その情報が、これまでに比べて、自分を傷つけてこない。

佳道は広告をじっと見つめる。

いつだって、幸福よりも不幸のほうがしっくりくる。それは変わらない。正しい循環の内側に入り込んだわけでもないし、何かを与えられたわけでもない。それも変わらない。ただ、どんな形でもいいから、「明日死なないこと」を果たそうとする自分になってみたかった。

太ももからずり落ちそうになるコートを持ち上げる。左手の薬指がこっそりと光る。

田吉が口うるさく、「結婚指輪がないと、うちでは一人前だと認められないから」「まともじゃない人にいてもらってもね、困っちゃうから。わかるでしょ？」そう言っていた光。社会という仕組みの中で、未だに、人としての信頼度を測るものとして効力のある印。「明日死なないこと」を大前提とする社会に、こんな自分を紛れ込ませてくれる証。

電車が身体を運んでいく。同じ指輪を持っている人のもとへと。

「別に私、やるけど。〝普通の嫁さん〟のフリ」

そう言いながら夏月が、佳道の買ってきた惣菜に箸を伸ばす。もう二十時を回っているが、夏月も夕食がまだだったらしい。佳道は、玉ねぎの入った甘めの味噌汁を啜りながら、昨日寝る前にこれを作っておいてよかったと心から思う。白飯と味噌汁さえあれば、惣菜を買って帰るだけでとりあえず一食が成り立つ。

「でも、しんどいと思うよ。子ども作るなら若いほうがいいぞとか言ってくるし」

「これまでずーっとウソつきながら生きてきたわけで、今さらしんどいとかないって」

夏月はそう言うと、思い出したように自分の冷蔵庫へと移動し、「これ今日までだった」と納豆を手に戻ってくる。夏月はタレに梅の風味がついている納豆を選ぶ。佳道とは好みが違う。

友情結婚。契約結婚。今や、恋愛関係にない異性同士による婚姻には様々な呼び名があるらしい。ただ、お互いがお互いを、この星との摩擦としてアテにしているという結婚は、何と呼べばいいのだろうか。

いや、と、佳道は思い直す。むしろ、言葉にされていることなんて、この世界のほんの一部でしかないのだ。

蒔田駅から歩いて七分ほど。リフォーム済みの物件で、2DKで、三階。もともと一昔前に流行ったルームシェアへの需要を見越したタイミングでリフォームされた物件らしく、ダイニングキッチンを挟む形で設けられている二つの個室は防音もそれなりにしっかりしている。家賃は管理費込みで八万円。慌てて探した割には悪くない条件の物件が見つかったと思っている。それも、物件に求める優先事項が完全に定まっていたことが大きいだろう。築年数よりも何よりも、居住者二人ともがそれぞれの生活空間を確保できる平米数があって、プライバシーを守れること。その一点に向かって突き進んだ結果、物件探しは意外とスムーズに進んだ。

約束事はあらかじめ文章に残しておいた。自分の生活に関わることは食事も家事も全部自分で担当すること。キッチンや風呂まわり、トイレ等共有スペースの清掃に関しては、一週間ごとに分担すること。冷蔵庫は、ひとり暮らし用のものを二つ用意した。本当はそれ以外にもあらゆるものを二つずつ用意したかったが、いくらスペースに余裕のある物件を探し出したとはいえ、それはさすがに難しかった。

他にも、当たり前だが身体的接触はなし、家賃や光熱費は折半など決めた事柄は様々あるが、次の三つは約束事というより掟のような存在感を放っている。

ひとつは、この結婚の仕組みを、決して他言しないこと。つまり、お互いの特殊性癖を勝手に公開することに繋がる行動は、絶対にしないこと。

次は、もし一緒に暮らしたい人間が別に現れた場合は、真っ先にお互いに報告すること。

最後は、自殺禁止。

さく、という小気味いい音に、佳道の視線が引っ掛けられる。向かいで、夏月が、佳道の買ってきた豚ひき肉と黒コショウのメンチカツを食べている。

この地球に生きている人は皆、宗教が違う。佳道はそう思う。

それは、イスラム教やキリスト教など、既に名前のついているものに留まらない。無宗教と言われる日本人だって、それぞれが宗教を持っている。それは豚ひき肉を見ておいしそうと思うのか食べてはならない神聖な動物だと思うのかと同じように、例えばある歌を聴いて共感するのか反発するのか、子どもの泣き声を聞いてうるさいと苛立つのか元気でいいねと目を細めるのか、そういう日常の小さな場面で出来上がっていく。

そうして体内に築かれた宗教が重なる誰かと出会ったとき、人は、その誰かの生存を祈る。心身の健康を願う。それは、生きていてほしいという思いを飛び越えたところにある、その人が自殺を選ぶような世界では困る、という自己都合だ。

体内の宗教が同じ人の死は、当人の死のみに収束しない。その死は、同じ宗教の他者を殺すことでもある。翻って、宗教が同じ人が心身共に健康で生きているというだけで、手放しそうになる明日を手繰り寄せられるときがある。その人が生きている世界なら自分も生きていけるのかもしれないと、そう信じられる瞬間が確かにある。

だから、自殺は禁止。あんな夜に再会しておいて、二人はそう約束している。

「味噌汁、いる？」と、佳道。

「あー、大丈夫」と、夏月。

――この世界で生きていくために、手を組みませんか。

二〇一九年を迎えて数分後、佳道は、名前と性癖以外何も知らないような相手にそう言っていた。夏月は、佳道の携帯電話を握りしめたまま、「え、いいねそれ」と、まるで今日の夕飯は出前にしようとでも提案されたかのような返事をした。

それからの行動は早かった。

夏月はもともと実家を出るために貯金を続けていたらしく、また、丁度職場も変えたいタイミングだったという（「仕事自体は全然好き、ていうか問題ないんだけど、職場、というより職場がある環境がね」)。結局今も、横浜駅直結のショッピングモールにある寝具店で働いている。あるとき、雑談の中で寝具店という業種に何かこだわりがあるのかと聞いたとき、夏月は、「自分が何で食品業界にいるのか、思い出してみたら」と笑った。

両親は、あまりに突然の話に驚いてはいたものの、ひどく安心した表情を見せたという。佳道も一度挨拶に行ったが、「もらってくれてありがとうございます」と言われたとき、夏月がどんな空気の中で生活していたのか、なんとなく察することができた。

もとは、中学校の同級生。昨年の同窓会で再会して、そのまま交際することになった――二人で話し合って決めた設定を丸ごと信じ込み、一人娘が結婚するという事実に心から安堵している老夫婦を前にしたときは、さすがに、騙していることに対する罪悪感が湧いた。だけど夏月の言う通り、これまで三十年間嘘をつき続けたことによる実績は、そんなことでは揺らがなかった。

どんな状況でも平気で嘘をつける自分にがっかりすることはある。だけど、それを自分の落ち度とも思えないから、厄介なのだ。

「話変わるんだけどさ」

夏月はそう言うと、「佐々木君はほんとに、SATORU FUJIWARAじゃないんだよね」お茶を一口飲んだ。

「うん、違う」

夏月の口から発された音が、ローマ字表記だということはすぐにわかった。YouTubeのコメント欄で、あらゆる配信者に対し水を使った企画をリクエストしてくれているあの人。自分と夏月がお互いに、お互いがそうだと勘違いしていたあの人。

「もしかしたら、本人なのかな」

いや、と、佳道は否定する。

「さすがに、逮捕歴ある人が自分の名前でそういうことはしないいんじゃない」

だよね、と呟いたのち、夏月が手を止める。

「じゃあ、どこかにいる、私たちみたいな人ってことか」

私たちみたいな、という言葉が、テーブルの真ん中に落ちる。

「藤原悟の名前を覚えてるなんて、同じ界隈の人じゃないとありえないもんな」

同じ界隈、という言葉も、テーブルの真ん中に重なっていく。

「その人、ひとりでいないといいね」

うん、と、佳道は頷く。

「誰も、ひとりでいないといいよ」

うん、と、夏月も頷く。

自分が死なないでいることがいいことなのかは、正直、わからない。自殺禁止と約束してまで生き延びていることに何の意味があるのかもわからない。だけど、自殺の後処理に関わるだろう人に迷惑をかけないでいられるというだけでも、今は、生きるほうを選んでみていることに意味がある気がしている。

どんなふうに生まれたって生きていける、生きていていいと思える。そんな社会なら一番いいけれど、そうではないので、そんな空間を自分で作るしかないのだと感じる。

「ここのこれ、おいしいよね」

夏月が、もう半分も残っていないメンチカツを箸で指す。駅を出てすぐのところにある蒔田商店街は、なかなか規模が大きい。

「ああ」

佳道は、それを購入したときのことを思い出す。そして、

「限定で割引になってたから、多めに買ってきた」

と言った。

自然に、そう言った。

その自然さの余韻の中を、夏月に読んでもらった文章の一節が横切っていく。


——たとえば商店街なら、今イチオシの商品とか期間限定の割引セールとか。

——目に入ってくる情報のほとんどは、最終的にはそのゴールに辿り着くための足場。

——「明日死なないこと」。


出費が抑えられることも、同じ値段で多く購入できることも、どちらも結局は【誰もが「明日、死にたくない」と感じている】という大前提に根差した歓びだ。そしてそれは、かつて自分を追い詰めていた情報の一つでもある。

味噌汁を啜る。味噌と玉ねぎの甘さが鼻に抜け、嚙み砕いたメンチカツが押し合いへし合い食道を通っていく。

これまでは、何かが割引になっていたとして、割り引かれたところで、と思っていた。出費が抑えられたところで、多めに買えたところで、未来に繋がる何かが自分の人生にあるわけではない。そう思っていた。だけど今は、出費が抑えられればいつか一部屋ずつ住

居を借りられるかもしれないと夢想できるし、多めに買えば明日の朝食に、または夏月の分になるかもしれないと想像できる。

その想像力が、粘土を指の腹で押すように、生きている時間を引き延ばしてくれている。

「カニクリームコロッケ狙ってるんだけど、いつも売り切れで」と、夏月。

「わかる。カニクリーム気になってた」と、佳道。

今から性的対象が異性の人間になるなんていう奇跡は起きない。だけど、商店街にある小さなチラシに傷つくことをやめれば、毎日踏みしめている大地が死ではなく生の方向へとほんの少しでも傾斜してくれる。

「ごちそうさま。おいしかったー、ありがとうメンチカツ」

夏月は立ち上がると、自分の分の食器をすぐに片付ける。自分のことは自分で。このルールを徹底しなければ、恋愛感情で繋がっているわけではない人間同士の同居なんてすぐにヒビが入るだろう。

わかっている。佳道は思う。いずれ何か問題が起き、薄氷が割れるだろうという予感も既に香っている。まず、この生活はお互いに金銭的に余裕がある状態だから成立しているに過ぎない。自立しているから寄り添えているだけなのだ。例えばどちらかが失職し生活費を払えなくなったり難病に冒されたりしたとき、どこまで献身的になれるものなのか現時点ではあまり想像できない。だけど今この瞬間、これまでは崩れてしまいそうだった何かが保てているのならば、その張りぼての安定にしがみついていたかった。

「さっきの、先輩の家に遊びに行く話だけど」

「うん」と、夏月がタオルで手を拭く。

「実現はしないと思うから、安心して」

佳道はできるだけ哀しく聞こえないように心がけ、「わかった。でも、なんかあったら言ってね」と自室へ戻っていく夏月を見送る。

佳道は夏月の背中を見るたび、そもそも誰かと一緒に生きていくことを人生の初期段階で諦めていたことを実感する。そして、そんな自分と家の中で出会ったり別れたりしてくれる人がいるということに、巨大な驚きと感謝を抱く。

両親が事故で死んだとき、特殊性癖であることが最後までバレなかったという安心感以外に抱いた感情がある。それは、もう三十路も近いいい大人なのに、こうも宇宙に放り出されたように不安になるのかという焦りだ。年齢を重ねるにつれ親との関わりは少なくなっていたとはいえ、生まれる前から自分のことを認識してくれている唯一の人間がいなくなるというのは、この世界と自分を繋げてくれていたへその緒が遂に切れたというか、東西南北や上下左右を付与してくれていた座標ごと足元から消え失せてしまったかのような感覚だった。みなしごという言葉は年齢を問わない表現なのだと、佳道はそのとき知った。

葬儀の手続きや墓関係、実家の処分などは親戚が随分と手伝ってくれた。その作業の中で佳道は、自分は両親のことを何も知らなかったのだと悟った。きっと最も長い時間を過ごした人であるはずなのに、親族以外の誰に訃報を伝えるべきなのか、親しい友人はいるのかすら、佳道はわからなかった。

閉じられたドアを見ながら、メンチカツを咀嚼する。

自分と夏月は、他人だ。恋愛関係にあるはずもなく、そのうえ友人ですらない。その人を構築している無数の情報のうち、把握している部分は本当に少ない。

だけど、今になって思う。家族のことですら、何も知らなかったのだと。

夏月のことはほとんど何も知らない。夏月も自分のことをほとんど知らない。ただお互いに、絶対に他の誰にも知られたくないことだけを、だけど確実に自分の思考や哲学の根にあるものだけを、握り締め合っている。心臓を摑み合っている、地球上でたった一人の相手。

この関係は一体何と呼ばれるのだろうか。他人でも友人でも恋人でも同居人でもしっくりこない。共犯者？　近いけれど、何だかカッコつけすぎているような気もする。

味噌汁を飲み干す。食事が終わる。

別に、呼び名なんてなくていいか。そう思いながら、佳道は自分の分の食器を洗う。

2019年5月1日まで、23日

――諸橋大也

Z世代、なんて呼び名が出てくるたび、そこに自分が含まれていることを不思議に感じる。そんな風に勝手に括られても、なんて反抗的な気持ちも湧くが、そうでもして研究すべき世代だと思われている感じもして、悪い気はしない。

大也は、消費行動論ゼミの今後について書かれたプリントをリュックに仕舞う。グループワークの多さに少々うんざりしながら立ち上がろうとすると、「なあ、ちょっと提案があるんだけど」と、いかにもそういうことを呼びかけそうな男が手を挙げた。

「このあと、行ける人だけでも飯とか行かない？　せっかくゼミの同期ってことになったわけだし、親睦会っていうか」

教室を満たしていた初回授業ならではの緊張感や警戒心に、ふっと風穴が空いたのがわかった。「いいね」「誰かそう言い出してくれないかなって思ってた」発案者に同調するのはやっぱり〝いかにもそういうことを呼びかけそうな〟人たちで、大也はその人種が発するエネルギーから自身を避難させる。

「あそこ電話してみようか。駅前の、最近オープンした」

「あ、沖縄料理のとこ？　この前一回行ったけど、広かったし空いてるかも」

大也は、トイレに立つような滑らかさで教室から出て行く。後ろの端の方という、出入口にかなり近い場所に座っていたことが幸いした。

「マジ？　じゃそこにしよ。じゃ、行ける人挙手で～」

「じゃあ私電話番号調べとくね」

教室から聞こえてくる声を背中で打ち返しながら、大也は思う。このゼミの誤算は二つあった。一つは、他のゼミに比べてグループ単位での行動が多そうなこと。消費行動論という以上、大学の広報課や地元の店と協力して新商品を開発するという実践的なプログラムがあることは把握していたが、合宿まであるというのは予想外だった。

もう一つは——

「あの」

背後から、呼びかけられる。

ずっと、視線は感じていた。

「諸橋君だよね？」

振り返るとそこには、肩ほどで黒髪を切り揃えている女性が立っていた。なんてことない表情、というものを心がけすぎているからか、その表情はむしろ強張って見える。

「覚えてる？　去年の学祭でお世話になった、神戸八重子です」

八重子が纏う空気からは、自分に話しかけるまでに費やされた時間や振り絞られた勇気が存分に感じられる。「覚えてる。お久しぶりです」その圧からいち早く逃れたい大也は軽い会釈で会話を終わらせようとするも、そう簡単には逃してもらえない。

「あの、行かないの？　飲み会」

そう尋ねてくる八重子の向こう側から、「十一名、予約とれましたー！」という声が飛んでくる。彼らが動き出す前に、早く移動してしまいたい。

「ちょっと用事があって」

行けないんだ、と、歩き出す大也に、「私も行けないんだよね」という声が近寄ってくる。いつの間にか、八重子が隣を歩いている。

二つ目の誤算は、神戸八重子の存在だ。

彼女が教室に入ってきたその瞬間から、大也は感じ取っていた。去年の学祭のとき、同席する空間でほぼ必ず感じていた粘り気のある視線が再び注がれ始めたことに。

「私はこれからバイトなんだ。諸橋君は？」

「俺も、まあ、似たようなもん」

この時点で、駅まで一緒に歩くことは確定した。大也はうんざりした気持ちが表情に出すぎないよう気をつける。

「大学って休みが長いから、なかなか調子戻らないよね」

隣にいて、目が合ったりしないからだろうか。八重子がこれまでより随分とスムーズに話題を提供してくることが、大也にとっては不気味だった。昨年の、事務的な関わりの中で目いっぱい意識され続けるという状況も、ひどく居心地が悪かったが。

「諸橋君は、休みの間もサークルで忙しかったりするのかな」

うちは準備始まるまでもう少しあるから——そう話し続ける八重子の隣で、サークルという単語が大也の心に陰を落とす。

日本で、男で、五体満足な異性愛者に生まれる。これで、社会に蔓延る理不尽から、九割は免れることができる。『スペード』の男子メンバーと触れ合っていると、ただの一度も被制圧側に回ったことのない、生まれ持った何かで不当に何かを制限されたことのない、そのような状況に自分が陥ることを想像すらしていない人間たちの無自覚な特権階級度合に圧倒される。

彼らからまず違和感を持たれたのは、夏の公演に使用する映像を撮ったときだ。例のプールを知らないことがバレたとき、彼らが疑惑の萌芽のようなものを手にしたのがわかった。その芽はあらゆる場面で光を浴び水を吸い、大也の与り知らぬところで勝手にすくすくと育っていった。

男は集団になればなるほど、より〝男〟になる。男であることから降りるなんて許さないという視線が、お互いを牽制すべく巧みに行き交うようになる。

「新歓で踊ったりするんだよね、きっと」会話のネタを見つけられた歓びを隠すこともなく、八重子は続ける。「もしかして今日も、これから練習？」

やっと校舎を出た。これから門まで、駅まで、電車が来るまで。二人きりの時間は続く。

「もうすぐ、令和、になるんだよね」

ぽつりと、八重子が呟く。少し前に発表された新元号は、それっぽい響きだったからか、あっという間に社会に溶け込んだ。

「去年、ダイバーシティフェス準備してるとき、元号が変わるころにはもっと色々アップデートされてるはずって話してたの」

いきなり何の話だろうと思っていると、八重子は「優芽さん元気かなって。連絡取ったりしてる？」と言った。

優芽さん。

巨大な毛虫が足の指をかすめていったかのように、全身の肌が粟立つ。

「優芽さんがね、去年の学祭の打ち上げで言ってきたの」八重子が浮足立っていることが、隣にいるだけで伝わってくる。差し出せる話題を大盤振る舞いしすぎて、口が止まらなくなっているのだろう。「ゼミが同じになるようなことがあったら諸橋君をよろしくって。だから今日、教室入ったときびっくりした、ほんとに諸橋君がいたから」

諸橋君をよろしく。

いかにもあの女が言いそうなことだ。

「そうだったんだ」大也は適当に返しながら、さりげなく歩幅を広げる。だが、八重子はぴったりと隣から離れない。

高見優芽。八重子よりもずっと長期間、より濃厚に、自分に粘り気のある視線を送り続けてきた女。そして、『スペード』の男子メンバーが抱えていた疑惑の萌芽に、大量の肥料を撒き散らした張本人。

大也は昔から、異性に好意を寄せられることが多かった。周囲の反応から、自分の外見が整っていることは嫌でも自覚させられたし、背が高く筋肉がつきやすい体質ということも相まって、自分の肉体そのものに男女問わず視線が集中しやすいということは自覚していた。女子がいる場所で着替えなければならないときなど、「体育で男子が胸のあたり見てくんのキモイ、あれバレてるよねマジで」などと言う女子の気持ちがよくわかった。多くの女子が、「自分は見ていない」または「男子は裸を見られても気にしないほうの生き物だから大丈夫」という表情で、大也の裸体を視線で撫でていくのだ。

先輩に無理やりミスターコンに出場させられたときもそうだった。全身に注がれる無数の視線の中には、いくつか、赤く光るようなものがあった。客席から勝手にスマホを向けられながら、大也は、誰かの待ち受け画面に自分が鎮座するかもしれない未来に辟易した。

やっと校門を通り過ぎる。駅が近くてよかったと、大也は思う。

優芽がやたらと自分とコミュニケーションを取ろうとしてくることに気づいたのは、サークルに入ってすぐのことだ。面倒だったのが、その優芽が、サークルの男子たちから粘り気のある視線を集めるポジションにいたことだった。優芽が大也を気に入っていることはいつしか暗黙の了解のようになっていて、優芽が彼氏を作らないのは大也がいるからだ、という勝手な計算式がまことしやかに囁かれ始めた。大也は優芽と二人きりにならないよう気を付けていたが、サークルの代表者となった優芽は大也を学祭の渉外担当に置くなど公私混同が甚だしかった。男子メンバーからは、大也が応じないことで優芽という最優良物件が飼い殺しになっていることを裏で愚痴られていた。それでも大也は優芽に決定的な瞬間を与えないよう心掛け続けた。

これまでの人生で、自分に靡かない男などいなかったのだろう。優芽は大也のいない飲み会の場で、同情を集めるようなムーブをたっぷり見せたあと、こう呟いたらしい。

もしかしたら、女の子に興味ないのかな。

優芽のその嘆きは、男子メンバーの中にあった疑惑の萌芽をぐんぐん成長させた。そうっすよ、優芽さんと付き合いたくない男なんていないっすから、俺らも前からおかしいと思ってたんすよ、あいつエロい話とか全然乗ってこなくてスカしてるし、前も例のプール知らないとか言い出して——。

映画やドラマでは若い女子同士の関係を陰湿に描くものも多いが、二十歳を超えても尚異物を排除する力が強いのは圧倒的に男子のほうだ。男は、男であることから降りようとする男を許さない。嫌うでもなくハブるでもなく、許さないのだ。

結果的に、昨年の学祭以降、サークルからは自然と足が遠のいている。こういうことが、大也の人生には何度もあった。大学生にもなれば周囲の人たちもある程度個人主義になるだろうと期待していたのだが、特に男は想像以上に徒党を組みたがった。もしかしたら社会人になってもそうなのかもしれない。大也は気が滅入る思いだった。

「あの、諸橋君」

ピッ、と、心電図のような音が鳴る。いつしか、駅の改札に辿り着いている。

「ゼミ生として、これからもよろしくね」

隣の改札から聞こえてくるその声から、大也は、何かを嗅ぎ取る。

過剰な優しさ。私が理解者になってあげないと、とでも言うような、保護者的な目線。

あの女がまた、余計なことを言ったのかもしれない。

全身から力が抜ける。もしかしたら、周囲と距離を置きがちな人だからとか、それはこういう理由かもしれないからとか、そんなふうに話したのかもしれない。自分が諸橋大也といかに近しい存在かをアピールするためだけに。

「ああ、よろしく」

ホームの電光掲示板によると、目当ての電車が来るまであと六分ほどありそうだった。もう場を繋ぐのも面倒だから、トイレに行くと言って離れるか――大也が身体の向きを変える、その直前だった。

「諸橋君は、ゼミ、何で消費行動論にしたの？」

本当の興味に基づいているわけではなく、沈黙を長引かせないための材料としての質問だとすぐにわかった。「あー」と、大也は顔を上げる。

夜に染まりゆく景色を背負って、こちらを見ているひとりの女性。

ごめん。

大也は、心の中でそう思う。

あなたの目の前にいる人間は、あなたが想像しているような人間とは、全く違う。

「物欲には裏切られないから」


Z世代とは、一九九〇年代後半から二〇〇〇年代にかけて生まれた世代です（国によって定義が分かれていることもあります）。物心ついたときには身近にスマホがあったことから、「ソーシャルネイティブ」であるという特徴があります。パソコンにはなじみがなくともスマホの扱いには慣れていて、ソーシャルネットワーキングサービス（ＳＮＳ）によって多大な影響を受けている、そんな世代です——

ゼミで使うテキストを、ぺらりと捲ってみる。実家の自室は勉強机を含めいかにも子ども部屋という様相で、百八十センチ近くある自分とは不釣り合いだなと常に感じる。

テキストを棚に仕舞いながら、大也は、Ｚ世代に生まれた幸運に思いを馳せる。もう十年、二十年早く生まれていたら、今より何倍苦しかっただろう。世界には自分と同じ性的指向の人間が〝存在する〟事実すら知ることができないなんて、考えただけで頭が割れそうだ。

大也がスマホを持たせてもらえたのは、中学二年生のときだった。塾に通い始めるので仕方なく、という理由だったため、同級生の中でも遅いほうだったと記憶している。

スマホを手にするまで、特にＳＮＳに触れるまで、大也はずっと、自分のような人間は世界で一人だけだと思っていた。自分だけが圧倒的に間違っていて、その間違いは絶対に隠さなければならず、世界のどの方角に対しても異性の人間に性欲を抱くふりを続けなければならないと思っていた。

普通や通常から外れてしまった自分が、気持ち悪くて仕方なかった。

自分以外にも自分のような人間がいると知ったきっかけは、中学の同級生のうちの一人が、自分は女の脚、特に裸足が好きで、その場合はＳＮＳがオカズ集めに最適だと言い出したことだった。「サンダルとかペディキュアとかで検索したら、裸足の自撮りがいっぱい出てくるわけ。そっちのほうがＡＶより全然抜ける日があるんだよ、俺」そんな熱弁を同級生たちに笑われながらも、彼は反論も嘲笑もすべて肥料にしながら声を大きくしていった。

「SNSに脚フェチの人って死ぬほどいるんだよ。くるぶしフェチとか足の裏フェチとかもっと細かかったりしてさ、俺自分のことなかなかマニアックだって思ってたけど、もう全然だったわ。どんなオカズだってあるんだよ、マジで！」

その夜、大也はアカウントを開設した。そして、サンダルやペディキュアというキーワードで検索をしていた同級生と同じように、自分が最も欲する情報を探し出す旅を始めた。

大也は物心ついたときから、水が好きだった。

自慰行為を覚えても、思い浮かべるのは人間の姿ではなく、水にまつわる映像だった。様々に形を変える水、勢いよく噴射され飛び散る水、固体から液体に変わりゆく水、沸騰し暴れる水。光を吸い込み闇に呑まれ、場面によってはどんな音も奏でることができるそれ。誰にも真実を摑ませないよう自由自在に形を変えるその姿は、大也にとって、他の何にも代替されない扇情的な存在だった。

大也は様々なキーワードで検索をかけるうち、同級生の言うとおり、SNS上においては異性の脚、裸足フェチだなんて蒲公英(たんぽぽ)であり菫(すみれ)であることを察した。そこには、その日までの大也がそうであったように、自分の性的指向を把握したときに巨大な不安と孤独感に一度は呑み込まれただろう人々が大勢集っていた。大也は、名も知らぬ花々でいっぱいの世界を、時間を忘れて回遊した。

マーライオンのように人が嘔吐する様子に興奮する嘔吐フェチ、対象が何物かに丸呑みされる様子に興奮する丸呑みフェチ、時間停止・石化・凍結などにより人体が変化していく様子に興奮する状態異常／形状変化フェチ、風船そのものや風船を膨らましている人などに興奮する風船フェチ、ミイラのように拘束する・されることを好むマミフィケーションフェチ窒息フェチ腹部殴打フェチ流血フェチ真空パックフェチ……。

大也はそれまでずっと、周りの同級生たちは、自分が水を好きだなんて全く想像しないだろうと思っていた。そんなことを知られたら、生理的かつ決定的な嫌悪感を抱かれることを確信していた。だから、そんな自分ですらこれまで全く想像してこなかった性的指向がこの世に存在することに、自分でも驚くほど安心していた。それどころか、我ながら気持ち悪くて仕方がない存在であるこの自分が生理的な嫌悪感により目を逸らしたくなるような性的指向が存在することに、深く豊かな呼吸を授けてもらえた気がした。

その呼吸とはすなわち、自分が想像し得なかった世界を否定せず、干渉せず、隣同士、ただ共に在るということだった。自分に正直に生きるために声を上げるまでもなく、ありのままの自分を誰かにわかってもらおうとする必要のないまま、生きていられることだった。これが、のちに〝多様性〟という言葉が当てはめられる概念に出会った、大也にとって初めての瞬間だった。

ＳＮＳ上では、あらゆるフェチの当事者同士が盛んに交流していた。例えば丸呑みフェチのような、現実世界で自分好みの素材が生まれることはない・生まれてはならないことを重々承知している当事者たちは、同じ界隈の人々に向けて自作のイラストや文章等を発信し、素材の自給自足に励んでいた。例えばマミフィケーションのように現実世界で実践することができるフェチの当事者の中には、当事者同士でオフ会を開き、そこで行われたプレイの様子を発信している人もいた。当時中学生だった大也は、絶対に誰にも知られてはならないと思っていることを他人と共有している人がいるということ自体に大きな衝撃を受けた。だがそれは同時に、自分もここで、水に興奮する人と交流できるのかもしれないという期待の芽生えでもあった。

大也が自分のアカウント名を【SATORU FUJIWARA】にしたのは、水フェチについて色々と検索してみたときに辿り着いた、とある新聞記事が忘れられなかったからだ。加えて、この名前にピンと来た人が話しかけてくれるかもしれないという目論見もあった。

今日も大也は【SATORU FUJIWARA】名義のアカウントを開く。そこから世界を覗くときだけ、大也はこの社会から顔を出して息継ぎができる。

すると、ダイレクトメッセージを表す封筒のマークに、１という数字が乗っていることに気付いた。【古波瀬（こばせ）】から返事が届いているのかもしれない。

水フェチ当事者によるアカウントは他と比べて数が少なかった。大也はもちろん片っ端からフォローしていったわけだが、その中で、同じフェチでもグラデーションがあること、自分の好みとぴったり合致する人と出会う難易度の高さを学んだ。大也が最も興奮するのは、間欠泉のような、大規模かつ水自身も自分がどんな風になってしまうのか理解できないままに姿形を変えざるを得ないような映像だった。水フェチの中には水に濡れた衣服や人間に興奮する人も多かったが、大也からすると水の世界において人間は邪魔者だった。結局、自分から連絡をして交流してみたいと思える人にはなかなか出会えないままだった。

そんな状況が変わったのは、つい一か月ほど前のことだ。これといった発信はしておらず、気に入った投稿にいいねをしているだけの大也のアカウントに、ダイレクトメッセージが届いたのだ。

【はじめまして。いいね欄を見ていて話してみたくなったので、メッセージを送っています。最近、水に興味があると思い始めた二十代の男です。このジャンルはとても人が少ないということもあって、完全に好みが一致するわけではないかもしれないですが、もしよければお話してみたいです】

その人のアカウント名には【古波瀬】という三文字があった。大也は何かに導かれるようにして、自分のアカウント名の由来となった新聞記事を検索し直した。

——調べによると、藤原容疑者は4月11～18日の間に、同県○×市の○×市警察部機動警察隊古波瀬分駐所の事務所窓ガラスを割って侵入し——

大也は、【古波瀬】とのやりとりで初めて、〝下ネタで盛り上がる〟という現象を体験した。話してみると、確かに【古波瀬】は水そのものというより、水に濡れた衣服や人間のほうに強い興味があるようだったが、そんな違いがあるからこそ、まるで同級生たちが胸より尻が好きだとか裸足に一番興奮するだとか言うように盛り上がることができた。誰かと性的な話題で笑い合えるまで、大也は二十年かかった。

【古波瀬】とは、連絡を取り始めてまだ一か月しか経っていない。二十代の男性ということ以外、顔も名前も何も知らない。だけど大也は【古波瀬】のことを、これまで友達と呼んできた誰よりも近しく感じていた。今まで誰にも話せなかったことを搭載した数十文字は、まるで満を持して宇宙へ放たれるロケットのように、幾万の時間をびゅんと超えていった気がした。

【SATORUさんのリクエスト、また採用されてましたよ。ほんと採用率高いですよねえ。

youTube/ptfASnq0FuY……】

届いていたダイレクトメッセージには、YouTubeの動画のURLが記載されている。大也は返信を打ち込みながら、どのチャンネルだろうと想像を巡らせる。

採用率。その言葉は、YouTubeのコメント欄に書き込んだリクエストが採用される確率を表している。

自分が属するフェチがマイナーであればあるほど、性的興奮に繋がるような素材は早く底を突く。何の努力もせずとも次々と〝オカズ〟が生成される同級生たちを横目に、血眼になって素材の自給自足を続けるほかなくなる。

YouTubeのコメント欄にリクエストを書き込むという方法は、一体誰が始めたのだろうか。人間の承認欲求と特殊性癖者の性的欲求、その交点がまさか駆け出しの配信者のコメント欄であるなんて、一体誰が予見できただろうか。

『暑くなってきたら、夏らしく、水を使った企画はどうでしょうか。水風船を割れないまま何度投げ合えるか対決、ホースの水をどこまで飛ばせるか対決など、見てみたいです』

今読み返してみれば、過去に大也が書き込んだ文面は観たい映像を引き出すためのリクエストとしてあまりに稚拙だ。もっと砕けた空気を醸し出すべきだし、そもそもこの文章の向こう側にポジティブな雰囲気の人間がいるとは想像しがたい。だけど、このコメントを読んだ小学生の配信者は、すぐにリクエストに応えてくれた。動画内で、「この企画、面白いのかなあ？」等と訝しみながらも、水を様々に操ってくれた。

本人が気づいていないだけで、マイナーなフェチの需要に応える動画を投稿している配信者は、多い。

息止め対決をリクエストしている文面の向こう側には、大抵、窒息フェチがいる。早割り対決や膨らまし対決、セロテープ剥がし対決など、風船を使ったゲーム企画をリクエストしている文面の向こう側には、大抵、風船フェチがいる。罰ゲームを電気あんまに指定しているリクエストなんて、わかりやすすぎてこちらが恥ずかしくなるくらいだ。駆け出しの動画配信者の飢餓感は、自給自足ではすぐに限界が訪れるようなマイナーなフェチに属する人間にとって、とても都合が良かった。

そして、そのようなリクエストの対象になっているのは、大抵が十代の子どもだ。

中には二十代、三十代のいい大人がその対象になっていることもあったが、その場合は自分たちにどんな視線が注がれているのかを自覚しているようで、実は持ちつ持たれつな関係性であることを認知し合っているようで、その緊張感はひどく居心地が悪かった。一方子どもたちは、自分たちの行動がその行動以上の意味を持つ可能性に全く気づいておらず、その無邪気さはこちらの後ろ暗さを誤魔化してくれるほどだった。

この無邪気さこそが、最後の砦だ。大也は思う。もしこの場所までなくなってしまったら——そう考えるだけで、足元が抜け落ちるような気持ちになる。

【マジすか。ラッキー（笑）。今から観ます。どのチャンネルだろうなー】

そう返信を打ち込みつつも、大也には心当たりがあった。リクエストに応えてくれたのはきっと、不登校の男子小学生二人組が運営しているチャンネルだ。彼らは、時代が新しくなれば学校に通うことが常識とされていた風潮も変わるはずだと主張しており、その意思を反映したチャンネル名を設定している。あのカウントダウンももうすぐ終わるのかと思うと、感慨深い。

――もうすぐ、令和、になるんだよね。

ふいに、数時間前に聞いた八重子の声が蘇る。

――去年、ダイバーシティフェス準備してるとき、元号が変わるころにはもっと色々アップデートされてるはずって話してたの。

youTube/ptfASnq0FuY……

【古波瀬】から送られて来た文字列を、大也はじっと見下ろす。指先で触れるだけで、時空を超えて世界を覗ける、魔法の窓。

毎日、世界中から大量の動画が投稿される巨大プラットフォームは、彼らなりに健全な運営を保つべく、日々規制をアップデートしている。一時はテレビより過激なことができるブルーオーシャンだと誉めそやされたYouTubeも、今ではAIが画面内における肌の色の割合を識別し露出過多だと判断した際はその動画を自動的に削除するような場所となっている。そのたび、自分にとって不快なものを排除していくことが世の中の健全さに繋がると信じている人たちは、「時代がアップデートされていく」なんて喜ぶ。

大也の口から息が漏れる。

世間が判断する〝性的なもの〟が、いかに限定的で画一的か。それを排斥すれば世の中に漂う〝性的な感情〟や〝性的な視線〟も一緒に排斥できるという幸せな思い込みは、単純で直線的だからこそ強い力を持つ。思想や情動も論理で説明できると思っている人たちが打ち立てる規制は、生身の人間の内側にはいつまで経っても到達しない。

【マジすか。ラッキー（笑）。今から観ます。どのチャンネルだろうなー。と言いつつ『元号が変わるまで〜』一択すね。今から答え合わせしてきまーす】

その名前で二〇一九年五月一日までの日数をカウントダウンしているチャンネルは、いま大也が認知している配信者の中でもかなり視聴者の反応に飢えている。それはおそらく、二人ともが、学校に通っていればそこで感じられるはずの精神的充足をYouTubeに託しているからだろう。まだ小学生の二人からすると、学校を除けば、外の世界と繋がる術は動画投稿くらいしかないのかもしれない。

誰もがきっと、これがなくなったら困るというものにしがみついている。その中には、この二人組と自分のように、実はしがみつき合っているものもある。

大也は去年、その二人組に、水風船でのキャッチボール対決というリクエストを書き込んでいた。ぱんぱんに膨らんだ水風船を投げ合い、割れたほうが負け、という内容の企画だ。大也は不意に水が破裂するという映像が好みなのだ。二人の人間が投げ合っている水風船が不意に爆発するという動画は、大也の見たいものの条件をかなり満たしていた。

当時はリクエストを採用してもらえなかったが、どうしてもその映像を諦めきれず、最近また書き込みを続けているのだ。

よし。

【古波瀬】から送られてきたＵＲＬに、ひとさし指で触れる。ノックをするときの何百分の一の力しか必要ないのに、その窓はいとも簡単に開いてしまう。

大也の耳は準備万端だった。お馴染みのＢＧＭといつもの挨拶は、まるでパブロフの犬のように下腹部を反応させる。

だが、大也の目の前に現れたのは、こんな一文だった。

【この動画に関連付けられていたYouTubeアカウントが停止されたため、この動画は再

生できません。】

大也は、首を後ろからすぱんと切り落とされたように、顔面を画面に近づける。

何度読んでも、そこに表示されている文面は変わらない。

停止されている。アカウントごと。

じわ、と、脇の下が濡れる。体温が落下していく。

どうして。

困る。

もう、ここくらいしかないのに。

リクエストに応えてくれるところは。

最後の砦なのに。

どうして。

【この動画に関連付けられていたYouTubeアカウントが停止されたため、この動画は再生できません。】

どうして。


――寺井啓喜　　　　２０１９年５月１日まで、あと１日

「こういうことみたいだな」

啓喜は由美に対して、紙を数枚差し出す。

「海外では前からこういう動きがあったらしい。それに運悪く巻き込まれただけだろ」

由美は啓喜から紙を受け取ると、難解なカルテでも読み解くような目つきで文面を追い始めた。最近まで編集だの何だのと夜遅くまで起きていることの多かった泰希は、まるで動画の投稿を始める前に戻ったかのように、二階の自室に引き籠っている。

泰希はこの四月で小学六年生になった。もし普通に学校に通い続けていたら、深夜十一時のリビングというのはどんな感じなのだろうか。息子はもう寝静まり、今のように静かなものなのだろうか。それとも、いつまでもテレビを観ていて、明日も早いんだから早く寝なさいと母親に怒られたりしているものなのだろうか。啓喜にはもうわからなかった。

泰希と彰良のチャンネルが規約違反という一方的な理由により突然停止されてから、早三週間が経つ。由美からその話を聞いていたものの、啓喜は特に真剣に受け止めていなかった。SNSのアカウントが一時的に乗っ取られるとか、巷でよく聞くような類の話だと思っていたからだ。

そしてその予想は、越川のおかげで確信に変わった。

検察庁の中で、泰希が動画配信を始めたことを知っているのは越川だけだ。だから啓喜は自然と、越川に家庭のことを愚痴ってしまう。

ある日啓喜は、越川にこう漏らした。

「息子のチャンネル、なんかいきなり停止されたらしいんだよ。特にヤバイ動画とか出してないはずなのに。それで本人は拗ねて、今また引き籠り状態」

ただの軽口のつもりだったのだが、数日後、越川は数枚の資料と共に「寺井さん、これ」と声を掛けてきた。

「ちょっと前に、息子さんのYouTubeチャンネルが急に停止されたって話、してたじゃないですか。最近そういう著作権関連のトラブルも多いって聞きますし、そっち方面をちょうど色々勉強してたんですね」

相変わらず真面目な男だ。啓喜は感心するが、そこからの越川は「それでなんですけど、えーっと」と、突然、歯切れが悪くなった。

「何だよ、早く言えよ」

「なんていうか、言いづらいんですけど、息子さんのチャンネル、最近、なんか変なコメントが増えてたりしてないですか？」

「変なって、例えば？」啓喜がそう尋ねると、越川はさらに言い淀んだ。

「いや、だから、例えばその、性的な行動を息子さんに促すような、というか」

「はあ？」

素っ頓狂な声が出た。性的という言葉と息子の姿が、あまりに結び付かなかった。

「そんなのあるわけねえだろ。男子小学生二人組のチャンネルって言ったろ？」

「まあ、そうなんですけど」

一応、これまで観たことのある動画を幾つか思い出してみる。なんだか風船をできるだけ早く割るとか水を遠くまで飛ばすだとか、大人からすれば一体何が面白いのかよくわからないようなものばかりだった。正直に言えば、自分が小学生のころだってそんなものを面白がっていたか疑わしい。そして何より、全く、性的ではない。

「じゃあやっぱり、チャンネルがバンされた原因は、これの⑦だと思います。時系列順にまとめてみたので、お時間あるとき読んでみてください」

そんな言葉と共に越川が差し出してきた紙が今、由美の手元にある。文章を追う由美の眉間に寄る皺を見つめながら、啓喜は、その文章の内容を思い出す。

①２０１９年2月17日。
動画ブロガーのマット・ワトソン氏が、YouTube のアルゴリズムやコメント欄を批判する動画を投稿。内容は、「ソフトコアな小児性愛者のネットワーク」が YouTube のコメント欄を利用し情報交換をしており、YouTube が使用しているアルゴリズムが小児性愛者の交流を促進しているという警鐘だ。ワトソン氏は、YouTube に通報しても無視されていることを訴えた。
例：「bikini haul（水着選びをアドバイスするような動画のサブジャンル）」というキーワードで検索すると、検索結果には児童の水着姿の動画が表示される。これらの動画自体はポルノ的なものではないが、そのコメント欄にはその動画上で小児性愛的に好まれるシーンへのリンクが投稿されている。こうしたコメントが大量に存在し、YouTube のお薦めアルゴリズムにより、これらのコメントを簡単に利用できる。
②ワトソン氏の問題意識に共感した有名企業（ネスレ、マクドナルド、ディズニー、エピック等）が YouTube への広告出稿を休止。
③２０１９年2月19日。この問題を、YouTuber のフィリップ・デフランコ氏が動画

内で取り上げる。大きな反響を呼ぶ。

④ YouTube 広報担当者、フィリップ・デフランコ氏へ向けたコメントを Twitter 上で発表。内容は、「コメントを含め、未成年者を危険に晒すいかなるコンテンツも許されない。YouTube 上でこれを禁止する明確なポリシーが定められている。われわれは直ちに措置を講じ、アカウントやチャンネルを削除し、違法行為を当局に通報し、未成年者を含む数千万件の動画に対するコメントを無効にした。さらなる対策を講じる必要があり、改善とより迅速な悪用の検出に今後も努めていく」というもの。

⑤２０１９年2月20日。YouTube が急遽、未成年者を守るための規制を実施。主な内容は、

・数千の不適切コメントを強制削除。数百のアカウントを強制停止。
・数千万の動画で、コメントを強制的に無効化。
・未成年者を含む動画で危険なコメントが見つかれば、収益化を強制的に制限。

⑥２０１９年2月28日。コメントの無効化、収益化の制限等についてのガイドラインを、YouTube 上のヘルプ欄に記載。

⑦２０１９年3月以降。安易に機械的な規制をしたことにより、未成年が出演している場合、何ら非のない内容を配信しているチャンネルでも突然アカウントを停止されたり

広告を剝奪されたりする誤作動が多発。自身の子どもなどを出演させている日本の人気YouTuberたちも続々と「コメント欄が勝手に閉鎖された」「突然広告が全て外されてしまった」等と明かし、話題に。

⑧その後。

・未成年が出演しているチャンネルのコメント欄の仕様が変わる。

・動画のコメントを、「すべて表示」か「承認制」に設定できるようになるが、後者の場合、すでに投稿している過去の動画も含めすべてのコメントに対し手動で承認、未承認を決定していくことになる。そのため、未成年が出演している動画に関しては、現時点で、コメント欄を自主的に閉じるというのが最もリスクの少ない選択となる（性的だと判断されるコメントがつけば、勝手にアカウントを停止されたり広告を剝奪される可能性が高くなるため）。

・今後、未成年が出演する動画にはコメントが完全にできなくなる可能性もある。

読み終えた様子の由美に向かって、啓喜は口を開く。

「つまり」

「どっかの国のどっかの変態のせいで、未成年が出てる動画が消されたりチャンネルごと停止されたりしたってわけだ。完全にもらい事故だな」

変態、という言葉の響きに、啓喜は自分で不快になる。由美は深くため息をつくと、視線を一度、泰希の部屋がある二階の方へ飛ばした。

この騒動に巻き込まれる直前、泰希と彰良のチャンネルの登録者数は千人に達した。二人が学校に行っていないことについて話した動画がなぜか時を経て多くの人に観られたらしく、そのときに一気に登録者数を伸ばしたようだ。泰希は「これで広告がつくんだよ！」「本当に、ユーチューブで生きていけるかもしれない！」等と盛り上がっており、その喜びようはまるで、学校に戻ることを望んでいた啓喜への勝利宣言のようにも見えた。

「まさか、一部の変態のせいでチャンネル止められるとはな」

啓喜は、自分の声に喜びが滲み出てしまわないよう、細心の注意を払う。千人を突破してあれだけ喜んでいた息子の今を不憫に思うと同時に、いよいよ学校に戻ることを考え始めるかもしれないという期待が湧いてしまう。

「これからチャンネルが復活するとしても、コメント欄は閉鎖しておいたほうがいいかもな。未成年のチャンネルでコメント欄が開いてるってだけで、またいきなり停止されるかもしれない」

「でも」

顔を上げた由美が、不安そうに眉を下げる。

「そのコメント欄っていうのが、かなりモチベーションになってるみたいで」

ふう、と、由美がため息をつく。

「面白かったですとか、次こんなことしてくださいとか、泰希、そういう反応にいつもほんとに喜んでたから。それがなくなっちゃうのはかわいそうだなって思う」

由美は「あなたにはわからないかもしれないけど」と小声で言うと、まるで自分に言い聞かせるように続けた。

「動画を撮り始めたころは、同級生に会うかもしれないからってあんまり外出もしたがらなかったの。だけど今では視聴者さんの期待に応えたいからって、色んなところに行きたがったり挑戦したがったりしてて……部屋に引き籠ってるときに比べたら顔つきも全然変わった。去年の夏も、海に行きたいって言ったの覚えてる？　あれもリクエストに応えるためだったんだよ」

「そうだったか」海について、啓喜はそこまで詳しく覚えていなかった。「でも、だからってコメント欄を開放したままだと、また誤作動で停止とかになるかもしれない。そのたび今みたいに引き籠られても」

面倒だし。

そう続きそうになった言葉を、啓喜は直前で呑み込む。

「とにかく、コメント欄は閉じたほうが無難だろ。明日でチャンネル名のカウントダウンも終わることだし、方針変えるには丁度いいタイミングなんじゃないか。それか」

啓喜は息を吸う。

「これを機に、YouTubeをやめるっていうのも、アリかもな」

啓喜はそう言うと、息子のそばにずっとついていてくれている妻の表情を眺める。三年前、理由もよくわからないまま泰希が学校に行かなくなり、自室に引き籠るようになった。そこからどうアプローチをしても外の世界と関わろうとしなかった息子を部屋から連れ出してくれたのは、YouTubeで間違いない。きっと、彰良の家庭も同じような状況だろう。

だからこそ今が、泰希の気持ちを学校に向かわせる絶好のチャンスかもしれない。啓喜は続ける。

「泰希も彰良君も、気の合う友達と一緒に遊ぶ楽しさを思い出しただろ。今なら、同世代の友達と過ごす時間が恋しくなって、学校に行きたがるかもしれない。いっそYouTubeは一旦やめるっていうのも、アリだと思うけど」

広告がつく、ユーチューブで生きていけるかもしれないと喜んでいた泰希に対し、啓喜はずっとこう思っていた。親として、きちんと現実を教えてあげなければならない、と。

いくら広告がつくといっても、動画配信で十分に稼いでいけるのはほんの僅かな人たちだけだ。泰希の人生全体を考えるならば、変に夢を見させずに、今やるべきことに向き合わせたほうがいい。由美は、友達もできて活発になった今の泰希を喜ばしく思っているだろうが、啓喜からすればそれはやはり一時の逃避にしか見えなかった。

黙り込む由美を諭すように、啓喜は口を開く。

「チャンネル停止されたりコメント欄閉じなきゃいけなかったり、何でこっちが色々諦めなきゃいけないんだろうな」

啓喜は、同情的な声色を心掛ける。

「小児性愛者とかそういうこの世のバグみたいな奴らのせいで、何でこっちが色々制限されなきゃいけないんだ」

その細い肩を抱きしめるように、啓喜はやわらかい口調を意識する。

「由美がこれまで泰希にずっと向き合ってきてくれたこと、感謝してるよ。俺が家を空けてる間も、お前はずっと泰希と一緒にいてくれた。大変だったと思う。その中でYouTubeが、やっと見つかった、泰希が生き生きできる場所だっていうこともわかる」

人間とは単純な生き物だ。話しているうち、啓喜の中に、由美への感謝が本当に湧いてくる。そしてそれは同時に、由美や泰希の努力を無に帰すようなことをしでかした奴らへの怒りも一緒に引き連れてくる。

「それを性犯罪者予備軍の奴らに台無しにされるの、つらいよな」

項垂れたままの由美の頭が、少し動く。

「俺も何件か担当したことあるけど、性犯罪者って、再犯率が異常に高いんだよ。あれはもう病気だ」話すたび、自分が焼べる薪で、自分が熱くなっていくのがわかる。「当事者たちも自分は異常者だって自覚があるわけで、街から隔離されたいって言ってる奴もいたな。そういう、通常ルートから外れた人間は刑期終えてもどうせ同じなんだよ。日本も海外みたいにGPSつけたりできればいいけど、そうもいかない」

とにかく、と、啓喜が話を立て直そうとしたときだった。

「通常のルートから外れた人間って言ってたよね、泰希のこと」

顔を下に向けたまま、由美が呟いた。

「あなたからすると、泰希が学校に行ってないってことも、この世のバグなんだろうね」

啓喜はなぜか、そんなわけはないのに、煙草の香りを嗅ぎ取った気がした。

「私、ここ一年くらいの泰希を見てて、よく笑うようになったしよく話すようになったし、ほんとにYouTubeやり始めてよかったと思ってるよ。彰良君っていう友達もできて、視聴者さんとコミュニケーション取りながら色々企画考えて、右近さんとかそういう人たちとの関わりも増えて……確かに通常ルートにはいないかもしれないけど、こういう育ち方もあるのかもしれないなって思ってる」

由美が顔を上げる。

「だから、異常者は隔離しろとか、私は思えない」

啓喜は何故だか、由美の表情の背景が、喫煙所に変わった気がした。まだ付き合う前、新潟地検にいたころ。喫煙所で初めて二人で長い会話をしたときの記憶がフラッシュバックする。

「それよりも、どんなふうに生まれたって、どんな道を選んだって、新しい友達とか、社会とか、そういうものと繋がりながら生きていける世界のほうがいいなって思う」

由美の背景が、自宅の壁に戻っていく。それと同時に、啓喜は、すうと体温が下がっていくのを感じた。

こんな綺麗事を聞くのは、仕事中だけで十分だ。

由美は知らないのだ。社会のバグは、本当にいることを。普通の人間からすると全く想像もできないようなことに身を投じる悪魔は実在し、今この瞬間その被害に苦しんでいる人がいることを。そんな現実を肌で感じていない人ほど、綺麗なだけで現実味のないことを堂々と宣う。

「今は、泰希の話だ」

啓喜は、突き放した言い方にならないよう、自分を抑える。

「俺は、チャンネルを復活させるにしても、コメント欄は閉鎖すべきだと思う。また巻き込み事故でチャンネル止められたりしても面倒だろ」

ついに面倒という言葉を口にしてしまった啓喜の前で、由美はまた、その視線を越川がまとめてくれた文章に落としている。

「まだ何かあるのか」

啓喜がうんざりしながらそう尋ねると、「いや」と一瞬伏し目がちになったのち、口を開いた。

「本当に巻き込み事故なのかなと思って」

「え？」

「さっきからあなたは、泰希はあくまで巻き込まれただけだって言い方してるけど、そうじゃない可能性もあるかもなって」

どうやら由美は情緒が不安定のようだ。「そんなわけないだろ」と、啓喜は優しく語り掛ける。

「今回問題になってるのは、女児の水着とかだから。泰希たちは裸になってたわけじゃないし、そもそもあいつらの動画はそういう目で見ようがない内容だろ」

「そうかもしれないけど」と一度口を噤んだのち、由美が小声で続ける。「あなたのその、大きな答えにまとまろうとするところ、不安になる」

「え？」

思わず、語気が強くなる。「何て？」苛立ちが、遂にそのまま声色に表れる。

「私、泰希と過ごした一年間で、大きな答えから逸れることのほうが身近になった」

大きな答えという言葉が、啓喜にはしっくりこない。由美が何のことを言っているのか、啓喜にはよくわからない。

由美は何かを手放すように一度目を閉じると「右近さんが言ってたこと、覚えてない？」と言った。

右近さん。

さっき一度わざと無視したその名前が、妻の声に乗って届く。

「大晦日、生配信の手伝いに来てもらったでしょう。あのとき、帰り際に右近さんが言いかけてたこと、覚えてない？」

「覚えてない」啓喜は即答する。

「確か、泰希のチャンネルのコメント欄を見てたらちょっと気になるものがあったとか、そういうこと言ってたのよ。その話をしようとしたら泰希たちに呼び止められちゃって、結局そこで話は終わって」

由美が説明する場面を思い出そうとするが、どうしても、玄関先に並んでいた泰希、由美、右近の後ろ姿がやけに家族のように見えた記憶だけが蘇ってくる。「そんなことあったか」話を流そうとする啓喜を無視するように、由美が続ける。

「ちょっと、電話して聞いてみる」

「は？」

自分よりあいつの意見を信じるのか。その言葉が脳内だけで響いたのか声に出ていたのか、啓喜はすぐには判別できなかった。

「そんな数か月前に言いかけたことなんてあっちも覚えてないだろう。今回は海外で起きたことの影響、その巻き込み事故。越川がそう調べてくれたんだよ。そもそも泰希たちが風船割ったり水飛ばしたりする動画をどうやって性的に見るんだよ」

「でも」

「じゃあ、最近投稿してた動画の内容、いくつか言ってみろって」

由美は一度、口を閉じた。そして、唾を飲み込み、

「涙」

と言った。

「演技力対決っていう名目で、先に涙を流せたほうが勝ち、って内容だったと思う。テレビで子役とかがよくやってるでしょう、そんな感じの」

先に涙を流したほうが勝ち。

「ほら。そんな動画、どうやったら性的に」

話しながら、由美と目が合う。

涙。

啓喜が由美の裸に触れているとき、その指が由美の中心点に近づくたび、由美の目はどんどんと濡れていく。

を、由美はなぜだか、前戯のときいつも、その瞳いっぱいに溜める。

啓喜は、由美に覆いかぶさり、腰を動かしながら、由美の瞳が涙で満ちていくのを見るのが好きだ。

トンネルの遥か先にある光に近づいていくように、啓喜の動きに合わせて徐々に決壊へ近づいていく水の膜。

想像するだけで、股間が反応しそうになる。

「どうしたの？」

由美は視線を動かさない。

「涙を流す人を見て性的に興奮するなんて、おかしいよね？」

由美に両目を覗き込まれる。

「それって、通常ルートから大きく外れた、バグだよね？」

目の前の由美が実際にそう言ったのか、頭の中にその言葉が勝手に響いただけなのか、啓喜にはもうよくわからない。

――佐々木佳道　2019年5月1日から、19日

よくわからない感情が、一歩踏み出すたび、心臓の真ん中から全身へと滲み出ていく。隣を歩く夏月に対し今さら生じる恥ずかしさ、朝から動き回ったことによる疲労、簡単に言葉を当てはめるならばこの辺りなのだが、そのようなものだけではない何かが、じんわりと全身を浸している。

「今日、なんか買って帰るか出前にしない？」

「賛成」

平日の清水ケ丘公園は狙い通り人出こそ少なかったが、この日の陽射しは五月中旬とは思えないほど強かった。日陰になるようなものがないので、途中、日焼け止めをもっとしっかり塗ってくればよかったと思ったけれど、そんなふうに気が逸れたのも一瞬のことだった。

リュックの中で、久しぶりに使ったデジタルカメラが揺れている。

どんどん長くなってきた日照時間の端っこを、夕暮れに追いつかれないよう進んでいく。

一応用意しておいた水は全て使い切ったため、往路に比べ復路はかなり荷物が軽い。公園にも水飲み場はあったけど、なんとなく、公共のものよりも家から持って行った水を使っているときのほうが、どうしたって付き纏う後ろめたさが軽減されていた気がする。

「帰ったら、先シャワー使っていい？」と、夏月。

「いいよ」

「助かる」

長く伸びる影を引きずるようにして、二人で家までの道を歩く。周りから見たらデート帰りの若い夫婦のように見えるのかなと考えると、その平和な勘違いに笑ってしまいそうになる。

二月の後半ごろからだろうか。配信者が未成年者の動画が突如観られなくなるという現象が発生し始めた。佳道が普段から目を付けていたチャンネルにも同様の現象が発生しており、特に不登校の男子小学生二人組による投稿動画が観られなくなったときは相当焦った。この子たちが一番、どんなリクエストにも疑いなく飛びついてくれる配信者だったからだ。

【いつも応援してくださっている皆様にご報告があります】

久しぶりに動画が投稿されたかと思うと、動画の中で二人は、まるで大人気ユーチューバーが重々しく謝罪をするときのようにかしこまっていた。読み上げている文章は明らかに大人の手が加わっているもので、そんな風に、さも事務所に所属している人気者かのように振る舞うこと自体を楽しんでいるように見えた。

【YouTubeのガイドラインがいろいろ変わって……僕らがコメント欄を開いたままにしていると、いずれまたチャンネルが停止されてしまう可能性があるらしいです。なので、二人で話し合って、しばらくの間、コメント欄を閉じることにしました】

【コメント欄で皆様と交流できることがとても楽しかったので、本当に残念です。これからはリクエストに頼らず、自分たちなりにおもしろい動画を作っていきます！】

【ちょうど今日から元号が変わるということで、チャンネル名も『たいき&あきらの新時代チャンネル』に変更します。これまでとは変わってしまうところもありますが、引き続き応援よろしくお願いします！】

このチャンネルのコメント欄が閉じられる。つまり、リクエストを送れなくなる。それはすなわち、また、観たいものを自給自足するしかない世界に戻るということだ。

「海外で、あからさまに性的なことを書き込んでる人たちが問題になったみたい」

夏月も、ここ数か月のYouTubeの変化には注目していたらしい。ある日の夕食中、どちらからともなく、その話になった。

「それで、子どもたちを小児性愛者から守ろうってことで、未成年者が出演してるチャンネルには一斉に制限がかかったんだって」

「道理で急だったわけだ」

「YouTubeってほんといきなりルール変えていきなり適用するよね」

「いかにも外国の企業って感じだな」

「キッズ系の人たちは結構大変みたいよ、広告全部剝がされたりして」

「マジで」

特に目を合わせることなく会話を続けながら、佳道は、自分の、そして夏月の口ぶりから香るわざとらしさを嗅ぎ取らないように心がけていた。

そのわざとらしさの発生源は、自然と会話を繋ぎながらも自分たちを巧みに今回の件の当事者から除外しようとする狡さだった。自分たちがしてきたことはどうなのだろうかという、不都合な問いから逃げる姑息さだった。

今回俎上に載せられた人たちが見たかったのは、児童の裸やそれに準ずる姿だ。彼ら彼女らが要求したことは、社会が定義する〝性的なこと〟の範囲内にあり、要求された側が大人になるにつれて、自分たちは〝性的なこと〟を要求されていたのだと気づくような部類のものばかりだ。

佳道は白飯を口に運ぶ。

自分たちが要求していたものは、そこに当てはまらない。自分たちが日ごろからリクエストを送っている未成年者たちは、楽しく遊んだ記憶だけを抱え、やがて自らが思う〝性的なこと〟に臨む年齢を迎え、そのまま人生を終えていく可能性が極めて高い。

それに。佳道は頭の中で、自らに説いていく。

自分たちの場合、相手が未成年であること自体が重要だったわけではない。水を使う企画というおよそ大人が興じるには幼すぎる内容のせいで、リクエストに応えてくれるのが児童となるケースが多かっただけだ。水を扱ってくれれば相手は誰でもよく、むしろ、その動画に人間が映っていないほうが都合がいいくらいだ。

だから。

だから大丈夫。でいい、のか？

「結局さ」

夏月が咀嚼していたものを呑み込んだ。

「規制する側が思う〝性的なこと〟しか、規制なんてできないんだよね」

隣の部屋のドアが開く音がした。住人が帰宅したようだ。

「世の中には、人間が想像できないことのほうが圧倒的に多いのにね」

名前も知らない隣人の、かすかな生活音が聞こえてくる。

人間は結局、自分のことしか知り得ない。社会とは、究極的に狭い視野しか持ち合わせていない個人の集まりだ。それなのにいつだって、ほんの一部の人の手によって、すべての人間に違う形で備わっている欲求の形が整えられていく。

「そのおかげで」佳道は茶を啜る。「俺たちみたいな人間は逃れられてるわけだよな」

隣の部屋の住人が、がちゃりと音を立ててドアの鍵を閉めた。

世の中で問題視される性的搾取とは結局、まず、世の中が定義する〝性的なこと〟に当てはまるかどうかが問われる。それは即ち、世間のいう〝性的なこと〟から外れさえすれば、誰もそこにある性的な感情に基づいた言動を見つけることすらできないということでもある。

佳道は、動きの止まった夏月の手を見る。そんな佳道の手も、その動きを止めている。

この世界にはきっと、二つの進路がある。

ひとつは、世の中にある性的な感情を可能な限りすべて見つけ出そうとする方向。規制する側の人間ができるだけ視野を広げ、〝性的なこと〟に当てはまる事象を限界まで掘り出し、一つずつに規制をかけていき、誰かが嫌な気持ちを抱く可能性を極力摘んでいく方向。

もうひとつは、自分の視野が究極的に狭いことを各々が認め、自分では想像できないことだらけの、そもそも端から誰にもジャッジなんてできない世界をどう生きていくかを探る方向。いつだって誰だって、誰かにとっての〝性的なこと〟の中で生きているという前提のもと、歩みを進める方向。

「ねえ」

むしろ沈黙を守るように、夏月が小さく呟いた。

「自分たちで、動画、撮ってみようよ」

佳道は顔を上げる。

「私たちは確かに、ガイドラインで取り締まられるような内容を書き込んでたわけじゃないけど」夏月と目が合う。「だけどやっぱり、お互いにそういう目的だっていうことがわかってる人間同士じゃないっていうところには、ずっとモヤモヤしてたの。対等じゃないなっていうか」

「うん」

「だから、自分が楽しみたいことを楽しみ続けたいんなら、規制から逃れてラッキーよりも、胸を張って楽しみ続けられるような方法を探したい、かも」

無邪気に水で遊ぶ配信者を前に下着をおろすとき、自分を疎外してきた社会への復讐心が果たされる快感とは別に疼くものがあった。それは、罪悪感。佳道の体内でずっと燻っていたもの。

「その一歩目として、自分たちで動画、撮ってみようよ」

私の場合ね、と、夏月が続ける。

「見たい動画を人にリクエストしてたのって、自分ひとりでは撮れなかったからなの。水が噴出したり爆発する様子を一人で撮るのってなかなか難しいから。だけど」

夏月が、佳道の手元に視線を落とした。

「今はこうして、手を組める人がいるから」

手を組める人。

決して、善行をする仲間を表す言葉ではないところが、自分たちにはしっくりくる。

「うん」

佳道は頷く。

「お互いに観たい動画を、二人で撮ってみよう」


佳道がシャワーから出ると、ダイニングテーブルには出前で頼んだものたちがずらりと並んでいた。四種の味が二ピースずつ組み合わされたピザ、フライドポテトにナゲット、そして冷蔵庫で冷やされていたビール。

「こんなジャンキーな夕食、かなり久しぶりなんだけど」

先にシャワーを浴びた夏月は髪の毛にタオルを巻いており、むき出しの額とラフな部屋着という組み合わせは夏休みのプール後の子どもみたいだ。まだ十八時を回ったところだが、あとは食べて寝るだけという解放感が何とも心地よい。

水が派手に飛び散っても問題がなく、かつ、カメラなどを構えていても不自然ではない場所――自分たちで自分たちのための動画を撮る舞台として二人が選んだのは、自宅の最寄りの蒔田駅から歩いて二十分ほどのところにある清水ケ丘公園だった。体育館や屋内プール、遊具つきの公園のほか広い芝生広場があり、かなり自由に動けるはずだと考えたのだ。人出の少ない平日の午前中を狙うべく、夏月の休日に合わせて佳道が有給を取った。ブリュレチーズケーキのプロジェクトが一段落したので、休暇を申請しやすい空気ではあったものの、田吉の余計な一言は営業部のブロックに妙な緊張感を走らせた。

——有給？　デートか？　本当にいるのかわからない嫁と。

「お疲れさま〜」

「乾杯」

よく冷えた苦味が、喉をめりめりとこじ開けるようにして下っていく。炭酸の一粒一粒が弾けるたび、拭いきれない恥ずかしさや疲労も一緒に破裂して消えてくれる気がした。

「ちょっと、見てもいい？」

夏月がピザを銜えながら、「動画」と付け足す。佳道は、脂でぴかぴかに光る指をウェットティッシュできれいにすると、ダイニングテーブルの椅子の背面に引っかけていたリュックからデジタルカメラを取り出した。

「ありがと」

夏月は、今日一日ですっかり操作に慣れたのか、受け取るとすぐに幾つかの動画データを行き来している様子だった。ピザにポテトにビールに、と忙しく動いていた手が、今はぴたと止まっている。

予想通り、平日の午前の芝生広場は空いていた。広場の水飲み場の近くに持参したビニールシートを敷き、そこにリュック等を置くことで、さもピクニックをしている二人組である風を装った。二人とも、特に夏月は、水に濡れたとしても下着などが透けないような格好をしていた。初夏のよく晴れた陽射しは、裸足にサンダルという足元を自然なものにしてくれた。

用意したのは、水風船、水鉄砲、バケツ、コンビニで買えるプラスチックのカップを沢山。使い勝手のいい水飲み場がなかったときのことを考えて、一応、自宅から水を入れたペットボトルも数本持ってきていた。

やがて、待っていた瞬間が訪れた。芝生広場から自分たち以外の人がいなくなったのだ。

対等性と閉鎖性。夏月と話し合った結果、この世界で自分たちの望むものを楽しみ続けるとして必要な要素はその二つということになった。それを〝性的なこと〟だと認識し合っている者同士で楽しむこと。周囲の人が誰もそれを〝性的なこと〟だと認識していないとしても、その状況で自分の〝性的なこと〟を解放しないこと。

人目がなくなり、閉鎖性が担保された状態になったとき、先に動き出したのは夏月だった。まだ覚悟が決まっていなかった佳道は、サンダルを引っかけてちょこちょこと移動し始めた夏月をなかなか直視できなかった。他の誰にも言えないことを曝け出しあっている仲とは言え、自分が最も興奮する動画を互いの協力のもと撮りあうというのは、想像以上に羞恥心が発動するものだった。

夏月はそのまま、水飲み場の向こう側に立った。そして、佳道に向かってこう言った。

「こうすると、なんか」

二人の間で銀色の蛇口が光った。

「あの日に戻ったみたいだね」

あの日。

西山修が、藤原悟が起こした事件について読み上げ、教室で笑いを取っていたあの日。その放課後に二人で囲んだ、茶色く変色した水飲み場の蛇口。

あのとき、まず蛇口を思い切り蹴飛ばしたのは佳道だった。

「私たち、よくここまで辿り着いたよ」

銀色の向こうで、夏月が笑う。

佳道は思い出す。水の噴き出し口を蹴ったときの痛み、冷たさ。乱暴にうねる水をもっと怒らせたくて、二人で水の根元を蹴り続けたこと。こんな人生ごと蹴飛ばしてしまいたくて、藤原悟の記事を笑っていたクラスメイト全員をブチ殺してやりたくて、自分をどこにも連れていってくれない両脚を捥いでしまいたくて、蹴るたび絶望を重ねていったこと。自分の人生なんて、もう、どうにもならないと思っていた。

頭の中を共有できる誰かと過ごす日々がこの人生に訪れるなんて、全く、想像もしていなかったのだ。

「ほんと、よく生き延びた」

羞恥心が消えてからは、スムーズだった。お互いに、今の自分が最も興奮する種類の水の動画を求めて、両手を忙しく動かし続けた。後半、夏月が「この動きに特化した動画、ずっと欲しかったの」と明かした、中身の見えるプラスチックカップに水を移し替えていくという映像は、今思い返してみてもとても耽美だ。水が満杯に入ったカップを高いところでひっくり返すことで、その下に待機させていたカップに水が移る。水は、どれだけ激しい動きで下のカップへ飛び込んだとしても、少し暴れたあとにすぐ水平線を保つ。それは、水の持つ流動性を余すところなく味わえる新感覚の動画だった。水鉄砲の噴射や水風船の爆発、バケツの水を思い切り引っくり返す動画などオーソドックスなものも沢山撮ったが、カップの水の移し替えに関しては、もっと大きな容器で、もっと大量の水で再挑戦したいと思わされた。何とかできる範囲で撮影を続けながら、こういうことを思う存分試せる環境があればいいのにと感じるたび、佳道は様々な特殊性癖の当事者たちを思った。そして、こうして実践できるフェチに生まれただけ自分たちはまだマシなのかもしれない、と、なけなしの幸運を握り締めた。

「今日の私たちって」

佳道が顔を上げると、夏月はもうデジカメを手放していた。

「水を使った作品とか撮ってるアーティストっぽく見えてたかもね、周りに人がいたら」

夏月が笑いながら、つまんだポテトをケチャップにディップする。何を頼むか決めているときはカロリーなどを気にしていたようだったが、もうどうでもよくなったみたいだ。

空腹時の目算ほどアテにならないものはない。明らかに食べきれない量の糖分と脂質を前にして、「なんかね」と、夏月が白旗でも揚げるように欠伸をする。

「ああいう、地元にある大きな公園みたいなところにわざわざ出かけたの、私、初めてだったかもしれない」

タオルが外れ、自由になった夏月の髪の毛が、背中の後ろへと流れる。

「前々から予定合わせて、前日までにいろいろ買っておいたり準備したりして、外出に合わせた服装用意して、日焼け止め貸し合ったりして、実際に出かけて、で、性欲を満たすようなことを二人でして、帰ってきて」

夏月の語り口に、もう恥じらいはない。

「世に言うデートってこういうことなんだなって」

いや、と、夏月はすぐに付け足す。

「一緒に出かけてる相手に恋愛感情がないって時点でそもそも違うのかもしれないけど、なんていうのかな、今日はちゃんと季節があったし、社会の中にいる感じがしたし、しかもそれでいて性欲もあったの」

夏月が首に掛けたタオルが、世間的にいう〝性欲を満たすようなこと〟に関わる部位である胸元を、ふんわりと隠している。

夏月が話した〝外出に合わせた服装〟は相手に好印象を与えるという意味ではなく水に濡れてもいいという意味だし、〝性欲を満たすようなこと〟とはキスやセックスではなく自分が観たい水の映像を撮り合うことだ。世の中に浸透している意味とは到底重ならないけれど、それでも、夏月の言わんとしていることが佳道にはよくわかった。

自分の抱えている欲望が、日々や社会の流れの中に存在している。その事実が示す巨大な生への肯定に、生まれながらに該当している人たちは気づかない。

「私たちって、水の動画撮るために、それができる場所とそこに人がいない時間帯をすごく探ったよね」

「うん」と、佳道。

「閉鎖性を保つために、すごく気を付けたよね」

そう考えると、と、夏月がビールに口をつける。

「街じゅうにラブホテルがあるって、なんかほんと、何だよって思っちゃった」

缶ビールの底がテーブルを打つ音が、相槌のように響く。

「だって、水の動画を撮りやすいスポットが街のいろんなところにあるなんて、そんなのありえないじゃん。それが商売になるなんて誰も思わないし、実際絶対に儲からないし」

「確かに」佳道は笑う。

「でも、コンドームはどこのコンビニにも売ってるし、ラブホテルもそこらじゅうにある。そういう欲求があることを、みんなは、街じゅうから認めてもらえてる」

「水風船のお買い求めづらさったらないもんな」

茶々を入れる佳道に「そうそう」と同意するが、夏月の瞳にはどこか翳が差している。

「なんかさ」

その声は、ピアノのミスタッチみたいに響いた。

「出かけるための準備とかしながら、自分の性欲が、ちゃんと社会とか経済とか、そういう目に見える流れの中に組み込まれてるってこういうことなんだって思ったんだよね」

佳道は、ウェットティッシュで指についた脂を拭く。イタリア産と書かれていたチーズの匂いが、ぷんと香る。

「そんな人生、羨ましいなって」

食欲を満たすものは、古今東西様々な種類のものがそこらじゅうに溢れている。睡眠欲だって、満たそうと思えばいつでもどこでも満たすことができる。

「ほんとだな」

生きていくために備わった欲求が世界のほうから肯定される。性欲を抱く対象との恋愛が街じゅうから推奨され、性欲を抱く対象との結婚、そして生殖が宇宙から祝福される。そんな景色の中を生きていたら、自分はどんな人格で、どんな人生だったのだろうか。

「今となってはもう、想像もできないけどな」

性欲はどんな人にとっても基本的には後ろめたいものかもしれない。だけど、後ろめたいながらも、自分が抱えている欲望は〝そこにあっていいもの〟なんだと思いたい。どんなものを持ち合わせて生まれてきたとしても、自分はこの星で生きていていいんだと思いたい。何もかもを持ち合わせられずに生まれてきたとしても、この星でなら生きていけるのかもと期待したい。この世界がそういう場所になれば、たとえ人生の途中でどんな変化が訪れたとしても、生きていくこと自体には絶望せずにいられるかもしれないのに。

——まともじゃない人にいてもらってもね、困っちゃうから。わかるでしょ？

まとも。普通。一般的。常識的。自分はそちら側にいると思っている人はどうして、対岸にいると判断した人の生きる道を狭めようとするのだろうか。多数の人間がいる岸にいるということ自体が、その人にとっての最大の、そして唯一のアイデンティティだからだろうか。だけど誰もが、昨日から見た対岸で目覚める可能性がある。まとも側にいた昨日の自分が禁じた項目に、今日の自分が苦しめられる可能性がある。

自分とは違う人が生きやすくなる世界とはつまり、明日の自分が生きやすくなる世界でもあるのに。

「はーあ」

大きく息を吐くと、夏月は椅子から脚を下ろし、両手を挙げて思い切り背中を反らせた。そして、

「でも、こうやって卑屈になるのにも、もう飽きたかな」

と、引き抜いたティッシュで勢いよく洟をかんだ。

こうやって卑屈になるのにも、もう飽きたかな。

その言葉の持つ響きは、除夜の鐘が百八回分まとめて鳴らされたかのように巨大だった。

「佐々木君、あのとき私に、生き抜くために手を組みませんかって言ったでしょ」

あのときという四文字が、岡山のビジネスホテルの記憶に重なる。

「あれってこういう意味だったんだって実感すること、普段も結構あるのね。未だに結婚してるってだけで社会に紛れられる瞬間いっぱいあるし。職場でも面倒なこと聞かれないし、変な被害妄想に陥るような視線を向けられることも減った。なんかおいしいもの見つけたときに二人分買って帰ろうかなとか思えるだけで、なんだろう、あー死なない前提で生きてるなって感じられるし、将来のこと考えて上下左右わかんなくなるくらい不安になる瞬間があっても、その不安を共有できる人がいるって思えるだけでちょっと楽になるし……ほんとに、色んなところで、こういうことかーって思う」

でも、と、夏月がぼんやり、空を見る。

「それを一番感じたの、今日かも」

夏月の視線の先には、何もない。

「最近、自分って社会の大半が規制すべきだって言ってるものに生かされてるんだよなーとか思って、ちょっと気分落ちてたのね」

何もない場所を見つめる夏月の表情には、すべてがあるようにも見える。

「これからもっと規制が広がって、街のどこ探しても自分にとってのコンドームもラブホテルも何もない世界を歩き続けるしかなくなったら」

——たとえば、街を歩くとします。

「私、危なかったと思う」

あのとき、夏月に読んでもらった文章が、佳道の頭の中で再生される。

「こうして誰かと繋がれてなかったら、どうなってたんだろうって思う」

たとえば、街を歩くとします。

すると、いろんな情報が視界に飛び込んできます。

空の青さ、人々の足音、見かけない地名の車のナンバー。色、音、文字、なんでもいいです。ただ歩いているだけで、視界はさまざまな情報でいっぱいになります。

私たちはいつしか、この街には、明日死にたくない人たちのために必要な情報が細かく分裂して散らばっていたのだと気づかされます。

そんな中で、ずっと、誰とも繋がれないままだったら。

「明日、死にたくない」と思わせてくれるものが自分自身の肉体以外何もなかったら。

最後の砦だと思っていたものが社会から〝性的なもの〟と判断され取り払われ、だけどそのあとも独りで生き続けなければならなかったら。

「どっかの蛇口壊したり、もっととんでもないことしたりしてたかもな」

佳道の呟きに、夏月が頷く。

自分たちのような人間にとっての最後の砦は、そうではない大多数の正義によって、いとも簡単に取り払われる。

取り払った側は、取り払ったその瞬間、目的が達成される。取り払ったあとは、次に取り払うべきものを探したり、その日の夕食を何にしようか考えたりする。取り払われた側は、そのあとの世界を歩き続けなければならない。

永遠に。多くの場合、独りで。

「無敵の人とか最近よく聞くけど、皆そうだよね」

夏月が呟く。

「皆もともとたった独りで、家族とか友人とかがいる期間を経て、また独りに戻るだけ」

静けさが鳴る。

「そんな、特別に名付けるようなことするから、皆ニュース観ながら自分は違うって思っちゃうんだろうね」

す、と、佳道は息を吸う。

「今日みたいな時間が、あの人にもあればいいよな」

夏月の見つめている場所に届くように、そっと、声を飛ばしてみる。

「あの人にも」

と言ってみると、

「あの人にもね」

と、夏月が返す。

頭の中に思い浮かぶ、あの人たち。田吉から見た対岸を生きる人々。〝多様性の時代〟にさえ、通り過ぎる街のすべてに背を向けられてしまう全員。

もう容疑者ではなくなっているだろう藤原悟。未だにどこの誰かもわからない

【SATORU FUJIWARA】。水中息止め対決や風船早割り対決、それらの罰ゲームに電気あんまを勧めていた人たち。学校に通っていないあの小学生二人組だってそうかもしれない。

全員に、今日みたいな時間が訪れていればいい。季節の中に自分がいることを、社会や経済の流れの中に自分が存在することを感じられるような時間が。

「提案なんだけど」

佳道は口を開く。

「手を組む人、増やしてみるっていうのはどうかな」

夏月が、佳道を見る。

「それって」

「次は、同じような人たちに呼びかけてみたうえで撮影をしてみるってこと」

佳道の発言に、夏月の瞳が揺れたのがわかる。

「もちろん、秘密厳守は徹底する。この関係性を誰にも伝えないっていう約束は守る」

この結婚の仕組みを、決して他言しないこと。つまり、お互いの特殊性癖を勝手に公開することに繋がる行動は、絶対にしないこと——婚姻関係を結んだときに決めた約束が、静電気のように二人の間をぴりりと流れる。

「俺たちはこうやって偶然繋がれたけど」

夏月の瞳は、もう揺れていない。

「そうじゃないギリギリの人、いっぱいいると思うから」

来られればいいのに。佳道は思う。

逮捕される前の藤原悟が、タイムスリップして来られればいいのに。リクエストを送るアテがなくなった【SATORU FUJIWARA】が、こちらの呼び掛けを見つけて来られればいいのに。暴発しかねない欲望をどうにか飼い慣らしている誰かが、自分自身の行き場をなくしてどうしようもなくなった誰かが、手を組みに来られればいいのに。

「なんか、びっくり」

夏月は一度ゆっくり瞬きをすると、口元を緩めた。

「半年前死のうとしてた人とは思えない発言」

夏月以上に、佳道自身が驚いていた。自分がこんなことを言い出すなんて、数分前までは思ってもみなかったからだ。

だけど。

「もう、卑屈になるのも飽きたから」

飽きた。

もう、卑屈にすっかり飽きたのだ。

生きていきたいのだ。

この世界で生きていくしかないのだから。

楽しみたいものを罪悪感を抱かずに楽しみ続けるための方法を、今のうちに見つけ出しておきたいのだ。

きっとこの世界は、自分はまとも側の岸にいる、これからもずっとそこにいられると信じている人による規制が強まる方向に進むのだから。

それならば、今からでも、生き抜くために手を組む仲間をひとりでも増やしておきたい。

自分のために。

そう、これはもう、いま孤独に苦しむ誰かのためになんていう奉仕の気持ちからくる誓いではない。明日再びたった独りになっているかもしれない自分を、今から救い始めておきたいのだ。

何より、生きていく方法を考えることは、これまで味がなくなるほどに噛み締めてきた絶望に打ち勝つと、そう思いたいのだ。

「良いと思う」

よいしょ、と、夏月が椅子から立ち上がる。

「賛成！」

夏月が両手を挙げると、同時にゲップが出た。それに「きたなっ」と眉を顰めることができているこの時間に、佳道は間違いなく、生かされているのだった。

――諸橋大也

2019年5月1日から、50日

「きたなっ、ちょっとゲップしないでよ真面目な話してるのに！」

そう文句をつけながらも楽しそうな表情の女と、「ごめんごめん、我慢してたんだけどさ」と謝りながらも決して下手に出ているようには見えない男。そんな二人のやりとりを眺めながら、大也は、ゼミ合宿の実行委員として自分がこの場にいることをひどく居心地悪く感じていた。

「どこまで話したか忘れちゃったじゃん、えーっと」

女——岡ノ谷が眉を顰めると、「集合場所変更に関する色んな確認と、セミナーハウスのプロジェクタ問題だよね」と、八重子が的確に補足する。すると、すぐさま男——臼井が「さすが学祭の実行委員！」等と茶々を入れる。さっきから、この図式でのやりとりがずっと続いている。

六月二十二日、二十三日の週末、消費行動論ゼミでは代が替わって初めての合宿が行われる。前期の課題は、学年関係なく縦割りされた班ごとに、大学のブランド力アップに一役買えるような商品をプロデュースするというものだ。大学生協や広報課と手を組みつつ、時には地元の店や企業にも協力してもらう形で開発を進めていく。週末の合宿では、大学の持つセミナーハウスに一泊しながら班ごとに方向性を決め、最終的には全体計画のプレゼンを行う。ゼミのキックオフとして大切な場なのだが、その実行委員に大也は不本意ながら選ばれてしまった。

「予定してた集合場所にバスが入ってこられないって話は、地図見ながらバス会社の人と直接確認したほうがいい気がする。急な話だし、みんなにも共有しないといけないことだし。あと、セミナーハウスのプロジェクタが故障してるから大学にあるものを借りないといけないんだけど、そのためには申請書を事前に提出しないといけないんだって」

慣れた様子で話を進めていく八重子の小鼻が、少し膨らんでいる。学祭の実行委員からすると、合宿のための確認事など屁でもないのだろう。

まず最初に合宿の実行委員に決まったのは、初回のゼミのあと皆を引き連れて食事会を開いていた臼井と、その隣で沖縄料理店の予約を取っていた岡ノ谷だった。二人はいつしかこの学年のリーダー的存在に収まっているため、納得の人選だった。残りの二人はあみだくじででも決めようかという空気が流れたとき、八重子が手を挙げた。

「私、やります。あともう一人は、去年の学祭で一緒に運営に関わった諸橋君だと色々スムーズでありがたいです」

あいつで大丈夫なのか――ゼミ生の間にそんな緊張感が満ちたことはすぐにわかったが、実行委員なんて他に進んでやりたい奴がいるはずもない。「神戸さんがそう言うなら」ということで、なし崩し的に大也も実行委員になってしまったのだ。

優芽もこうだったな。そのとき大也はそう思った。頼んでもないのに渉外担当に任命してきて、一緒に仕事をさせられた。こうすることで引っ込み思案気味のあなたに色んな人との関わりを持たせてあげてるんだよという恩着せがましい態度が、ずっと憎々しかった。

ただ、状況は今の方が悪い。だって大也は、合宿を欠席するつもりでいる。

「じゃあ、バス会社との最終打ち合わせは私と臼井に任せて。プロジェクタに関しては、神戸さんと諸橋君にお願いしてもいい？」

岡ノ谷の提案に、「そう、だね」と八重子が応じる。「ってことは、お前がひとりでバス会社と打ち合わせするってことだな」と嘯く臼井を、岡ノ谷が「何でそうなるのっ」と叩く。この二人はもう付き合っているのかもしれない。

「じゃあ、諸橋君」

八重子が、大也を見る。

「一回使い方も確認しておいたほうがいいと思うの。明日の午前中は空いてる？　そこで一緒に確認するのはどう？」

大也は、八重子とはっきりと目を合わせることはせず、「わかった」とスマホに予定を入力していく。

六月二十一日（金）午前中、合宿に向けた準備。

その隣にはもちろん、六月二十二日という文字がある。だけど、ゼミ合宿、という入力はない。大也はさり気なく、その代わりに入力されている〝パーティ〟というカタカナを、誰にも読み取られないよう指で隠した。


【この人の投稿、もし興味あれば一緒に参加してみませんか？　SATORUさんとも一度お会いしてみたかったですし】

そのアカウントは、古波瀬が教えてくれた。

【同じ指向を持つ方々との繋がりを作るべく、アカウントを開設しました。やがては実際に会って話したりはもちろん、お互いの指向に沿った動画を撮り合ったりもできればと思っています。マイナーなフェチ当事者の精神的な互助会のようなコミュニティを目指しています。興味がある方はリプライやDMで連絡ください】

プロフィール欄には、投稿主の属するフェチが丁寧に記載されていた。

【関東在住の三十代男、水フェチです。中でも水に濡れた人や衣服というよりは、水そのものが好きです。水風船が破裂したり、蛇口から水が噴出しているような、自然な形から捻じ曲げられている水の姿に魅力を感じます。現実でそのような話ができる人と繋がるため、動き出すことにしました】

大也はその文面を読んだとき、二種類の感情を受け取った。ひとつは高揚。単純に、心が躍った。行ってみたいと思った。水の話をできる誰かと繋がりたいという思いが自分の中でここまで膨れ上がっていることに驚いたくらいだった。

ただ、その次に湧き上がってきたのは躊躇だった。どんな行動に出るにも、自分の特殊性が誰かに知られるということへの躊躇が立ちはだかる。古波瀬とのやりとりをDMのみに留めている理由もここにあった。いくら同士とはいえ、これまで外気に晒したことのない情報を自分の外側に持ち出すということには、大きな抵抗があった。

ただ、高揚と躊躇がせめぎ合っている中でも、大也の視線はある部分に集中していた。

――精神的な互助会のようなコミュニティを目指しています。

【俺は、参加してみようと思っています】

古波瀬からのメッセージが立て続けに届く。

【今後、色んな規制はもっと厳しくなっていくでしょうし、そのうち今までみたいに観たい動画を手に入れられなくなりそうじゃないですか。だから、今のうちに仲間を作っておくっていうのは、いいことだと思うんです】

数か月前、児童の性的搾取に繋がる書き込みが増えたということで、未成年が出演している動画への規制が厳しくなった。今ではコメント欄を再び開放しているチャンネルも多いが、今後、動画共有サイトにおいて自由度が上がっていくという未来は期待できないだろう。

精神的な互助会。今のうちに仲間を作っておく――大也は、固い警戒心をほぐすように、忙しく指を動かしては古波瀬への返信を打ち込んでいった。

【俺も、参加してみたいです】

結局、あの投稿に反応したのは大也と古波瀬だけだったらしい。すぐに、投稿主と三人でやりとりをするようになった。古波瀬は水フェチ以外にも該当するフェチがいくつかあり、一時は活発にオフ会等に参加していたらしく、高い匿名性を保ったまま複数人でやりとりができるアプリなどに詳しかった。他にも、千葉在住で、自分より三歳年上の二十四歳であることなど、三人でのやりとりを経て初めて知ることは多かった。

投稿主は神奈川在住の三十歳で、コメント欄で見かける【SATORU FUJIWARA】を同じ水フェチとしてずっと気にしていたという。そんな中、YouTubeの規制の強化の影響もあり、最近フェチ仲間と協力して自分たちで好みの動画を撮るということを実践してみたらしい。それが想像以上に良い結果を生んだため、いっそのこともっと多くの仲間と協力し合いたいと思うようになったという。そのため、会合を実施するとすれば、そのとき一緒に撮影した仲間も含めた計四名になりそうだということだった。

返信のため忙しく指を動かすたび、大也は、高揚が躊躇を上回るのを感じていた。苦労や悩みを共に乗り越える時間を経た旧友が突如現れたような感覚に、自分が浮足立つのがわかった。だから、社会人組が動ける日程がどうしても土日になってしまうことや、六月二十二日を逃したらなかなかその次の機会が訪れなさそうだということが分かったとき、大也は二つ返事で【集まるの、その日にしましょう】と言っていた。

合宿と日程が被ることにはもちろん気づいていた。だが、自分の抱える欲求について疑問を持たずに生きていられる人たちと過ごす何十時間と、同士と会うほんの数時間とでは、後者のほうに天秤は大きく傾いた。大也は合宿が苦手だった。特権階級を生きていることに無自覚な人間たちと過ごす夜など、想像しただけで疲れた。サークルでも、優芽にしつこく頼まれ一度だけ参加したことがあるが、いい思い出はひとつもない。

ゼミ合宿なんて、前夜に体調を崩したと連絡すれば簡単に休めるだろう。大也はそんな風に考えていた。その翌週、自分が合宿の実行委員に半ば無理やり選出されるとは、全く想像していなかったのだ。

集まる日程が決まると、投稿主の男性はこんなことを言った。

【正直、水の動画を撮ることよりも、こうやって、同じ状況の人と繋がりを作ることのほうが目的だったりするんです】

繋がりを作る。その言葉が、大也の記憶のどこかに引っかかった。

【だって、我々のような人間にとって、世の中って正直、恨みの対象じゃないですか】

大也はすぐに、【わかります】と返す。そして、この感情を何の説明もなくわかり合える人と話しているという状況を、本当に心地よく感じる。

【でも、社会を恨むことにももう疲れてきたんです、僕は】

さらにメッセージが届く。

【どうせこの世界で生きていくしかないんだから、少しでも生きやすくなるように、同じ状況の人ともっと繋がってみたくなったんです】

言葉がフックとなり、記憶を引き摺り出す。

——ダイバーシティフェスのテーマは、〝繋がり〟なんです。

八重子は学祭の準備期間中、そして本番中、何度も、そう繰り返していた。多様性という冠を掲げたイベントで〝繋がり〟の重要性を訴えることによって、参加者に対し、悩んでいるのは自分だけじゃないことを伝えたいとしつこく主張していた。

大也は思う。

本当に繋がりたい相手とは、あんな場所で堂々と手を挙げて存在を確認し合えるような人ではない。誰にも見られていない場所で、こっそり落ち合うしかない誰かなのだ。

【早く会って、いろんな話がしたいです】

そう返信する大也の脳内には、合宿という二文字など全く存在していなかった。


「あ、ここここのボタンを同じ番号に合わせるんだ」

八重子がボタンを押すと、降ろしたスクリーンにパソコンの画面が表示された。誰もいない室内に、青い光がふんわりと広がっていく。

「ここでピントを合わせるのか。セミナーハウスでも同じようにできるかな」

八重子はそう呟きながら、不安そうに取扱説明書のコピーに目を通している。そこまで複雑な操作には見えなかったが、八重子からすると一工程ずつ正解と照らし合わせなければならないような内容らしい。

「申請書はもう提出してあるよね……あ、向こうで配線やり直すのが不安だから、今の状態の写真撮っておいてもらっていい？」

配線なんて向こうの機材に繋いでみればすぐにわかるのに、と少々うんざりしながらも、大也は携帯を取り出す。そういえば優芽も、電子機器には滅法弱かった。

優芽と八重子は似ている。大也はカメラアプリを起動させながら思う。大也に役職を与え、所属団体との関係性を築かせようとしてくるところ。大也を〝同性愛者であることに悩んでおり、それゆえ人間関係を構築するのが苦手な人〟だと決めつけ、その理解者だと言わんばかりの振る舞いを繰り出し続けるところ。

好意を持った者を見つめる眼差しの粘っこさ。そして、その粘っこさへの無自覚具合。

大也がシャッターボタンを押そうとしたそのときだった。

「あ、でも」ここまで声に出して、大也は慌てて口を噤んだ。

「なんか言った？」と、八重子。

「いや、なんでもない」

大也は真面目な顔で、配線の写真を撮り続ける。プロジェクタが放つ青い光の中を、埃がふあふあと舞いながら下降していく。

大也は気を引き締める。危なかった。なぜか、何も考えずに、言ってしまいそうだった。

——そっちの携帯で撮ったほうがいいと思う。俺合宿行かないから。

「諸橋君」

振り向くと、八重子が大也を見ていた。

「合宿、来るよね？」

カシャ、というやけに大きなシャッター音は、これまでの空気を断ち切る鋏のようだった。

「何で？」と、大也。

「なんとなく」そう答える八重子に動揺を悟られないよう、大也は表情筋に力を込める。

プロジェクタの操作を確認するためだけに借りた教室には、他に誰もいない。張り詰めた沈黙が、鼓膜に痛い。

「なんか、優芽さんが言ってたこと思い出しちゃって」

またアイツか。八重子に見えないよう、大也はため息をつく。やっと離れることができたのに、こんな形で追いかけてくるなんて。

「諸橋君、合宿とか全然来なかったって。一回無理やり夏合宿に来てもらったけど、やっぱりそういう場所は苦手なんじゃないかって」

「あの人が俺に関して言ってたこと、全部忘れて」

そんなに冷たい声を出すつもりはなかった。だけど、氷の塊が掌からするりと逃げたみたいに、言葉が零れ出てしまった。

あの夏合宿中は、広報担当に、やたらとカメラを向けられた。

『スペード』のInstagramのアカウントに、入会希望の高校生がやたらとＤＭを送ってきていたらしい。合宿の様子をもっと詳しく知りたいので写真や動画を多く投稿してほしいという内容だったようだが、ＤＭの送り主は明らかにそのリクエストのために作られた捨てアカで、サークル内では誰かのファンの仕業ではないかと話題になっていた。最悪だったのは、優芽が「前からＳＮＳに凸（とつ）ってきてる大也のファンでしょこれ。絶対そう、今度は高校生のフリしてるんだって」と騒ぎ立てたことだ。その影響で、広報担当者も「確かに諸橋君が映り込んだ写真アップすれば、一時的にリクエストが落ち着くんだよね」等と言い始め、海で上半身裸になっている写真を勝手に投稿されたりした。それが、大也は嫌だった。投稿した写真の向こう側には自分を性的に見ている目線があるということが、自分という存在が異性愛を土台にした文脈の中に組み込まれることが、居心地が悪くてたまらなかった。だけど、それを明確に拒否することもできなかった。

サークルの男たちの上半身裸の写真なんて、日常的に投稿されていたからだ。筋トレが好きなメンバーなどは、自分から脱いでは撮られたがるほどだった。男たちは皆、異性から粘り気のある視線を注がれることを何とも思っていないどころか、自らその視線の中に飛び込み、得られる刺激をモチベーションにすらしていた。リクエストなんてされなくても、自らを供給したがっていた。

リクエスト。

が、嫌だったのか、自分は。

「私ね」

八重子が口を開いた。すると、スクリーンに映るパソコンの画面がぐにゃぐにゃと動き出した。

「男の人が苦手なの」

スクリーンセーバーが起動したらしい。うねうね波打つ画面が、気持ち悪い。

「ちょっとトラウマがあって、男の人が女の人を性的に見てるっていうこと自体、苦手に思うようになったの。だから私も、合宿とか好きじゃない。寝巻きで誰かの部屋で飲むとか、そういうよくある展開がすごく苦手。夜も深くなって、皆が親密な感じになればなるほど、飛び交う視線が気になり始める」

私ね、と、八重子が声を大きくする。

「周りの皆と同じように、恋愛したりとか彼氏と付き合ったりとか、そういうことを自分ができる気がしないの。そもそもしたいのかどうかも、よくわからない」

一瞬大きくなった声が、またすぐに小さくなる。大也は八重子の表情を窺う。

「こんなこと人に言いづらいし、もういっそ全部から遠ざかりたくなっちゃったりもするんだけど、でも逃げてるだけなのも違うなって思ってる」

八重子は、まるで千秋楽を迎えた舞台女優のように、顔面に力を込めている。

「不思議なんだけどね、私ね」

渾身の告白といった雰囲気の表情をしている八重子の前で、大也は、笑ってしまわないよう気を付ける。

「諸橋君と話してるときは、男の人が苦手な気持ちがなくなるの」

あーあ。

確実に、優芽に吹き込まれている。大也は息を吐く。

「だから、諸橋君も、もし相手が私で良かったらだけど、悩みとかあったら話してね」

完全に、諸橋大也はゲイで、だから引っ込み思案で人と距離を置きがちで、でもそれじゃかわいそうだから声かけてあげてねみたいな話をされた上に、信じている。優芽が、自分に振り向かない男の存在を正当化したくてでっち上げた嘘を、丸ごと信じている。

「話せばラクになることもあるかもしれないし……一人じゃなくて二人なら、トラウマとか、抱えてるもの、乗り越えていけるかもしれないし」

言えるような悩みなら言ってるから、とっくに。

慌てて閉じた口の中で、声になり損ねた言葉たちが暴れ回る。

こっちはそんな、一緒に乗り越えよう、みたいな殊勝な態度でどうにかなる世界にいない。マイノリティを利用するだけ利用したドラマでこれが多様性だとか令和だとか盛り上がれるようなおめでたい人生じゃない。お前が安易に寄り添おうとしているのは、お前が想像もしていない輪郭だ。自分の想像力の及ばなさを自覚していない狭い狭い視野による公式で、誰かの苦しみを解き明かそうとするな。

——でも、社会を恨むことにももう疲れてきたんです、僕は。

まだ恨める。大也は思う。どうやら自分は、まだ全然、社会に復讐心があるみたいだ。

一緒にトラウマを乗り越えていきたい？　笑わせないでほしい。自分が抱えているものはトラウマなんかではない。理由もきっかけも何もなく、そういう運命のもとに生まれた、ただそれだけのことだ。こうなってしまった自分には何かしらの原因があって、それを吐露する場があれば何かが癒され変化するような次元の話ではない。

そもそも、お前みたいな人間にわかってもらおうなんてこっちは端から思ってない。お前にはお前のことしかわからない。お願いだからまずそのことをわかれ。他者を理解しようとするな。俺はこのまま生きさせてくれればそれでいいから。

関わってくるな。

「諸橋君」

教室は暗い。スクリーンの状態がよくわかるよう室内の電気は消してあったが、気づけば、そのスクリーンまで光を失っていた。

「このケーブル、今日、持って帰って」

いつの間にか目の前にいた八重子が、プロジェクタとパソコンを繋いでいたケーブルをこちらに差し出している。

「で、明日また、持ってきて」

「は？」

八重子は無理やり大也にケーブルを握らせると、
「そのケーブルがないと、合宿最後のプレゼン、できないからね」
と、微笑んだ。
教室の暗闇と沈黙。ケーブルの冷たくて固い感触。
この女、殺してやりたい。
大也は、心の底からそう思った。

――寺井啓喜

２０１９年５月１日から、51日

心の底から湧き上がる疑問が、電車の揺れに乱される。本来ならば執行猶予もつかずに実刑となるような事件なのに――そんな戸惑いをせめて体内に留めておくためにも、啓喜は腹の上で腕を組んだ。

四日前に身柄を送検されてきたのは、常習累犯窃盗罪の前科を持つ四十代の女性だった。スーパーで大量の食料品を万引きしたということで現行犯逮捕されたわけだが、過去二年間のうちに三度同じような行為で逮捕されており、今回はもう間違いなく実刑となる流れだった。被害に遭ったスーパーはここ数年万引きの被害に悩まされ続けており、当然だが、今回の事件に対しても強い怒りを訴えていた。特に店長は「バレたのが今回だっただけで、これまでに何度もやっていたはず」と怒り心頭で、啓喜も同意見だった。今回の被害総額は一万四千円と、万引きにしては規模が大きく、その大胆さは常習性に裏付けされているとしか思えなかった。

さらに、被疑者は窃盗癖に加えて摂食障害も併発していた。この組み合わせは著しく再犯率を上昇させる。ここで正しく罰さなければ、被害に遭う店がまた増えるだけだ。

それなのに。

田舎だからか、一駅の区間が長い。啓喜は、見慣れぬ、だけど結局どこも同じような景色を眺めると、ゆっくり目を閉じた。千葉市の緑区にある下総精神医療センターから横浜地検までは、片道で二時間ほどかかる。

被疑者の身柄が送検された翌朝、わざわざ遠方からやってきた弁護士が接見を希望してきた時点で、啓喜は不穏な予感を嗅ぎ取っていた。弁護士は被疑者の家族が呼んだらしい。名前を検索してみると、関西にあるクレプトマニアの回復支援団体がヒットした。

「今日みたいなことって、よくあるんですか」隣に座る越川が口を開く。「その、検察が被疑者の治療を見学するって」

啓喜は目を瞑ったまま、電車の揺れに身を任せる。頷いているのか無視しているのか、どう取られても別に良かった。

その弁護士は接見後、被疑者に必要なのは治療的司法だと訴えてきた。実刑を科したところで、窃盗癖も摂食障害も治るわけではない。ただ一定期間、彼女を世間から隔離するということが達成されるだけだ。それでは、本人の抱えるものの根本的な解決には繫がらない——啓喜と同世代くらいだろうか、関西から朝いちばんの新幹線でやって来たのだろう女性弁護士は、疲労の欠片も見せずそう訴えてきた。

彼女は弁護人選任届を提出すると、早急に治療を施したいため在宅捜査に切り替えてほしいと、勾留方針の転換を求めて来た。再犯の可能性を鑑みても簡単に頷けない提案だったが、被疑者を監視できる家族の存在が決定打となり、啓喜は結局被疑者を釈放することを決めた。被疑者はその後、弁護士の宣言通り、治療のためすぐに入院した。

「俺、今日まで、クレプトマニアって言葉、ちょっと勘違いしてました」

電車が減速し、越川の声が聞き取りやすくなる。

「依存症っていうより、ただの万引きの常習犯だと思ってました」

そう呟く越川も、特に啓喜からの反応を欲しているわけでもなさそうだった。

今回の件で驚いたのは、弁護人がわずか数日の間に被害に遭った店の店長を説得し、示談書や被害届取下書まで受け取ってきたことだった。そのうえで、啓喜たちには、千葉にある精神医療センターを一度訪問してほしいと言ってきたのだ。

――彼女が何と戦っているのか、検事さんにも見てほしいんです。いま十分な治療をしないと、彼女は出所後すぐ再犯すると思います。それではまた新たな被害者が出るだけです。治療の様子を見てもらって、そのうえで、起訴することが本当に被疑者のためになるのか、一緒に考えてみてほしいんです。

弁護人に目を見つめられながらそう語られたとき、啓喜は思った。

罪を犯した人間を起訴するのは、被害者のためであり社会のためだ。被疑者のためになるかどうかという尺度で語るものではない。

電車が止まる。数人が乗降する。

条件反射制御法。被疑者が受けていたのはそんな名前の治療プログラムだった。今日は、四つあるステージのうち一つ目である〝キーワード・アクションの設定〟に臨んでいた。窃盗癖とは簡単にいえば、「窃盗をすれば幸福感を得られる」と脳が思い込んでいる状態にあるという。そのため、治療を通して、脳に新たな概念を刷り込ませることが目的らしい。治療はまず、たとえば「これから窃盗をしない人生が始まる。それでも大丈夫なのだ」というようなキーワードを決めるところから開始される。さらに、そのキーワードに合わせた独自の動作も併せて決めておき、キーワードを唱えながら一連のアクションを取る行為を繰り返し続ける。その反復により、脳に新たな概念を刷り込ませるのだ。

　治療の様子を見学する二人に、弁護人は被疑者の背景を説明し続けた。

――佐藤さん、今は被疑者じゃなくて佐藤さんって呼びますね、佐藤さんは、四十歳を超えるまで、摂食障害とも窃盗癖とも無縁の人生を送られていたんです。結婚もしてお子さんにも恵まれて、幸せな生活だったんです。だけど、健康診断で中性脂肪の数値が引っかかってから、体重を落とさないと、痩せないとっていう強迫観念に縛られるようになるんですね。食事を抑えていた日々の反動が過食嘔吐という摂食障害を引き起こして、その摂食障害が食べるものを求めて万引きを繰り返す窃盗癖を引き起こしました。いま佐藤さんは、無意識に窃盗をしているような状況です。脳より先に身体が動いてしまうんです。

　越川が話し出す。電車が動き出す。弁護人の話の続きが思い出される。

「今日はなんか、いろいろ考えさせられました。検事の役割とか、そういうことも含めて」

――世の検事さんが社会正義の実現を目指していらっしゃることはよくわかります。だけど私は、社会の正義から外れてしまった人がその後どう生きていくのか、そちらにもっと目を向けてもいいんじゃないかと思うんです。順風満帆な人生でも、不意に依存症の闇に落ちてしまうことはあります。そのような人たちを罰することだけが司法の役割だとは、私にはどうしても思えないんです。

「窃盗が快感に繋がるとか、無意識に窃盗してるとか、そういう人がいること、あんまりよくわかってなかったです」

越川は真面目で真っ直ぐだ。彼の影響の受けやすさを、啓喜はよく知っていた。

「その場合、確かに、服役以外に考えるべきことがあるのかもしれないですよね」

「まず忘れちゃいけないのは、被害者の救済だ」

啓喜が口を開く。電車が速度を上げる。

「今回は店側が被害届取下書を提出したからまだしも、ほとんどの事件はそうじゃない。まず考えるべきは加害者じゃなく被害者の救済だ。俺たち検察がすべきは、罪の在処をしっかり見極めて、適切な処罰を科すために動くことだ。加害者の支援じゃない」

「俺、今日の治療を見学しながら思い出した事件があったんです」

啓喜は越川を見る。越川が啓喜を遮るように話し始めたのは、今が初めてのことだった。

「蛇口を盗んだ後、水を出しっぱなしにするのがうれしかったって供述した男の事件です」

そんな事件、担当したことがあっただろうか。啓喜は思い出そうとするが、そんな気味の悪い供述に立ち会った記憶はない。

「今日、見学しながら思ったんです。あの供述、もしかして本当だったんじゃないかって」

越川は、真面目で真っ直ぐで、人が良い。あの弁護人に強く影響されている状態の越川の隣で、啓喜は逆に冷静になっていく。

「万引きが快感に繋がる人がいるんだったら、何だってあり得るんじゃないかなって思ったんです。だとしたら、水を出しっぱなしにすることが快感に繋がる人が窃盗と建造物侵入容疑で逮捕って、更生っていう観点で見たらどうなんだろうって」

越川が話している事件については覚えていないが、蛇口の窃盗なんて金属転売目的が関の山だ。それ以外の供述は、背景にいる黒幕を隠すための嘘だろう。

「そういう、俺たちが全然想像できない欲求と生きてる人のこと、もっと考えるべきだなって思ったんです。だって、その快感に勝てない心の部分がどうにかならないと、あの弁護士さんの言う通り根本的な解決には繋がらな」

「越川」

そろそろ、酔いから醒まさせておこう。啓喜は腕を組み直す。

「今日の治療を見学して、盛り上がる気持ちはわかる。これまでの自分の視野の狭さを挽回するために、今まで蔑ろ（ないがし）にしてきたものに過剰に寄り添ってみたくなる気持ちもわかる」

越川の耳が、カッと赤くなる。

「俺たちが想像もできない欲求に司られて生きている人は沢山いる。それがその蛇口の犯人なのかどうかはわからないが」

啓喜は一度、唾を呑み込む。

「特殊な欲求を持つ人間だからって、何をしてもいいわけじゃない」

ゴー、と、車輪が回転する音が一瞬、遠のく。

「どんなに満たされない欲求を抱えていたって、それを社会にぶつけていいわけじゃない」

啓喜は、一文字一文字を越川の肌に彫るように言う。

「それは誰だって同じだ。どんな種類の欲求を持っている人間だって、法律が定めたラインを越えたのならば、それは、罰せられなければならない」

社会正義のために。

電車は線路の形に合わせて、減速と加速を繰り返す。曲がったり直進したり、レールの上から転落してしまわないよう、様々に動きを変えている。

定められたラインを越えてしまわないように。通常のルートから外れてしまわないように。

「そういえば」

ガタン、と、大きな音が鳴った。慣性の法則が働き、身体だけが進行方向へ強く引き寄せられる。

「息子さんはどうなったんですか」

停止信号です。停止信号です。しばらくお待ちください――そんな車内放送の隙間から、越川の声を摑み取る。

「息子？」

なぜこのタイミングでそんな質問をしてきたのか。啓喜にはよくわからなかったが、越川には、YouTube のアカウントが突如停止されたことについて調べてくれたという恩がある。

「あのときは助かったよ。申請し直したらアカウントの停止は解除されたから、コメント欄を閉じた形でまた」

「あ、いや、そうじゃなくて」

停止信号です。停止信号です。

「学校、まだ行きたがらないんですか」

しばらくお待ちください。

「寺井さん、言ってましたよね」

停止信号です。

「これをきっかけに、息子の興味が学校に向くんじゃないかって」

しばらくお待ちください。

「その後、どうなったんですか」

この男に、何でそんなことを訊かれないといけないのか。

確かにそう思ったのに、心の水面まで湧き上がってきたのは怒りではなく、さっきまで会っていた弁護人の言葉だった。

――それでは、本人の抱えるものの根本的な解決には繋がらない。

停止信号です。しばらくお待ちください。

２０１９年５月１日から、51日

――佐々木佳道

しばらく待った甲斐あって、デジタルカメラの充電は無事、満タンになった。佳道は明日のための荷物をまとめながら、緊張、高揚、期待、様々な感情を飼い慣らそうと努める。

SATORU FUJIWARAと古波瀬。佳道は改めて、ＳＮＳでの呼び掛けに応じた二人とのやりとりに視線を落とす。【パーティ】という名のトークルームは、【じゃあ、明日また連絡し合いましょう】というメッセージを最後に更新が止まっている。明日は二人のことを、フジワラさん、コバセさんと呼べばいいのだろうか。佳道も当然仮名を名乗っているわけで、それが無難だろう。

明日、午前十一時、清水ケ丘公園。手を組む仲間がふたり、増える。

そのためには約束事が必要だという佳道の意見に、SATORU FUJIWARAも古波瀬も賛同してくれた。特にSATORU FUJIWARAはまだ若く、匿名とはいえ自分の性癖を誰かに明かした経験がないとのことで、個人情報が漏れる危険性をかなり気にしている様子だった。SATORU FUJIWARAを名乗るということはあの事件をリアルタイムで記憶している同世代か年上の人間だと予想していたので、その年齢を知ったとき佳道はかなり驚いた。同時に、あの事件に自分自身で辿り着き、その容疑者の名前を名乗ることに決めた若者の孤独が胸に迫ってきた。

一方、古波瀬はこれまでも、性的関心を基にインターネット上で知り合った人と直接会うという経験を積んできたらしく、そこから得た知見にも助けられ、最終的には三つの約束事が決まった。

一つ目は、『好みの動画を撮影し合うときは、可能な限り人目につかない環境で行う』。

二つ目は、『撮影した画像や動画を、関わりのない第三者には渡さない。インターネット上にもアップしない』。

三つ目は、『撮影した動画や画像を共有するときは、可能な限り直接会って行う。それが難しい場合はメール等でやりとりしてもいいが、その履歴はすぐに削除する』。

一つ目と二つ目は、佳道が提案した。対等性と閉鎖性のうち、主に閉鎖性に重きを置いて導き出したルールだ。今後、万が一水に性的に興奮することが規制されたとしても、これらのルールを守っていればきっと堂々としていられるはずだ。

世界はきっとこれからますます、自分はまとも側の岸にいると信じている人が不適切だと定めたものを排除していく方向に進んでいく。「子どもに悪影響を及ぼす可能性」、「不快な気持ちを与える可能性」、「社会にとって良くない思想を助長する可能性」という、どう足掻(あが)いても完全に消し去ることのできない〝可能性〟を盾に、規制の範囲は広がっていく。

水みたいだ。佳道は、影響、助長、可能性、これらの言葉が盾として機能している場面に出くわすたびそう思う。まとも側の住人は水に似ている。温度も形状も何もかも、外からの刺激にあまりに従順に反応する存在。そちら側に生まれると、どんな刺激の中でも自分を保つ能力を鍛えるより、まともな自分に何かしらの影響を与え得るものを全て遠ざけてしまおうという考えになるのかもしれない。

そのまともには輪郭すらないのに。

佳道は思う。多数派であるということに安住し自分という個体について考える機会に恵まれないのは、一つの不幸でもあるのかもしれない、と。端からそちらの岸に近づくつもりのない自分は、その分、自分が個人としてどう在りたいかということについては明確な意志を持ち合わせているのかもしれない、と。

三つ目の約束事は古波瀬からの提案だった。これはつまり、この三人が繋がっているという記録を残さないという趣旨のもので、他のフェチ仲間との集まりにおいて実施している決まりだという。ただ、明日撮影する動画に関しては内容的にもそこまで徹底しなくてもいいのでは、という雰囲気に落ち着いた。

【なんか、ロールプレイングゲームの始まりみたいですね】

いよいよあとは当日を迎えるだけ、という空気になったとき、SATORU FUJIWARAがこんなメッセージを送ってきた。

【メンバーが集まって秘密の掟が決まって、って。最初のパーティ組むとこみたいな】

【確かに】と返しながら、佳道はふと、それまでぐらついていた何かがその動きを止めた気がした。それは、力ずくで何かを抑え込んだというよりも、不安定な家具の底に滑り止めのゴムシートか何かが差し込まれたような感覚だった。

パーティ。一度、呟いてみる。

ずっと、自分を覗き込まれないよう、他者を登場させない人生を選んできた。その結果、生きることを推し進めていく力を自分自身で生成するしかなくなった。その状態が限界に到達したあの大晦日の日、初めて、自ら他者を求めた。

一人目に伸ばした手は線となった。いま自分は、二人目、三人目に手を伸ばそうとしている。線は十字になり、さらに交差する。それを繰り返していけば、きっと網が出来上がる。手を組む人が増えれば、編まれる網はどんどん大きくなっていく。

いま必要なのはきっと、どんな岸に立つ人でも見下ろせばその存在を確認できる、大きな大きな網だ。別の岸に飛び移りたいけれど距離があるからと躊躇うとき、もうどの岸からも降りてしまいたいと膝をつくとき、その足元に網が広がっていればどれだけ安心するだろうか。

今の社会にはそれがない。だったらもう、自分で編むしかない。ひとりでは無理だから、誰かと。折角だから、もっと多くの人と。

それがパーティ。共に網を編むパーティ。

佳道はそのときこっそり、三人でのトークグループ名を【パーティ】に設定した。

時刻を確認する。午後十時を回った。あと半日もすれば、彼らに会える。

奇跡的な偶然が繋がって生き延びているのだと、改めて感じる。

佳道は一度、息を吐く。すると、そのぶん自分の身体が浮かび上がり、今いる場所を俯瞰で眺められるようになる。

今の自分は、明日を楽しみにしている。

明日、死にたくないと思っている。

そう自覚するときいつも、ニュース速報のように体内を流れる文章がある。

たとえば、街を歩くとします。

「明日、死にたくない」と思いながら。

世の中に溢れる情報のひとつひとつが収斂されていく大きなゴールを、疑いなく目指しながら。

何年もかけて言葉を加えたり削ったりしながら組み立てた文章。大晦日の夜、夏月に差し出した文章。


そのとき、歩き慣れたこの世界がどう見えるようになるのか、私は知りたい。

本当は、ただそれだけなのかもしれません。


本当に、ただそれだけだった。

自分は、生きていたかったし、もっと生きてみたかった。

誰にも怪しまれず矛盾なく死ぬためだけに生きることに、本当はずっと前から耐えられない思いだった。友達が欲しかった。さみしいと言える人が欲しかった。人生に季節が欲しかった。

自分にとってそれを叶えるために必要だったのは、世の中に溢れる情報のひとつひとつが収斂されていく大きなゴールなどではなかった。自分から漏れ出る情報のひとつひとつに耳をすませ、じっと向き合うことのできる自分自身だった。

デジタルカメラの充電を確認する。明日は古波瀬もSATORU FUJIWARAも、ひとりでは実現しづらかったことを試してみたいということで、各自、様々な道具を持ってくるらしい。特に古波瀬は、高画質でのスロー再生ができるカメラがあるとはりきっていて、佳道はそれをすごく楽しみにしていた。

自分はいま、明日を生きることが楽しみなのだ。

やっと、ここまで来られたのだ。

「ただいま」

玄関のドアが開いた。

夏月はリビングに入ってくるなり、「お風呂もう入ったあと、だよね」と呟くと、佳道の向かいの椅子に腰を下ろした。テーブルに載せられた鞄が、自立している状態からゆっくりと崩れていく。

お酒でも飲んだのだろうか。「結構前に入ったから、追い焚きしたほうがいいかも」そう返しながら、佳道は夏月の顔を見つめる。頬は少し赤くなっており、化粧もよれてしまっているみたいだ。いつもならば身体の内側に留めていられるものが様々に漏れ出ているような、そんな雰囲気がある。

「そうだ、明日だったよね」

夏月が、デジタルカメラや水風船などが用意されているテーブルを見下ろす。明日の集まりには夏月も参加する予定だったが、急きょ出勤日となってしまったのだ。今回はひとまず夏月を抜いた三人で会おうということになっている。

「もしかして、飲み会だった？」

佳道がそう尋ねると、夏月は「そう。それもらっていい？」と、佳道の手元にあるお茶の入ったグラスを指した。

「別に酔っぱらってはいないんだけどね、ビール二杯くらいしか飲んでないし」

言葉とは裏腹に、夏月はひどく疲れているように見える。だけどその疲労が、佳道にはよくわかった。

自分たちのような人間にとって、飲み会は戦場だ。

特に職場の飲み会なんて、言い換えれば、誰かのプライベートをほじくることでどうにか乗り切れる数時間、である。隠し事がある人間は、その間、いかにその矛先を自分に向かわせないか、向いたとてこれまでついてきた嘘と矛盾のない作り話を即座に生み出せるか、誰からも怪しいと勘繰られていないか――気にしなければならないことがありすぎるのだ。少しでも気を緩めればどこかで綻びが生じかねないため、深い時間になればなるほど逆に脳は冴えていく。お酒で記憶をなくすなんていうエピソードをさも日常茶飯事であるかのように話す人間に出会うと、その警戒心のなさを、警戒心なく生きることのできる幸運への無自覚さを恨めしく思ってしまう。

「珍しいね、飲み会参加するの」

「転職してからずっとお世話になってた人の送別会だったの」

夏月が一口、お茶を飲む。そしてグラスを置き、そのまま口を閉じる。

沈黙は彫刻刀に似ている。冷蔵庫の音や隣の部屋の生活音、外の世界を人や車が通り過ぎていく音――それまでもずっとそこにあったはずの音たちを、空間からはっきりと削り出す。その場にあったのに感知できていなかっただけの何かを、突然表出させてしまう。

「ねえ」

ごろん、と、夏月の口から何かが削り出てくる。

「すっごい変なこと頼んでいい？」

「何を今さら」佳道は笑う。「この生活以上に変なことないでしょ」

穴でも開いたみたいに、夏月の口から「確かに」と声が漏れる。

佳道はなんとなく、今のうちにふざけておかないといけないような気がした。

「じゃあ、お願いしちゃおうかな」

夏月の表情が、真剣そのものだったから。

「一回、経験してみたくて」

夏月がグラスを置く。

「セックス」


夏月の部屋には初めて入った。

「電気消しとくのが正解なのかな」

なんとなくの知識で消灯してみたものの、本当に部屋が真っ暗になったので、リビングと繋がるドアを少し開けておくことにした。

「これ、合ってるのかな？　皆こんな風にドアちょっと開けたりしてるってこと？　変じゃない？」

「あれかもよ、だから間接照明とかがあるのかも」

佳道の言葉に、夏月がうわーと唸る。多数派であれば性欲さえ経済の流れの中にあると思い知らされる事案が、またひとつ増える。

セックス、という言葉の響きに面食らった佳道に対して、夏月は慌てて「本当にしたいってわけじゃなくて、その状況を体感してみたいってだけ。服とかは着たままで」と付け足した。そう説明されても真意はよくわからなかったが、夏月はすぐに「私の部屋でいいよね？」と立ち上がってしまった。

佳道と夏月にとって、世に言うセックスは〝性的なこと〟ではない。だから、二人の間に恥ずかしさはない。

「暗いね」

ドアの隙間から差し込む光を頼りに、佳道はベッドに腰を下ろす。二人で並んでベッドに腰掛けていると、「飲み会とか久しぶりすぎて、なんか、喰らっちゃって」と、丸い背中の夏月が話し始めた。

「偶然、参加者に男の人がいなくてね。変なこと訊かれたりしなくてラクだーって思ってたんだけど、女子だけだったらそれはそれで遠慮とかがなくなるんだよね。私がお世話になった人、三十三歳で新婚でさ、相手は社員さんなのね。そういう話、バイトの子とか大好きじゃん。それでもう結婚、ていうか恋愛の話がメインの日みたいになっちゃって」

想像がつく。話を聞いているだけなのに、もし自分がそこにいたらと考えると、気持ちが落ち着かない。

「そのバイトの子が、大学生なんだけど、結構あけすけに何でも話す感じでね。お酒のペースも早いし、すぐに彼氏との夜の悩みとか相談し始めて、場もそれで盛り上がって」

異性がいない空間だから話せること。それがテーマになったとき、人はなぜか、自分の奥底を見せたがる。底を見せ合ってからが始まりだと言わんばかりに、自分を逆さまにして振らんばかりの勢いで、中身をよりぶちまけたほうが勝ちというような戦いが始まる。

「適当に躱してたんだけど、途中でその子に夏月さんって全然自分の話しないですよねとか言われてさ。バイト勢で本当に結婚してんのかなって噂になってますよ、とか。いないところでそんな風に言われてんだなーとか、皆も私がそう言われてること知ってたんだろうなーとか、なんか色々、ね」

「ああ」

佳道は相槌を打ちながら、田吉のことを思い出していた。噂話が大好きで、自分には人の奥底を覗き込む権利があると何故だか信じて疑わない男。

——愛する嫁が待つ新婚さんだから、仕方ねえか。

——有給？　デートか？　本当にいるのかわからない嫁と。

——まともじゃない人にいてもらってもね、困っちゃうから。わかるでしょ？

一体何のためなのか、それをして何になるのか、そこにあるはずと踏んだ異物を絶対に見逃すまいと舌なめずりをしている存在。

社会とは、本当によくできている。

誰が命令しなくとも、まとも側の岸にいる人は、その岸の治安を守ろうとする。まともである、すなわち多数派であることに執着する者は、異物を見つけ出し排除する活動に、誰から頼まれなくとも勝手に勤しむ。田吉のように。夏月の職場のバイトの子のように。

「なんか人間って、ずっとセックスの話してるよね」

「わかる」マジで、と、佳道は付け足す。

「今日も皆の話聞きながら、中学とか高校のときとかに同級生がしてた話とほとんど同じだなって思ってた」

「うわー、わかるわ」

佳道は思わず笑ってしまう。人間はずっと、セックスの話をしている。その存在に気づいてからは、何歳になっても永遠に。

そして他人のその部分を、とにかく覗き込もうとしてくる。奥底に何があるのかを確かめたくてたまらないように。

「身体カタイからいっつも足つりそうになるんですよーとか、だるいから丸太みたいにしがみついてたらあっちのテンション上がっちゃってーとか、元彼は遅漏だったから途中から背中痛くなってきちゃってーとか」

「男もそんな話ばっか」佳道は頷く。「腰がやばいとか体力落ちたとか、なんかお互いにいっつも確かめ合ってる感じっていうか」

確かめ合ってる感じ。

そう言いながら佳道は、この表現にやけに納得した。

思えば皆ずっと、何かを確かめるように尋ねてきた。

——興奮せんか？

修学旅行中、苺のパンを差し出してきた西山修も。

——まともじゃない人にいてもらってもね、困っちゃうから。わかるでしょ？

常に誰かと噂話をしている田吉も。

「今日も、何度も聞いたことある話だなーって適当に話合わせてたんだけど」

「うん」

皆いつも、何かを確かめるように尋ねては、自分は正しいと、すなわち多数派だと確信させてくれる誰かと笑い合っていた。

その誰かに、自分が選ばれることはなかった。

「どんどん虚しくなっちゃって」

そういう時間が積み重なると、どんどん虚しくなっていく。

「そんなの今さらなんだけどね」

そんなの今さらなのに、改めて自分は世界の蚊帳の外にいるのだと思い知るたび、自分でもびっくりするくらい虚しくなるときがある。

隣にある夏月の背中が、その曲線を深くする。

こういうとき、友人なら、恋人なら、家族なら、どうするのだろうか。佳道は、ドアの隙間から差し込む光の中で思う。

これまではずっと独りだったから、巨大な虚しさに襲われたとしても、ああ今はそういうタイミングかとやり過ごせばそれでよかった。だけど、隣にそういう状態の誰かがいる場合に、一体どうすればいいのかがわからない。

いや、と、佳道は思う。わからない、じゃない。わからなかった。だってこれまでは、誰の友人でも恋人でも家族でもなかったから。

「なるほど」

佳道は口を開く。

「試してみたいって、そういう意味か」

確かにこういうとき、友人が、恋人が、家族がどうするのかはわからない。

だけど、共に網を編むパーティがどうするのかなら、わかる気がした。

「皆がそんなにも囚われてるセックスがどんなものなのか、一度試してジャッジしてやろうってことね」

佳道は一度立ち上がると、「俺もよくわかんないけど、多分夏月が仰向けに寝転んで、俺が覆い被さるんだと思う」ベッドの足元のほうに膝立ちになった。佳道の部屋のベッドよりも柔らかいマットレスを使っているらしく、膝がずんと深く沈む。

夏月が無言で頷く。確かにこういうとき、表情がわからないくらい部屋が暗いと助かるな、と、初めて実感する。

「なんか」夏月の声に、軽妙さが戻る。「変態みたい」

夏月はそう呟くと、立て膝の状態で腰に手を当てている佳道を指した。佳道は、もぞもぞとヘッドボードのほうに向かう夏月を見下ろす。

「生粋の変態じゃん、二人とも」

佳道がそう呟いたとき、まだこの部屋に微かに残っていた躊躇が、どこかへ吹き飛んだ気がした。

「えーっと多分、夏月は仰向けで思いっきり脚開くんじゃないかな」

「うわー、ねえこれほんとに、身体固かったら無理じゃん、やば、てかM字開脚ってこういう意味だったんだ、うわー」

網を編むとは、誰かや社会に覗き込まれたら笑われてしまうようなことを共有できるということだ。

「で、俺はこれ掌で体重を支える感じで前傾姿勢になればいいわけ？　これ合ってる？」

自分が少数派でないことを確かめるためではなく、わからないことをわからないまま尋ねられるということだ。

「あー丸太のようにつかまりたくなるっての、わかるわ、そのほうが楽だもん絶対」

自分の奥底にある、誰かや社会に見つかったら市中を引き回されるような異物を、異物のまま仲間とぶつけ合わせられることだ。

「夏月、ちょっと腰浮かせられる？　絶対これじゃ挿入できてないと思う、角度的に」

「え？　いや、一瞬はいけるけどずっとは無理かも、なんか腹筋使う、腰浮かせようとすると」

「やばい、マットレスの上だとバランス取れない」

言葉にできないさみしさ、不安、疑問、何でもいい。自分の中にある自分でもわからないものをわからないまま晒し合える時間は、やがて縦に横に自由に重なり、やわらかくて丈夫で、誰の足も抜け落ちないようなネットと成っていく。

「この状態が、正常位かな」

しばらくすると、なんとなく正解だと思える体勢が見つかった気がした。夏月には結局、仰向けのまま自分で脚を抱えてもらっている。佳道はベッドについた掌で自分の身体を支えながら、服越しに、お互いの性器が触れあっていることを感じ取る。

「何これ」

天井を見上げたまま、夏月が呟く。

「私いま、死んだカエルみたいじゃない？」

佳道は思わず噴き出しそうになる。

「これが、皆のしてることなの？」

脚を抱えたまま、夏月が言う。

「異性と知り合って、連絡先交換して、駆け引きとかして、おしゃれして、デートして、その最終ゴールがこれ？」

「しかも」佳道は笑わないように気を付けながら話す。「皆さんは、この状態で性器を出したり入れたりするらしいですよ」

「ほんとだ。やば。ちょっとその動作やってみてよ」

佳道は、ベッドについていた手を夏月の頭のほうへと移動させる。そのまま夏月に覆いかぶさるようにして、だけど自分の体重が圧し掛かってしまわないよう注意しながら、腰を前後に動かしてみる。

「合ってんのかな、これ」

ドアの隙間から差し込む光が、着衣のままセックスの体勢を取ってみている自分たちを真っ二つに割っている。

正しいかどうかわからないまま、佳道は腰を動かし続ける。そうしながら、正しいと確信しながらこの身体を動かしたことなんて、これまでの人生でたったの一度だってあっただろうかと思う。

仰向けのまま揺れている夏月と一瞬、目が合う。

――なんか人間って、ずっとセックスの話してるよね。

それはきっと、誰にも本当の正解がわからないからだ。

不意に佳道は、そう思った。

人間がずっとセックスの話をしているのは、常に誰かと正解を確かめ合っていないと不安なくらい、輪郭がわからないものだからだ。

途端、ドミノの一つ目が倒れたように、これまでの人生で抱いてきた数々の不思議が、あるべき場所に収まっていく気がした。

みんな、不安だったのだ。

不安だから、苺のパンに興奮するかどうかを確認してきたのだ。女性器に興奮するようになった自分が不安だったから。このくらいの年齢で女性器に興味を持つというのは多数派の習性なのかどうか確かめたかったから。

不安だから、周囲の社員を巻き込んでまで噂を流すのだ。あいつを異物だと思っているのは自分だけじゃないと確かめたかったから。異物だと感じるものが周囲と一致するという事実をもって、自分が多数派、すなわちまとも側の人間だということを確認したかったから。

まとも側の岸にいたいのならば、多数決で勝ち続けなければならない。そうじゃないと、お前はまともじゃないのかと覗き込まれ、排除されてしまう。

昨日までの自分のような誰かに。

ドミノが倒れていく。

みんな本当は、気づいているのではないだろうか。

自分はまともである、正解であると思える唯一の依り所が〝多数派でいる〟ということの矛盾に。

三分の二を二回続けて選ぶ確率は九分の四であるように、〝多数派にずっと立ち続ける〟ことは立派な少数派であることに。

ドミノが次々と倒れていく。

本当は、怖かったのではないだろうか。

西山修は、岩の上で、このまま飛び込んで大丈夫なのかと、誰かに確かめたかったのではないだろうか。

佳道は思い出す。夏月と二人で訪れた、あの岩の上から見る景色を。

あそこに立った西山修は、このまま飛び込んでいいのかどうかを確かめたくて、きっと、足元を見下ろしたはずだ。

だけどそこにあるのは、やわらかくて丈夫な網ではなく、同じ岸の上で暮らしてきた仲間たちが差し出す多数決の結果だった。

——いけいけ、飛び込んじゃれ〜。

——待っとって写真撮るけん！

——ポーズ決めて飛んでなー！

まともって、不安なんだ。佳道は思う。正解の中にいるって、怖いんだ。

この世なんてわからないことだらけだ。だけど、まとも側の岸に居続けるには、わからないということを明かしてはならない。

自分は何て恵まれているのだろう。佳道は生まれて初めてそう思った。

物心ついたときから、自分を間違った生き物だと認識していた。この星の異物だと街じゅうから思い知らされてきた。そのおかげで、自身の迷いを誰かと確かめ合う必要がなかった。誰かにわかってもらうことも、誰かをわかることも、端から諦めていた。

それは実は、とても幸福なことだったのかもしれない。

ベッドのスプリングが軋む音が聴こえる。

セックスの体勢を取っていると何故か、それまで気にならなかったようなことが素肌にぴたっとくっつくほどに迫ってきた。冷蔵庫の音、窓の外の世界の動き、夏月の額に張り付いた前髪。五感の解像度が鮮やかになりすぎて、逆に、いま自分たちがこうしていることを、世界中の生きとし生けるものすべてに覗き込まれているような気持ちになった。

正しいか。合っているか。多数派なのか。まともなのか。隠しておきたい夜のことほど、この星に監視されている気がした。

みんな、この不安の中を生きていたのだ。

ドミノが倒れ続けていく。そのひとつひとつが、クラスメイトや先輩後輩、上司や同僚、街ですれ違った人々、これまでの人生で出会ってきた全員に重なっていく。誰かの奥底にある異物を引きずり出すことで、結果的に正解のほうの列に並ぼうとしていた人たち。自分の中に眠る不安を把握するより、蔑ろにするしかなかった人たち。

揺れるリズムの中で、ドミノの最後の一枚が倒れる。

霧が晴れていくような爽快感の中にいながら、佳道はなぜだか、泣き叫びそうだった。

「疲れた？」

不意に、夏月がそう尋ねてきた。

「疲れたっていうか、なんか」佳道は口を開く。「普段使わない筋肉使ったたって感じ。筋肉痛になりそう」

マットが不安定だし、と続けると、夏月は少し躊躇したようなそぶりを見せたあと、

「あのさ」と言った。

「どんって、私の上に落ちてきてほしいの」

夏月はもう一度そう呟くと、「今日の飲み会でね」と声を小さくして続けた。

「退職する人が言ってたの。セックスそのものより、終わったあと、くたくたになった相手が覆い被さってくるのが好きって」

「へえ」

そういうものなのだろうか。佳道にはよくわからない。実際のセックスは汗をかくとも聞くし、汗に濡れた大人の男が覆い被さってくるなんて嫌じゃないのだろうか。

「バイトの子は重くて無理とか汗が気持ち悪いとか喚いてたけど、賛成派曰くその重さがいいんだって。なんか、へとへとになって落ちてくる感じが、愛しいんだって」

夏月が、両腕で抱えていた脚を解放する。

「その話聞いたとき、なんか、これまで同じこと言ってた子たちの顔がばーって浮かんだんだよね」

夏月は一度目を瞑ると、まるでプラネタリウムでも眺めるみたいに天井を見上げた。

「中学のとき先輩とセックスしたって教室で言いふらしてた亜依子も、岡山のイオンにいた別の店の人も言ってた。で、今日も聞いた」

星が流れていくのを待つように、夏月は黙った。そして、

「知りたいの」

と、佳道を見た。

「ずっと、私はどっちに感じる人なんだろうって思ってた。皆が好きか嫌いかどっちかの

意見を持ってることに、私も参加してみたい」

うん。佳道は頷く。わかった、と、心の中で呟く。

皆が悩めることに、悩めない人生だった。皆が、肯定か否定、どちらかの意見を持っている現象をそもそも知らない人生だった。だから知りたい。試してみたい。皆が生きている世界を、歩んできた時間を、疑似でもいいから体験してみたい。

「俺最近太ったけど大丈夫？」

「大丈夫」

「ほんとに？　マジでどんって落ちるよ？」

「大丈夫。現実にできるだけ近い感じで」

「現実を知らないんだけど」

「そっか、そうだよね」

「じゃあ、いくよ、いくからね」

佳道は、自分の身体を支えている二つの掌を、えいっと離す。自分の顔が夏月の右耳の隣に落下したとき、思っていたよりも固い自分の骨が、思っていたよりもやわらかい夏月の身体のどこかに激突したのがわかった。

夏月は、「うっ」と息を呑むような音を漏らしたあと、しばらく黙っていた。佳道は、夏月の肩の辺りから香るあぶらの匂いを嗅いでいた。居酒屋に長時間いた人間の匂い。

「重すぎ」

やがて声を漏らした夏月に対し、佳道は「そりゃそうだろ」と笑う。

「一瞬、息止まった」

「ごめんって」

佳道はもう一度、腕を柱代わりに自分を持ち上げようとする。だけど、身体は起き上がらない。

夏月の腕が、背中に回っている。

「なるほどね」

耳元で、夏月の声がする。

「こういうことね」

夏月の腕に力がこもる。

「人間の重さって、安心するんだね」

夏月の腕と反比例するように、佳道は全身から力を抜く。そうすると、自分がまるで掛布団にでもなったかのような気持ちになる。

「人間の身体に触れること自体、全然ないもんな」

安心することが、とても不思議だった。骨がぶつかり合っているところは痛いのに、今にもどこかで不具合が起きそうなほど不安定なのに、誰かの身体の表面と触れ合っていることに自分の身体が安心していることが、佳道にはわかった。

「私、自分は絶対、こんなの重いし暑苦しいって思うタイプだと思ってたのね」

佳道の鼻腔に届く香りが、服に染みついたあぶらのそれを上回って、夏月の首筋の匂いになる。

「確かにめっちゃくちゃ重いし暑苦しいんだけど」

人ひとりの上に、人ひとり。「なんか」夏月が喋るたび、ベッドシーツに押し付けられている佳道の顔も、少し振動する。

「その分、重石か何かで、自分をこの世界に留めてもらってるみたい」

呼吸をするたび、冷たかったシーツが温かくなっていく。

「ここにいていいって、言ってもらえてるみたい」

シーツの冷たさが、顔の温度と混ざっていく。

「どうしよう」

重なった二つの身体の境目が、どんどんなくなっていく。

「私もう、ひとりで生きてた時間に戻れないかも」

これまで過ごしてきた時間も、飼い慣らすしかなかった寂しさも、恨みも僻みも何もかもが、一瞬、ひとつに混ざったような気がした。

佳道は自分の胸板あたりで、夏月の胸がやわらかく潰れているのを感じる。西山修も田吉も皆、こういう感覚に性的に興奮してきたのだろう。だけど佳道は何も感じない。女性の身体にいくら密着したって、性的な反応は全く起きない。だけど、自分の全身が誰かの全身と触れているうちは、この身体に染みついている悲しみや寂しさの歴史が毛穴から溶け出てくれるような気がした。

ただ、佳道は気づいていた。自分は今こんな風に大袈裟な感慨に耽っているが、この生活はたった一つの綻びによって簡単に崩れてしまうだろうこと。結局はお互いを利用しているだけの自分たちは、例えばどちらかが働けなくなったとして、どれだけ支え合えるのだろうか。あくまで自立している者同士が都合よく寄り添い合っているだけの自分たちは、いつまでこうしていられるのだろうか。

ただ、それでも、

「よかった」

と、そう思うのだ。佳道は言葉を噛み砕く。

「あのとき勇気出して、本当によかった」

あのとき。

校舎裏の水飲み場越しに相対したとき。同窓会の会場で再会したとき。その後二人でタクシーに乗り込んで、西山修が死んだ河川敷に行ったとき。大晦日の夜、横断歩道で目が合ったとき。埃臭いベッドで新年へのカウントダウンを聞いたとき。

あそこで勇気を振り絞らなかったら終わっていた。そう思う瞬間が幾つもある。ここまで生き延びてきた奇跡が、身体中を巡っていく。

「いなくならないで」

夏月の声が降ってくる。耳元で囁かれたのに、遥か天の彼方から声だけが落ちてきたようだった。

「いなくならないで」

佳道も声に出してみる。小さな小さな声なのに、夏月の耳はすぐそばにあるのに、両手を口に添えて、思い切り背中を反らして、声を嗄らして叫んでいるみたいだった。

明日もきっと、未来から見た〝あのとき〟になる。明日増える繋がりはきっとまた、自分をこの世界に留めてくれる網の一部になる。佳道はシーツを握り締める。生まれた皺が、この身体から世界に張り始めた根のように見える。

いま抱いている安心感は、この同居のように、ひどく不安定で一時的なものかもしれない。だけど、そうだとしても、そういう瞬間を繋いでいくことでしか乗り越えられない時間だらけの人生だった。

佳道は目を閉じる。すると、握り締めていたシーツに温もりが宿った。明日初めて会うはずの二人と、もうすでに手を取り合っているみたいに。

——諸橋大也　２０１９年５月１日から、52日

一度、手に取ってみる。もう無意味なことだとはわかっているけれど、大也は何故だか、そのケーブルを家に置いたまま外出することに抵抗があった。

一応、持っていくか。

上から覗いてみると、リュックの中では、八重子から渡されたケーブルがオフ会に必要なものの間に入り込んでいた。それは、大也が普段絶対に交わらないよう注意している二つの人格が混ざり合ったことを象徴しているようで、見ているだけでそわそわした。

どうせ家にいても落ち着かないのだ。少し早いけれど、もう出てしまったほうがいいだろう。大也は腕時計で時刻を確認すると、リュックを持ち上げ玄関へ向かった。午前十一時の待ち合わせまでまだ一時間以上あるけれど、こうしてそわそわしているところを家族に不審がられるのは避けたい。

——合宿、来るよね？

上がり框に腰を下ろすと、まるでアラームのように八重子の声が蘇った。大也はスニーカーの紐をきつく結び直しながら、その残響を追い払おうとする。

昨夜のうちに、ゼミの教授と実行委員の面々には連絡をしておいた。【熱が出てきてしまいました。合宿の出欠に関しては明日の朝、早めにまた連絡させてください】。ほとんど意味はないだろうが、前夜のうちに軽く欠席を匂わせておくことで直前でキャンセルする衝撃を少しでも和らげたいという往生際の悪さが出た。そして今日の朝六時ごろ、【申し訳ございませんが体調が戻らないので、欠席いたします】と連絡した。教授、岡ノ谷と臼井からは返信があったが、八重子は既読をつけただけだった。

――そのケーブルがないと、合宿最後のプレゼン、できないからね。

八重子はそう言っていたけれど、きっとどうにかなるだろう。大也は立ち上がり際、「よし」と声を出してみる。今から自分は、遂に、同じフェチの人たちと会うのだ。そう思うとケーブルのことも頭から吹っ飛んでしまうほどだった。やっと会える、やっと話せる。そう実感すればするほど、ゼミ合宿という現実が遠ざかっていく。

ドアノブに手を掛けたとき、大也は、今この瞬間からもう、普段の自分を知っている人に遭遇してはいけないような気がした。周囲から見たところで、これから同じ性癖を持つ者同士のオフ会に行くとは見破られないだろう。それでも、諸橋大也として自分のことを認識している誰かに、今の自分を見られることは絶対に避けたかった。

だから、家の前の道路で所在なげに立っているその人の姿を確認したとき、大也は一瞬、全身を巡る回路がショートした気がした。

八重子。がいる。

「あ」

地味な私服に身を包んだ八重子は、荷物も何も持っていない。本人すら、どうしてここにいるのかわかっていないような表情をしている。

「えっと、体調、大丈夫？」

大也は身体を動かせない。目の前の現実を、脳が処理できていない。

「なんか、心配で……同じ実行委員だし、気になってってんの。そう続けたかったけれど、八重子はひとりで話し続けている。

まるで自分に言い訳するように、八重子はひとりで話し続けている。「何で」俺の家知ってんの。そう続けたかったけれど、混乱が上回る。ただ、そう質問したところで、その問いは自分が今抱いている危機感を正確に表すものではないことに、大也は気づいていた。

二人の頭上には、鮮やかな青が大きくお椀形に膨らんでいる。今日は真夏日になると言っていた天気予報は、どうやら間違いではないようだ。土曜日の午前十時前、人通りの少ない住宅街を、気温が高くなる直前の心地よい風が撫でていく。

「ごめん、違う」

八重子が口を開く。

「心配は心配なんだけど、なんていうか」

そして、存分に目を泳がせた後、

「一緒に一歩踏み出そうよって伝えたくて」

と、八重子はまっすぐ、大也を見つめた。

は？

と、おそらく声に出ていた。だけど今の八重子には、大也の反応なんて関係ないようだった。

「気持ち、わかるよ。私も合宿とかすごく苦手だから。よく知らない男の人たちと一泊するなんて、部屋が男女で分かれてても嫌だし、ほんとは行きたくない」

でも、と、八重子が瞳を潤ませる。

「私は何も悪くないのに苦手なものばっかり増えてくの何なんだろうって、なんかすごくイライラしてきちゃって。何で悪いこと一つもしてない私が合宿とかそういうものを人生から遠ざけなきゃいけないんだろうって思ってたら、なんか」

いきなり何の話をしているんだろう。ていうか、合宿はどうしたんだろう。いや、それよりやっぱり、どうして家の場所を知っているんだろう。

「それって、諸橋君も同じ気持ちなんじゃないかなって思って」

別に同じじゃない。

「だから、一緒に合宿行こうって、言いに来た」

大也の頭の中には様々な疑問が浮かび続けていたが、それを一つずつ吟味できるだけの余裕はなかった。

「お節介かもしれないけど、私たち、いまが変わるチャンスのような気がして」

空が青い。とても。

大也は、固まった身体の重さに負けないよう、足の裏に力を込める。

「そういえばね」八重子が間を埋めるように話し始める。「今年もね、学祭でダイバーシティフェスをやることが決まったの」

大也の口の中に、苦い唾が広がる。

「今年も繋がりっていうテーマは引き継ぎつつ、もっと解像度を上げるつもり。去年は多様性を大きく打ち出したけど、今年はもっと細かく、なんていうのかな、私みたいな、異性や恋愛が苦手な人とか、性的消費を助長するコンテンツについてとか、その話はミスコンの廃止にも繋がるんだけど」固まったままの大也の分までと言わんばかりに、八重子は早口で話し続ける。「そういう、同じような問題意識を抱える人と繋がれる企画を準備する予定なの。企画を通して、こういうことを考えてたのは自分だけじゃないんだって思えたら、これからはもっと自分の気持ちに正直に生きてみようとかそういう風になれるかもしれないし」

だから、と八重子が一度、唾を呑み込む。

「諸橋君も、もう多様性の時代なんだし、ひとりで抱え込むだけじゃなくてもっと」

「俺、ゲイじゃないから」

大也の声が、雲一つない大空へと吸い込まれていく。

「あいつから何聞いたか知らないけど、俺、あんたが思ってるような人間じゃないから」

あんた、という二人称の響きが、乾いた初夏の空気の中にさっと拡がっていく。

「だからもうほっといてくれよ」

大也は、玄関から八重子を見下ろす。

「私は理解者ですみたいな顔で近づいてくる奴が一番ムカつくんだよ。自分に正直に生きたいとかこっちは思ってないから、そもそも」

午前十時の少し前、住宅街はまだ、鳥のさえずりが堂々と聞こえるくらいに静かだ。

「異性の目線が怖いとか恋愛が苦手とか……お前らみたいな、世間に応援されるってわかってて傷晒してる奴見ると、その瘡蓋にナイフでも突き立ててやりたくなる」

八重子の背後を、自転車に乗った老人がのろのろと通り過ぎていく。

「同情してもらえるってわかってる過去明かして生きづらかったね辛かったねって、そんなやり方に俺を巻き込もうとするな」

ちりん。

「自分が想像できる〝多様性〟だけ礼賛して、秩序整えた気になって、そりゃ気持ちいいよな」

過ぎ去っていった自転車が鳴らしたベルの音が、爽やかに響く。

「お前らが大好きな〝多様性〟って、使えばそれっぽくなる魔法の言葉じゃねえんだよ」

誰かを退かすためではない自転車のベルの音なんて、久しぶりだ。

「自分にはわからない、想像もできないようなことがこの世界にはいっぱいある。そう思い知らされる言葉のはずだろ」

ちりん。音が遠ざかっていく。

「多様性って言いながら一つの方向に俺らを導こうとするなよ。自分は偏った考え方の人とは違って色んな立場の人をバランスよく理解してますみたいな顔してるけど、お前はあくまで〝色々理解してます〟に偏ったたった一人の人間なんだよ。目に見えるゴミ捨てて綺麗な花飾ってわーい時代のアップデートだって喜んでる極端な一人なんだよ」

ちりん。

マジョリティへの悪影響を助長し得る場所でようやく息継ぎをし、マイノリティを都合よく利用した場所に傷つけられてきた。前者が規制され、後者が礼賛される場面ばかりに出会ってきた。

そんな人生の恨み言を目の前の一人にぶつけたって仕方がないとはわかっている。だけど、それでも大也の口は止まってくれなかった。

「自分はあくまで理解する側だって思ってる奴らが一番嫌いだ」

自転車を漕ぐ老人の背中はもう随分と小さい。

「お前らが上機嫌でやってるのは、こういうことだよ」

だけど、その上体が機嫌よく揺れているのはわかる。

「どんな人間だって自由に生きられる世界を！　ただしマジでヤバイ奴は除く」

風が吹く。

「差別はダメ！　でも小児性愛者や凶悪犯は隔離されてほしいし倫理的にアウトな言動をした人も社会的に消えるべき」

八重子の顔面に掛かる髪の毛は、まるで斜線のようだ。

「俺はゲイじゃない。お前らみたいな、私は理解者って顔してる奴が想像すらしないような人間だよ。俺と同じ性的指向の人は、性欲を満たそうとして逮捕された。窃盗と建造物侵入容疑で」

八重子の表情が、書き間違いを葬るために引くような斜線によって、見えなくなる。

「お前らみたいな奴らほど、優しいと見せかけて強く線を引く言葉を使う。私は差別しませんとか、マイノリティに理解がありますとか、理解がないと判断した人には謝罪しろとかしっかり学べとか時代遅れだとか老害だとか」

また風が吹いて、線が増える。

「理解がありますって何だよ。お前らが理解してたってしてなくったって、俺は変わらずここにいる。そもそもわかってもらいたいなんて思ってないんだよ、俺は」

お前に。大也は強く念じる。

「お前らが想像すらできないような人間はこの世界にいっぱいいる。理解されることを望んでない人間だっていっぱいいる。俺は自分のこと、気持ち悪いって思う人がいて当然だって思ってる」

八重子の表情が、どんどん隠されていく。

「俺は、自分が周りと違うことに気付いてから、せめて自分の欲求を現実に持ち込まないようにして生きてきた。俺と同じような人が過去に逮捕されたことも知ってたから。だけどお前らみたいな奴らが、俺たちにとっての最後の砦さえ時代のアップデートだっつって奪っていくんだ」

がちゃ、と、音がする。

「俺たちの気持ちがわかるかよ」

右隣の家のドアが開いた。

「寝る前に、毎日思うんだ」

玄関から出てきたのは、若い両親と小さな女の子ひとり。三人は楽しそうに、狭い駐車場に停められている小さな車へと近づいていく。

「朝起きたら自分以外の人間になれていますようにって、毎晩思うんだ。性欲が罪に繫がらないならどんな人間だっていい。俺もそういう人間に生まれて、好きな人がどうとかで悩んで、恋人ができて、家族ができて子どもができてってやってみたかったよ。たとえ誰とも両想いになれない人生だったとしても、初めから全部奪われてるんじゃなくて、自分もいつか幸せな家庭を持てたりするのかもって思いながら生きてみたかった」

いずれ車が動き出すことを予感したのか、八重子が大也から離れる形で道路を空ける。

「自分に正直にとか言われても、その正直な部分が終わってる。俺は根幹がおかしい」

「それでも私は」

遠くなった唇から、かすかに声が飛んでくる。

「理解したいって思う」

隣の家の車のドアが、ばん、と音を立てて閉まる。

「諸橋君がどんな人間でも、私は拒絶しないし」

車のエンジンがかかる。

「難しいかもしれないけど、できるだけ理解したいって思う。それに」

「それがムカつくっつってんだよ！」

ブオン。

大也と八重子の間に、隣の家族を乗せた車が突入してくる。

「拒絶しないって何だよ。関係ねえんだよお前が拒絶するかどうかなんて。何でお前らは常に自分が誰かを受け入れる側っていう前提なんだよ。お前らの言う理解って結局、我々まとも側の文脈に入れ込める程度の異物か確かめさせてねってことだろ」

通り過ぎていく車の後部座席、チャイルドシートに座っていた女の子は、大也に向かって手を振っていた。

「もうほっといてくれ、お願いだから」

ばいばい。

女の子の口は、小さく、だけど確かに、そう動いていた。

ばいばい。

もう、ばいばいでいい。

自分の抱えているものを露わにして誰かにわかってもらおうなんて、毛頭思っていない。ただ、そのまま居続けさせてくれればそれでいい。探られることも覗かれることもジャッジされることもなく、そのまま居続けられれば、それで。

「楽なんだよね」

包丁で魚の腹を割くような声がした。

「そうやって不幸でいるほうが、楽なんだよ」

八重子が近づいてきたわけではない。だけど大也は、目の前に八重子が立っているように感じた。

「選択肢がなければ悩まなくていい。努力だってしなくていいし、ずっとそうやって自分が一番かわいそうなんだって嘆くだけでいい。そうしてるほうが実は、何も考えないでいられる。向き合うべきものに向き合わないでいられる」

「あ?」

八重子の声は耳元に届くのに、なぜか、自分の声が相手に届いている気がしない。

「そうやって全部生まれ持ったもののせいにして、自分が一番不幸って言ってればいいよ」

風が吹く。八重子の顔面から、斜線が取り除かれる。

「さっき俺たちの気持ちがわかるかとか言ってたけど、そっちだってわかんないでしょ？　選択肢はあるのにうまくできない人間の辛さ、わかんないでしょ？　私だっていっそそれくらい塞ぎ込んじゃいたいよ。この容姿の私を愛してくれる誰かと生きてみたいっていう憧れとか全部消したい。性欲とか恋愛とか結婚とかそういうの全部関わらずに生きていけるならそれでいいって思いたい。だけど人を好きになっちゃうの。男の人もお兄ちゃんもめちゃくちゃ気持ち悪いのに、それでも私は男の人を好きになっちゃうの！」

今度は、左隣の家のドアが開いた。弘明寺駅を下ったところにある住宅街は、同じようなデザインの家でぎゅうぎゅうづめだ。

「苦しみには色んな種類があってさ、みんな自分の抱える苦しみに呑み込まれないように生きていきたいだけじゃん。私たちがそうすることで何かが脅かされるって言うんだったらさ、教えてよ。話してよ。何なの、俺らの気持ちわかるかよとか言って閉ざしてさ。わかんないよ。わかるわけないじゃん。わかんないからこうやってもっと話そうとしてるんじゃん！」

今度は、十歳くらいの男の子が、ドアから出てくる。

「ほっといてくれとか言うけどさ、そんなのそっちの勝手な論理だから。あんたがどんな性癖か知らないし、迷惑かけないようにしてきたつもりかもしれないけど、それでも規制されたんだったらどっかで誰かを一方的に消費してたんじゃないの？　対等じゃない部分があったんじゃないの？」

男の子はスキップでもするように、玄関から少し離れた所にあるポストへと歩いていく。

「それに、なんだっけ、窃盗と建造物侵入だっけ、そんなの誰でもしちゃダメじゃん。勝手に何か盗ったんでしょ？　入っちゃいけないところ入ったんでしょ？　そんなのどんな立場の人だってやったらダメじゃん」

自転車を漕いでいた老人も、車に乗り込んだ親子も、ポストに向かう男の子も、休日の午前中は皆ご機嫌だ。

「不幸だからって何してもいいわけじゃないよ。同意がなかったらキスだってセックスだって犯罪だもん。別にあんたたちだけが特別不自由なわけじゃない」

がこん、とポストが開かれる音と共に、男の子の後頭部の寝癖も揺れる。

「私のお兄ちゃんは引き籠って気持ち悪いAVばっか観てるけど、マジでその視線が隣の部屋にあると思うだけで嫌だけど、それでも現実で誰かを無理やりどうこうしようとはしない。異性愛者だって誰だってみんな歯ぁ食い縛って、色んな欲望を満たせない自分とどうにか折り合いつけて生きてんの！」

どこからか、小麦が焼かれた匂い、そしてバターの匂いがする。遅めの朝食だろうか。

「はじめから選択肢奪われる辛さも、選択肢はあるのに選べない辛さも、どっちも別々の辛さだよ」

男の子が、まるでプレゼントの中身をいち早く確認するかのように、ポストの中に手を突っ込んでいる。

「だから私は、あんたみたいにどうだこんなに辛いんだって胸張って、不幸で相手を黙らそうとは思わない。それが生まれ持ったものだとしても、不幸を言い訳にして色んなことから逃げたくない。ミスコン廃止したところで誰かの頭の中にある性的な目線を制御できるわけじゃないってわかってるし、別に全部の大学からミスコンをなくそうとしてるわけでもない。一つの方向に導きたいとかじゃなくて、自分を削ってくるものだらけの世の中でなんとか前向きに生きていく方法を考えたいだけ。そのために色々動いてること、悪く言われる筋合いない！」

八重子の表情が、様変わりしている。

八重子の影の形も、少し変わっている。

——自分を削ってくるものだらけの世の中で。

「あんただろ」

ばたん、と、ポストが閉じられる。

「『スペード』のインスタにリクエストしてきてたの」

踵を返した男の子は、両腕に新聞やら郵便物やらをたっぷりと抱えている。

「あんた、俺の写真見るためにわざわざ捨てアカまで作ってリクエスト送ってきてたろ」

賭けだった。確信があるわけではなかった。だけど口に出してみて、大也は、自分の中に燻っていた疑惑が事実だったことを悟った。

八重子の顔面が、空よりも青い。

「あれ、めちゃくちゃ嫌だった」

ポストに背を向けた男の子は、抱えている紙の束が滑り落ちないよう、ゆっくりと玄関へ向かって歩き始める。

「皆から絶対大也目当てだとか言われて、裸の画像も勝手に投稿されて、その写真がリクエストしてきた奴にどう使われてるのか考えたら、気持ち悪くてたまらなかった」

「違うの」

八重子がそう言ったとき、男の子が、黒目だけでこちらのほうを見たのがわかった。

「違うの、あのリクエストには」

「性的な感情なんてなかったって？」

注意力が散ってしまったからだろうか、男の子の手元から、ハガキサイズの何かがつるりと落ちる。

「そもそもどうやって判断できるんだよ、その感情が性的かなんて」

男の子が、一度、自分が持っているものをすべて地面に置く。

「何を見たって、それを見たときに湧き上がる感情は自分ですら明確に線引きできない。どの感情だって、0でも100でもない。喜怒哀楽の何がどれくらい混ざり合って今の気持ちになってるかなんて、誰にも正確にはわからない。そうだろ？」

こんな状況でも、周囲の動きを冷静に観察できるように。

自転車を漕いでいた老人を、車に乗り込んだ若い夫婦を、そこでしゃがんでいる幼児を、それぞれをそれぞれの側面で性的に感じる人がいるように。

「誰が何をどう思うかは、誰にも操れない」

——ミスコン廃止したところで誰かの頭の中にある性的な目線を制御できるわけじゃないってわかってる。

そんなのは当たり前だ。大也は思う。

或るものを性的なものだと定義することは簡単だ。だけど、或るものを性的だと〝思う〟ことを制限することは、誰にもできない。Aを見てBだと〝感じる〟ことに、口出しできる人は、どこにもいない。

男の子が、落としたものを拾う。一本の毛も生えていない艶やかに光る細い脛が、短パンの裾から剝き出しになっている。

ある人にとっては何でもないことがある人にとってはひどく性的に見えるということを、大也は痛いほどわかっていた。そして、そんな自分ですら想像もつかないようなことに興奮する人たちが世界中に多く存在することも、あまりにもよく知っていた。

脳。何をどう感じ、思い、考えても誰にも手出しされないはずの、ただひとつの聖域。

「俺を性的に見てた、で、いいんだよ」

男の子の短パンの裾から、焼きたてのパンのように膨らんだ太ももが覗く。

「あってはならない感情なんて、この世にないんだから」

それはつまり、いてはいけない人なんて、この世にいないということだ。

不思議と、大也は話しながらそう思った。

これまで自分を間違った生き物だと思い続けてきた大也にとって、そんなおめでたい気持ちが舞い降りることは、全くもって初めての経験だった。

「そうだね」八重子が口を開く。「感情は自由っていうのは、私もそう思う」

よいしょ、と、男の子がその脚に力を込める。

「だからこそ」

八重子が声を引き締めたのと男の子が立ち上がったのは、ほぼ同時だった。

「その自由を守るためにはどうすればいいのか、一緒にもっと考えたい」

男の子が、前へ進んでいく。

「諸橋君の言ってることはわかる。わかるんだけど、結局それって、力で組み伏せられる可能性が低い立場だから言えることだとも思う。私はやっぱり、いくら頭の中は自由でも、それを形にしてぶつけられるのは嫌」

八重子はここで一度言葉を切ると、「たとえば、街を歩くとするでしょ」と続けた。

「体格的に敵わない人が多い場所でそうされるのって、本当に怖いの。向けられる視線は同じでも、私と諸橋君じゃ受ける影響が全然違うの」

いつしか玄関に辿り着いていた男の子が、抱えている紙類に対して細心の注意を払いながら、そのドアを開けようとしている。

「ねえ、諸橋君」

ふと気づくと、八重子の声がすぐそばにあった。

「そうやってさ、色んなことをこれから一緒に考えていったらさ」

いつ、こんな場所まで近づいてきていたのだろうか。

「根幹だと思ってたものが、枝葉になったりしないかな」

あつい。

気温か体温か。どちらかが、確実に上昇している。

「さっき、もう自分は根幹がおかしいって言ってたけど、生まれ持ったものはもう変えられないと思うけど、それよりも大きな何かをこれから作り出すことってできないのかな。そしたら、今まで根幹だって思ってたものが枝葉くらい細く見えるようになる」

いつの間にか道路を渡り、すぐそばにまで近づいてきていた人の目に映る自分を、大也は見つめる。

「私は、そうしていきたい」

　この人の目に映る世界。

「私はこれからもずっと、容姿のコンプレックスとか、異性の目が怖い気持ちに振り回されて生きるのは嫌。そのせいでこれまで諦めてきたことがたっくさんあるけど、これからもずっと諦めっぱなしは絶対に嫌」

　結局は、人間同士の恋愛が礎にある世界。

「諸橋君も、そういう風には考えられないかな」

　その世界にある希望を道標に生きる人に、手を取り合おうと言われている。

「俺は」

　大也は一度、目を閉じる。

「無理だと思う」

　目の前にいる八重子の顔面の肉が、重力に負けていく。

「結局、あんたとは全然違う世界を生きてるから、俺は」

　八重子が口を開く前に、「いや」大也は声を大きくする。

「同じ世界を生きてるけど、受け取る情報が違いすぎてるから」

　八重子の瞳が、かすかに揺れる。

「だから、生まれ持ったものがたとえ枝葉になったとしても、あんたみたいに前向きにはなれない。それをちゃんと伝えるには、何から話していいかもわからな」

「面倒くさいなーもう！」

　その声は、自転車のベルよりも、車のエンジンよりも、開閉するポストの扉よりも、何

より も大きく住宅街に響き渡った。

「何から話していいのかわからないなら、何からでも話していこうよ！　もっとこうして話せばよかったんだよ、きっと。私も色々勘違いしてたし、今でも誤解してることいっぱいあると思う。でも、もうあなたが抱えてるものを理解したいとか思うのはやめる。ただ、人とは違うものを抱えながら生きていくってことについては、きっともっと話し合えることがあるよ」

大也は気付く。

上昇しているのは、気温のほうだ。

太陽の位置が変わっている。

「もう、優芽さんに言われたからとか好意があるからとか関係ない。私は私と考え方の違うあなたともっと話したい。全然違う頭の中の自由をお互いに守るために、もっと繋がって、もっと一緒に考えたい。私いま、本当に心からそう思ってる」

時間が経っている。

「ごめん」

瞳の中で、自分が謝っている。

「俺、これからやっと繋がれそうなんだ」

頭の中の自由を守るために手を組んだ人たちと。

八重子の肩越しに広がる空に、真夏日のエッセンスがどんどん滲み出てきている。

「あんたが散々言ってた繋がりってやつが、やっと俺にもできそうなんだ」

心臓を一枚剝いたかのような太陽が、これから自分が過ごす時間をも煌びやかに照らしてくれている。

「だから今日は、行かせてほしい」

八重子がまっすぐに大也を見つめる。

「じゃあ」その小さな口が開く。「また絶対、ちゃんと話そうね。私のことも、繋がりのうちに数えておいてね」

大也は、自分でも驚くほど素直な気持ちで一度、頷いた。

そのまま一歩踏み出すと、背負っているリュックが揺れた。そのとき、水風船もケーブルも一緒になって揺れていることが、大也にはよくわかった。

諸橋大也としての自分と、SATORU FUJIWARAとしての自分。そのどちらもが混ざり合った状態で誰かに向き合える日が、もしかしたらいつか、来るのかもしれない。大也はこれまで生きてきた時間の中で、初めてそんなことを思った。

２０１９年５月１日から、80日

――――田吉幸嗣(ゆきつぐ)

初めてですよ、取調べなんて。重要参考人とか言われること、そうそうないですからね。ちょっとね、不謹慎ですけどワクワクしてるってところもありますね。

ていうかあれなんですね、取調べって警察だけじゃなくて検事さんもやるんですね。警察に話したことと同じこと話すと思いますけど、それでもいいんですか？

はい、田吉です。田吉幸嗣。幸彦と幸成の父親で、佐々木佳道容疑者は同じ部の後輩です。あ、もう「後輩でした」か。

あ、俺は容疑者とか言わなくていいんですか？　いやなんかネットニュース見たばっかりなんで言ってみたくなっちゃってね。佐々木佳道容疑者。はは。なんかしっくりくるんですよね、正直。

え？　ああ、大丈夫ですよ。そちらが情報明かせないとしても、こっちはちゃっかりチェックしてきてますから。事件については大体把握してます。あれですよね、昔児童買春してた奴がいて、そいつが逮捕されて芋づる式に仲間がバレていって、佐々木の携帯とかからもあの日の写真とかが……自分で話してて気持ち悪くなってきました。あいつ、俺の息子を一体何に使ってたんでしょうね。あー考えただけで気分悪い。

なんか、バレないように色々約束事とか決めてたらしいじゃないですか。読みましたよ、三か条みたいなヤツ。ほんと狡賢いっていうか……人目に触れなきゃいいと思ってたんですかね。ダメなもんはダメだっつうの。ていうか犯罪グループの名前がパーティって、あれマジなんですか？　やばすぎでしょ、もう。

ていうか、ネットニュースってほんと適当なんですね。今まで当事者になったことなかったんでわかんなかったですけど、なかなかひどいですわ。あいつに対して「会社でも新商品の開発を任されるなど期待されていた人材だった」とかありましたけど、全然そんなことないですから。確かに開発に携わってはいましたけど、ただ携わってただけで、期待されていた人材とかそういうんじゃ全然ないですから。

俺から見た佐々木の印象ですか？

警察にもちらっと話しましたけど、俺はあいつのこと、もともと怪しい奴だと思ってましたよ。まさかロリコンだとは思ってなかったですけど。しかも男もイケるタイプの。検事さんもありません？　こいつ、なんか怪しいなって思うこと。まともな人間じゃないなって勘が働くこと、あるでしょう。それですよ。

具体的にですか？　あ、そこ詳しく知りたい感じなんですか、今日は。何て言うんですかね、まずどれだけ一緒に働いてても、どんな人間なのか全然わからないんですよ。例えば、部署の男たちで女の子のいる店に行こうみたいなときがあっても、あいつは絶対に来ない。結局、人間そういうところで親睦深めるじゃないですか。ねえ。検事さんもそうでしょ？　好きそうな顔してるもんね。それ以外でも、飲み会にも全然来ないし、昼飯もいっつもひとりで食ってましたね。あいつと仲いい社員とか、ひとりもいないと思いますよ。どんな奴かわからなすぎて、前科者なんじゃないかって噂が立ってたくらい。結果、前科者みたいなもんでしたけど。

例えば、事件のとき一緒にいた豊橋。こいつにはそんなこと一回も感じたことないんですよ。豊橋とは会社の草野球チームで一緒なんですけど、付き合いもいいし、家族ぐるみで仲良くしてる社員もいっぱいいるんじゃないかなあ。あ、うち、社内に運動部とか、他にも写真部とかいろいろあるんですけど、佐々木はそういうのにも一回も参加したことないと思いますよ。

なんか、ずっと、正体を隠してるような感じでしたね。秘密主義っていうか。芸能人かよみたいな。別に誰もお前に興味ねえよみたいな。

だから佐々木が結婚したとき、偽装結婚なんじゃないかって噂が立ったんですよ。なんつうか、人間のこと愛したりできない奴だと思ってたんで。式も挙げなかったし、佐々木の嫁さんと会ったことある奴もひとりもいないんですよ。

今？ 今もないですよ。謝罪も何もないんですから。

普通、夫が児童ポルノで捕まって、その被写体の親が夫の上司ってわかったら、謝罪くらいしに来ますよね？ それなのに、謝罪どころか連絡の一つもないんですよ。そんなの嫁として有り得ます？ 意味わかんないですよ。謎のバーチャル嫁。あ、いるはいるんですか？

検事さんはもう会ったんですか？ そうですか。いや、話聞いてみたほうがいいと思いますよ。佐々木の野郎が黙秘するなんてことになったら、むしろ嫁から言質とれるんじゃないかな。だって多分マジで偽装結婚ですよ。ヤバイ人間同士くっついたんですって。まともな人間だったらまず被害者とかその親に謝罪って思うでしょう。そうならないってことは、まともじゃないんですよ。ショック受けてるっつっても逮捕からもう何日も経つわけで、もういくらでも動き出せるでしょうに。

だからあの日、公園で佐々木を見かけたときも、なんか不気味な感じがしましたね。俺は別に関わりたくなかったんですけど、豊橋が声かけちゃって。あいつ、人がいいから。

そうです、六月二十二日です。

その日は、豊橋の家族と清水ケ丘公園に遊びに行ってたんですよ。公園にっていうか、併設のプールですね。普段そんな遠いとこまで行かないんですけど、この日はそこで元オリンピアンが水泳教室やるとかで、一緒に行くかって豊橋誘って。そうそう、豊橋んとこも上の子が水泳やってるんですよね。うちの長男もなんで、せっかくだから一緒に行って帰りは公園で遊ぶかって話してたんです。

どっちも男兄弟でね、まあ騒がしいったらないんですけど、チビ用のプール教室もあったんで、次男二人はそっちに放り込んで。親は見てるだけなんでまあラクでしたね。で、終わった後ですよね。外で昼飯でも食うかってことで公園に出たら。

隅のほうに、三人の男がいて。

なんか、でっかい水鉄砲とか水風船とか、いろいろ持ってて。別にそれだけならいいんですけど、そのうちのひとり、佐々木じゃねえのアレってなって。その時点で俺はなんか不気味な感じがしたんですけど、豊橋んとこのチビが「水鉄砲だー」って駆け寄っちゃって。そしたらもう声かけるしかないじゃないですか。

そのとき、あいつすごい顔してましたね。かくれんぼしてたら鬼に見つかった、みたいな。いや、本物の鬼に覗き込まれたくらいの顔かな、あれは。

不気味でしたよ。だって三人のうちひとりは明らかに学生っぽいガキでしたし、お世辞にも友達とは思えない男たちが水遊びしてるんですから。豊橋が軽く「何してるのこんなところで」って話しかけただけなのに、あいつ目泳がせて固まってましたね。そりゃそうですよね、ほんとはオモチャでおびき寄せて子どもに接触しようとしてたんだから。

そしたら、学生じゃないほうが、「ボランティア団体なんです」とか言い出して。なんだっけ、いらなくなったオモチャを集めて子どもたちに提供する活動、とか言ってたかな。あいつも話合わせてましたね。ネットニュースで見ましたけど、ボランティアとか言い出した奴、小学校の先生なんですよね？　え、非常勤講師？　どっちにしろ、その仕事始めたのも不純な動機でしょうねえ。

で、まあ子どもたちは水鉄砲とか水風船とか大好きですから。ガンガン遊ぶじゃないですか。今考えたらやっぱり狡賢いですよね、そうなったら服とかびしょびしょになっちゃって、その日は真夏日でしたし、プールの後ってこともあって、子どもは脱ぎ始めますよ。今ならそれが狙いだったってわかりそうなものですけど、あの時は無理ですよね。子どもたちはみんな上半身裸になってギャーギャー騒いでて、確かそのときは、あの小学校の先生が主に写真撮ってましたね。あとで共有する約束でもしてたんじゃないですか。

佐々木は、わかりません。ずっとこっちに背中向けてたんで。ヤバイことになったって思ってたんじゃないですか。

で、そのときの写真が案の定、あいつらの中で共有されてたのがわかったってことですよね。うー、考えただけで気持ち悪い。どうせあれでしょ、佐々木のパソコンには他にもいろんなヤバイ画像とかあったんでしょ？　それは教えられない？　そういうものなんですか。ていうかこれ、あの小学校の先生の買春がなければ永遠にバレなかったたってことですよね？　あーもう気持ち悪すぎ。クソだクソ。

こういう奴らはもう、社会にとって害悪なんだから、ずっと牢屋に入れといてくださいよ。ほんとに。できるだけ重い処罰にして、できるだけ出所しないようにしてくださいね。社会から隔離ぐらいすべきですって。不起訴とかマジで許さないですからね、被害者の親として。

たまにドラマとかであるじゃないですか、ああいう奴らが自分たちも被害者なんだとか主張するシーン。望んでこうなったわけじゃない、みたいな。

そんなの知ったこっちゃないですよね。だとしても、じゃあ他人に迷惑かけないように引き籠ってろよっていうか。テメェの都合で社会に迷惑かけんなって話なわけで。

　嫌なんですよね、キチガイがいるってわかってる場所で子どもと暮らすの。検事さんだってお子さんいるでしょ？　ならわかるでしょ？　子どもが自由に外でひとりで遊べない国なんて異常ですよ。何でしたっけ、無敵の人？　とか？　とにかくヤバイ奴らはもうどっかにまとめておいてほしいですね。色んな事件の報道見るたび思いますよ。何でなにも悪いことしてないこっちが色々気ぃつけなきゃいけねえんだよって、マジで。

　うちの子は今んとこ何も知らないですけど、どっかの誰かにこのこと嗅ぎつけられて学校でいじめられでもしたらどうするんですか。うちのは何も悪くないのに。このご時世、それで不登校なんかになったら終わりですよ。人生終わり。検事さんも一人の父親としてそう思いませんか？

　佐々木も他の奴らも、一生どっかに隔離しとくっていうのは無理なんですか？　薬飲ませるとかＧＰＳつけるとか、海外だとそういうことできるみたいじゃないですか。なんで日本はできないんですか？

　ああ、日本にもあるみたいですね、性犯罪の再犯防止プログラム。なんかニュースとかで見ましたよ。性犯罪者が過去のトラウマを語って治療を目指す、みたいなやつ。それですよね？

　でもあいつら、別にトラウマがあるからどうこうみたいな話じゃないでしょう。原因があってああなったとかじゃないでしょう。自分に抵抗してこないってわかってて子ども選んで、最低ですよ。

　だから無駄なんですよ、ああいうキチガイに再犯防止とかやったところで。ＧＰＳとか投薬治療とか、そういうのを早く導入してくださいよ。だって性犯罪って再犯率めちゃくちゃ高いんですよね、確か。

社会復帰支援とか、そういうのあいつらには意味ないんですって。仮に性犯罪者がうちの会社に再就職とかしようとしてきても、もう絶対拒否しますね、俺は。気持ち悪すぎる。ありえないです。あいつらは永遠にどっかに隔離しといたほうがいいんですって。

え？　どこにどうやってって？

そんなの私の考えることじゃないでしょうよ。

――寺井啓喜

2019年5月1日から、82日

検事の考えるべきことは、児童ポルノ所持の場合、かなり絞られてくる。今回のケースではまず、三人の共犯が疑われる事案のため勾留請求が必要だった。だが、確定的な物的証拠があるということで、延長はほぼ無条件で認められた。

啓喜は時計を見る。約束の時刻までは、あと二十分弱。

今回の事件に関しては、被疑者である三人ともが、画像や動画に映っていた裸の児童との接触を認め、画像や動画の所持も認めた。三人中二人が、逮捕された時点では「児童が目的だったわけではない」という供述をしていた記録はあるものの、その程度での言い訳は何の意味も持たない。児童の性的な画像や動画を複数所持していたという事実がある以上、さらには接触したことも事実である以上、何が目的だったかという点を重要視する必要はない。起訴するかどうかを決める立場にいる人間からすると、被疑事実がある、というところが何より大切なのだ。

線を越えたかどうか。検察が問うのはその一点だ。線を越えるまでの軌跡は関係ない。

特に児童ポルノは二〇一四年以降、審査基準が国際的なものとなり、より厳しくなっている。世間的な風潮を見ても、厳罰化への支持は強まり続けるだろう。泰希のYouTubeチャンネルも結局、コメント欄は閉じたままだ。

ふう、と、啓喜は息を吐く。業務中は家庭のことは考えないようにしているのに、たまにこうしてぬるりと入り込んできてしまう。啓喜は次の取調べの時間まで、警察から送られてきた調書や自ら取った調書を見直すことにする。

一人目の被疑者は、矢田部陽平（やたべようへい）。千葉県在住の二十四歳、職業は小学校の非常勤講師。矢田部は今年の六月下旬に児童買春容疑で逮捕されている。そのタイミングで押収された携帯電話やパソコン等から大量の児童の性的な画像や動画が発見されたため、今回は児童ポルノ所持での再逮捕ということになる。警察から送られてきた証拠品一覧には、裸の児童等だけでなく、四肢が欠損している幼児の写真や、大蛇やサメ等が児童を丸呑みしているイラスト等も並んでおり、矢田部が重度の性的倒錯を抱えていることは明白だった。実際、矢田部には同じ性的倒錯を抱えた仲間との繋がりが多くあるようだったが、万が一のことを考えてか、その仲間たちとは安易にネット上でデータのやりとりをしないよう気をつけていたみたいだ。仲間内の誰かが逮捕されるようなことがあっても自分には捜査の手が伸びないよう、互いに注意していたのだろう。まさか、過去に性的な接触を持った少年が別件で補導され、その中で自分との関わりを暴露されるとは想像もしていなかったはずだ。

ただ、矢田部が所持していた児童ポルノの最新データ——六月二十二日に撮影された、複数の男児が下着姿で水浸しになっている写真や動画——が二人の人物に送信されている履歴は、油断していたのか、逮捕当時まだ削除されていなかった。そのおかげで送信先の二人を逮捕することができたのだ。

すっかり冷めたブラックコーヒーを一口啜る。何度確認しても、証拠品一覧にある画像たちは啓喜の目に馴染まない。裸の子どもに興奮すること自体全く理解できないが、四肢が欠損していたり動物に丸呑みされている子どもなんて、興奮どころかできれば視界に入れたくもない。矢田部は他にも、なぜか海や湖の画像等も大量に所持していたようだが、それらは今回の件とは無関係とのことで証拠品一覧からは除外されている。

自分たちのことを子どもたちに遊びを提供するボランティア団体だと名乗ったのは、矢田部だったという。こんな内面の人間が休日の公園で笑顔で子どもたちに接触していたと思うと、啓喜は身体の奥底が掻き混ぜられるような気持ちになる。

子どもと遊ぶボランティア団体。

まただ。啓喜は小刻みに首を振る。思考の隙間から入り込んでくる情報を物理的に振り落としながら、啓喜は調書を捲っていく。

その矢田部が児童ポルノを送信していた相手のうちの一人が、諸橋大也。神奈川県在住の二十一歳、金沢八景大学の三年生だ。弁解録取書でもはっきりと、六月二十二日、矢田部と共に犯行現場にいたと供述している。

諸橋と初めて顔を合わせたとき、啓喜は、これなら周囲の女性が放っておかないだろうに、と思わず不憫な気持ちになった。諸橋は、身柄を送検されてからずっと、おそらく逮捕されてからずっと、放心状態というか、突然の出来事に言葉どころか精神まで引っこ抜かれているように見える。ただ、そんな状態だったとしても、異性にモテてきただろう過去が透けて見える風貌であることが哀しかった。黙って俯いている姿が絵になるので、取調べ中に全く反応がなかったとしても何かが成立している気にさせられてしまう。

ただ、ほぼ黙秘のような態度を取っていようが、矢田部と共に六月二十二日に児童に接触していたことは弁解録取書の時点で認めているし、データを所持していたことに関しても一度も否認はしていない。担当の弁護士の動きを見る限り、両親がどうにか示談に持ち込めないかと動いているようだ。啓喜は諸橋の両親の気持ちを想像する。朝、自宅で突如、息子が警察に逮捕される。しかも、児童ポルノ所持で。どれほどの混乱だろうか。

最後は、佐々木佳道。神奈川県在住の三十歳、高良食品株式会社に勤める会社員。こちらも他の二人と同じく、弁解録取書の時点で六月二十二日にその場にいたことも、データを保持していたことも認めている。

ただ他の二人と違うのは、佐々木の場合、被写体となっていた児童と全くの他人ではなかったという点だ。

今回被写体となっていた児童は四名。全員が、佐々木と同じ勤務先の社員二名の子どもだった。ただ、被写体となった児童の父親であり佐々木の上司である田吉、同じく先輩社員である豊橋にそれぞれ事情聴取を実施したところ、児童ポルノ所持においてグレーゾーンとなる、被疑者と被写体がもともと顔見知りだったというセンは消えた。

豊橋はまだしも、田吉は一貫して佐々木を糾弾し続けていた。子どもたちが元々知り合いなんてことは有り得ない、それどころか佐々木のことはずっと前から怪しいと思っていた、絶対にクロだと思う、あいつは異常者だ——田吉の語りは、被害者の親族というよりもトラブルの加害者のようだった。血管を浮き立たせ、唾を飛ばしながらもどこか楽しそうですらあった田吉の姿は、なかなか忘れられない。

——このご時世、それで不登校なんかになったら終わりですよ。人生終わり。検事さんも一人の父親としてそう思いません？

啓喜はまた、頭を小さく振る。

六月二十二日の件については共犯関係が疑われるため、逃亡や罪証隠滅の危険性を考慮し、三人はいま担当弁護士以外とコミュニケーションが取れない環境に置かれている。矢田部陽平は今回の件に関して、全面的に罪を認めている。というよりも、本人にとってはより罪が重い児童買春のほうに意識が集中しているのだろう、児童ポルノ所持については頭があまり働いていないようだ。諸橋大也は、自分は子どもが目的だったわけではないという主張を少なくとも一度はしているが、その後は黙秘のような状態を続けている。佐々木佳道も当初は諸橋と同様の主張をしていたものの、では何が目的だったのかと尋ねると、何かを諦めたように口を噤んでしまった。

そもそも、その写真を持っていた目的なんて、こちらにとっては関係ない。児童ポルノに該当する画像を所持していたという事実がそこにある以上、彼らの罪は変わらない。

啓喜は思い出す。これまでも、不都合なことを尋ねられた途端、頑なに黙秘の姿勢を取る被疑者には山ほど出会ってきた。そんなときは大抵、彼らは検事への不信感をはっきりと表に出す。罪を犯した立場の癖にそのような態度を取られると、こちらも苛立つ。だけど、今回逮捕された三人が口を噤むとき、啓喜は不思議と、苛立ちを感じない。

彼らは口を噤むとき、意志を持って黙秘するというよりも、不意に力を失くすような表情をするのだ。

自分にとって不都合なものを隠し通そうとするのではなく、何を話したところでどうせ分かってもらえないと諦めているような。

自分を追い詰める検事への不信感よりも、目の前にいる人間の背後に広がる遥かな世界への諦念のようなものを感じるのだ。

そして、その表情に、啓喜はどこか見覚えがあった。

「寺井検事」

越川に呼びかけられる。

「佐々木夏月さんが待合室に到着されたようです。迎えに行ってきます」

「ああ」ワンテンポ遅れた返事を見慣れた背中に投げかけながら、啓喜は、警察による身上調査書に視線を落とす。

佐々木夏月。佐々木佳道の妻。

逮捕された三人の中で、妻帯者なのは佐々木だけだ。

——佐々木が結婚したとき、偽装結婚なんじゃないかって噂が立ったんですよ。

確かに、佐々木の妻に関しては、気になる部分がある。

警察が佐々木夏月に事情聴取をしたとき、夏月は、その罪名を聞いたところで特に動揺した様子を見せなかったという。また、接見禁止と告げられたときも、取り乱すことなく受け入れたらしい。普通、突如親族が逮捕され、しかも接見禁止となった場合、同居していた人間はパニックに陥るケースが多い。国選弁護人と連絡を取らせてほしい等と申し出られるほど落ち着いている者は少なく、取り乱す人間が殆どだ。

その方が自然だと、啓喜も思う。逮捕とは、言い換えれば、ずっとそばにいた人の全く知らない一面を最悪の形で突きつけられるということだ。そんなとき、落ち着いていられるほうがおかしい。

昨日の自分がそうだったように。

啓喜はまた首を振る。邪魔な思考を振り落とす。

そんな状況でも、佐々木の妻は非常に落ち着いていたという。なかなかないパターンだったので印象に残っている、と、警察の担当者が小さく漏らしていた。

啓喜自身、佐々木を取り調べるうち、事件の全貌を詳しく知るには佐々木の妻にも話を聞くべきであるような気がした。それは、どんな質問をしても口どころか心まで閉ざしているような佐々木が、妻の話になったときだけ咄嗟に声を発したからだ。

「いなくならないから、って、伝えてください」

啓喜は冷静に「そのような伝言はできない」と言ったが、その後もずっと、確かに聞こえたその一言が頭の中で木霊(こだま)していた。

いなくならないから、って、伝えてください。

なぜ、立ち去る側の言い方なのだろうか。

普通佐々木の立場ならば、妻に対して伝えるべきはまず謝罪であるほうが自然だろう。百歩譲って、いなくならないで、と懇願するならばまだわかる。少なくとも、立ち去る側としての言葉を掛けるような状況ではないはずだ。

では、自分は。

啓喜は時刻を確認する。

自分は、どんな言葉を掛けるべきだったのだろう。昨日、由美に、泰希に、何と言えばよかったのだろう。

啓喜は息を吐くと、これから夏月が腰を下ろすことになる空席を、じっと見つめた。


「お疲れのところすみません」

啓喜がそう言うと、夏月は「いえ」とかぶりを振った。

佐々木夏月は横浜駅近くのモールにある寝具店に勤務している。退勤する時間に合わせて横浜地検まで足を運んでもらったが——啓喜は越川が準備してくれたコーヒーを一口啜ると、夏月の表情を窺う。

落ち着いている。

捜査を担当した警察の言う通りだ。啓喜は思う。夫の逮捕から数日経過しているとはいえ、曲がりなりにも今から検察から取調べを受けるという状況なのに、混乱、憔悴、怯えなどが当てはまる雰囲気がまるで感じられない。

「はじめに伝えておきますが、たとえご家族の方であっても、事件について詳しいことはお話できないんです。こちらの質問に答えていただくのみになります。気になることもあるかと思いますが、ご了承ください」

共犯が疑われる事件においては、被疑者は弁護士以外とは接見禁止となる。接見者が共犯相手とのやりとりのための橋渡し役に使われる可能性があるからだ。

「はい。その辺りのことは、弁護士さんからなんとなく聞いています」

落ち着いているだけではない。啓喜は思う。もっと特異な点がある。

事件について、夫について向き合うことに対して、不快感を抱いていないように見える。

いわゆる児童ポルノや痴漢などの性犯罪で親族が逮捕されたとき、特に女性の親族は、まずは事件そのものに対し過剰なほどに深謝の意を表し、その後被疑者に対しては嫌悪感を示すというケースが多い。特に、夫が逮捕されて妻が取調べを受けるという場合、そもそも夫婦が不仲であるという土台の上で夫が罪に手を染めるパターンも多く、そういうときの妻は夫について思い出すことすら拒否感があるという態度を取りがちだ。

だけど夏月には、それもない。混乱も拒否感も感じられない。

ただそこにいるだけだ。

「今回の被疑者である佳道さんですが、児童ポルノ所持ということで、余罪の可能性なども視野に入れて捜査が進んでいます。今回は奥様の視点から、佳道さんの生活状況含めお話を聞かせていただければと思っています」

「はい」

余罪の可能性、という言葉に対しても、夏月の表情は変わらなかった。夫の知られざる一面にさらに触れてしまうかもしれないというのに、相変わらず、恐怖や戸惑いのようなものが一切伝わってこない。

背後を歩かれているみたいだ。啓喜は思う。

夏月の態度は、自分のほうが広い範囲を見渡せている者特有の余裕に満ちている。

「警察に答えていただいたものと重複することもあるかと思いますが、まず事件当日のことから伺わせてください」

「はい」

視界の隅で、越川がペンを握り直した。

「今回の事件は六月二十二日に発生しています。この日被疑者は休日で、あなたは出勤されていました。まず、このようなことはよくあるのでしょうか。つまり、あなたの知らないところで被疑者が外出することは頻繁にあったのでしょうか」

「はい」

夏月の澄んだ声は、紙飛行機のように空気を割いていく。

「私は基本的に平日が休みなので、お互い休日に何をしているかということは特に把握していません」

そういう生活状況なら、余罪がある可能性も高そうだ。啓喜は気を引き締める。

「長時間出かけるようなときでも、お互いに行き先を把握し合ったりはしていなかったのでしょうか」

「はい」

相変わらず、夏月の表情は落ち着いている。

このような取調べをしていると、いくら夫婦とはいえ自分以外の誰かのことをどれだけ理解できていないかが浮き彫りになる。同居しているとはいえ自分の知らないところで家族が何をしているのか、こんなにも把握していないものなのかと不安になる。

――長時間出かけるようなときでも、お互いに行き先を把握し合ったりはしていなかったのでしょうか。

自分が発した質問が、そのまま自分に返ってくる。

「では」

啓喜は声のボリュームを上げ、気持ちを切り替える。

「六月二十二日は被疑者がどこで何をしているのか、知らなかったということですね」

目の前のテーブルに視線を落としていた夏月が、す、と啓喜の目を見た。

「いえ、それは知っていました」

予想外の返答に、啓喜は思わず固まってしまう。

「その日は、もともと私も一緒に行く予定でしたから」

越川が自分を見ていることがわかる。

「それはどういう意味ですか」

「言葉のままの意味です」

夏月はそう言うと、また、テーブルに視線を落とした。

逮捕された家族について取調べを受けている人間の振る舞いは、いくつかのパターンに分かれる。これはどういうことなんですかとこちらを責め立ててくる者、家族をかばおうとして嘘をつく者、犯罪者となった家族を突き放す者。

夏月は、そのどれでもない。だから何を考えているのかが、わからない。

「それは、あなたも児童と性的な接触をする予定だったということですか」

その質問に、夏月は一瞬、間を空けて、

「夫は何と言っていますか」

と答えた。

「え？」

「夫は、児童と性的な接触をするつもりだった、という前提で話をしていますか」

この人は何を言っているのだろうか。

「被疑者の供述の内容については、教えられません」

突然の質問に気圧されながらも、啓喜は何とか冷静な対応を心掛けようとする。

「六月二十二日、あなたも児童と性的な接触をする予定だったのですか。答えてくださ
い」

啓喜がそう言うと、夏月の顔面の肉が、重力に負けていった。

啓喜はそのとき、地震の揺れに気付くときのように、目というよりは五感でそれを捉えた。

夏月のこの表情。

言葉にしたところで仕方ない、というような、巨大な諦め。

今回の事件の被疑者たちとそっくりだ。

「あなた、今の自分の立場をわかっていますか」

越川の声が飛んでくる。

「はい」相手が誰であっても、夏月の態度は変わらない。「でも、夫が話していることしか私も話せないんです。夫も同じです。だからあまり話せることがないんだと思います」

夏月がまた、啓喜を見る。

「私たち、そういう約束なんです」

まるで、扉に鍵を掛けたかのような声だった。その扉がもう二度と開かないことだけが、その声色から伝わってきた。

「弁護士さんに聞いたんですけど」夏月が、落ち着いた口調で続ける。「児童ポルノ所持で逮捕された場合、画像を所持していた時点で不起訴になる可能性は低いんですよね」

「まあ、そういう場合が多いです」

啓喜は言葉を濁す。弁護人とどういう相談をしているのか、何が狙いなのか、相変わらず全く読めない。

「じゃあ尚更、これ以上話すことはありません」

夏月は真っ直ぐ背筋を伸ばす。

「他の方々も、私と同じ考えだと思います」

他の方々、というのが誰を指すのか、啓喜は一瞬、判断できなかった。

「どうせ説明したところでわかってもらえないことなので。結局起訴されるなら、誰も話そうとしなくて当然だと思います」

――どうせ説明したところであなたにはわからないよ。

由美の声。

昨日聞いた、由美の涙交じりの声。

「佐々木さん、例えばの話になりますが」越川が口を挟んでくる。「児童ではなく、画像に映っている別のものが目的だった、というような話であれば、主張はしたほうがいいと思います。被疑事実は変わらない可能性は高いですが、弁護人もそう言うはずです」

「越川」

なぜ検察が弁護人側の意見を代弁するのか——目線でそう牽制してみたけれど、越川は夏月のほうを見ている。

「今回のケースだと、例えば児童ではなく玩具ですとか、そういうもののほうに性的な関心があったなんていう供述が出てくれば」

状況は変わってくるかも、と続けたげな越川に、夏月の関心が傾きかけたのがわかる。

「まあ」

啓喜は慌てて、夏月の意識を自分に戻させようとする。

「現実的にはそんな言い逃れは有り得ないわけですが」

まただ。

啓喜は、まだ降り始めていない雨の匂いに気付いたときのように、やはりそれを五感で捉えた。

夏月の表情。

顔面の肉が重力に負けていくその表情は、今回の事件の被疑者たち以外のそれとも重なっていく。

——おれもこの子みたいに、学校に行かずに、自分の力でやりたいことをやってみたい。

啓喜の前でそう主張することを、どんどんやめていった泰希の表情。

——どうせ説明したところであなたにはわからないよ。

昨夜、右近と頻繁に会っていることについて弁明することを諦めたときの由美の表情。

夏月の表情が、これまで自分に向けられてきた様々な人間の顔面に重なっていく。

「有り得ない、ですか」

口を開いた夏月の視線が、啓喜の手に注がれている。

「じゃあ、それは有り得ることなんですか」

啓喜は、夏月の視線が注がれている先を見る。

「異性の性器に性的な関心があるのは、どうして有り得ることなんですか」

指輪。

「それは」

啓喜の左手の薬指に収まっている指輪が、鈍く光る。

「有り得るというか、本能的な部分で決められていることですから」啓喜はそう言いながら、どうしてこんな突拍子もない質問に真剣に答えているのだろうと思った。「好きな人相手にとか、そういうことですから」

昨夜、啓喜は久しぶりに、由美に夜を迫った。

もう由美とどれくらいセックスをしていないか数えてもいなかったが、昨夜、虫の報せのように、泰希が学校に行かなくなってから一度もしていないことに気が付いたのだ。そして、その気付きと共に心を満たしたのは、寂しさでも虚しさでもなく、由美、泰希、そして右近の三人の後ろ姿を見ながら感じ取った思いだった。

親子みたいだ。

あのときそう感じた記憶が、啓喜に由美を誘わせた。

「異性の性器に性的な関心があるのは、どうして自然なことなんですか」

寺井検事、と、越川の声が聞こえる。

「ひとりの異性に何十年も性的に興奮し続けることは、誰かにこうして取り調べられることがないくらい自然なことなんですか」

由美に断られた瞬間、啓喜は自分でも驚くくらい、自分という容積から何かが溢れ出したのがわかった。

自分を拒否している相手の背景が、自分が払い続けるローンにより成り立っている空間であること。泰希が志望校に合格できるよう塾から何から様々に調整してきたこと。転勤に前向きでない意思を表明したことで検察庁内での立場が悪くなった気がすること。泰希がいつしか由美を通してしか自分と会話しなくなったこと。YouTube への意欲が減ったところで泰希が学校へ戻るつもりがなさそうなこと。そのことについて由美が自分ではなく誰に相談をして誰を頼りにしているのか、本当は随分前から勘付いていたこと。

大晦日の夜、玄関に揃った三人のシルエットがまるで親子みたいに見えたその瞬間、泰希が後ろを振り返り、啓喜の目を見つめたまま右近の手をぎゅっと握ったこと。

そのときの口元が笑っていたこと。

「いいですよね、誰にも説明する必要がない人生って」

溢れ出してしまった。自分でもこの体内に蓄積されていると明確に把握していなかったものが、言葉となり暴力となり、全身の輪郭を超えて飛び出てきてしまった。

馬鹿にしやがって。馬鹿にしやがって。馬鹿にしやがって。

「いいですよね、どうにかして生き延びるために選んだ道を、そんなの現実的に有り得ないって断罪されないって」

――どうせ説明したところであなたにはわからないよ。

「児童より玩具に興奮してたとして、それが現実的かどうかって、あなたが決めることなんですね」

　由美は身を守りながら喚いていた。

「私たちも現実を生きてるんですけどね」

　──私がどうして右近君に頼るようになったかって、あなたはいくら話してもわかってくれようとしないでしょう。早く学校に戻さないと何もかも手遅れになるって、そんなことばっかり言う人と話してたら泰希とずっと一緒にいる私も責められてる気持ちになる。そういうこともあなたは全然わからないんだよ。いま泰希が何を見て笑って何を楽しんでるのか、何を生きる希望にしてるのか、あなたは少しでも考えたことがある？　それがあなたに全然理解できないようなことでも、想像してみようとしたことがある？

「あなたの言う現実で、誰に説明したってわかってもらえない者同士、どうにか繋がり合って生きてるんです」

　──私だって今のままでいいのかわからないよ。わかんないことばっかりで不安なんだよ。

「そんな生活を、誰に説明したってわかるように作られた法律に搦め捕られるんです」

　──だけどあなたはわかんないって言わせてくれない。早く通常のルートに戻さないとって、そんなことばっかり。社会正義とかどうこう言う前にさ、泰希の話を聞いてやってよ。そうじゃないと私もう、あなたと一緒にいても心が追い詰められるだけなんだよ。泰希の話を聞いてくれる人のところにいきたいって、そう思っちゃうんだよ。

「いなくならないからって伝えてください」

　夏月は突然、そう言った。

「夫が何も話さない以上、私から話せることもありません。その代わり夫には、いなくならないからって、伝えておいてください」

一体、何で繋がっていると言うのだろうか。

――いなくならないから、って、伝えてください。

逮捕された夫と同じ言葉を唱えた妻を、啓喜は見つめる。

子どももいない、家も建てていない、経済的にお互い自立している共働きの夫婦。その状態で、夫が性犯罪で捕まった。しかも児童ポルノ所持という、世間的に最も嫌悪される種類の容疑で。

それなのに、どうして一緒にいたいと思えるのだろうか。

どうしてお互いに、いなくならないことを誓い合えるのだろうか。

一体何で繋がれば、そんなふうに想い合えるのだろうか。

「検察のほうで伝言を承ることはできません。弁護人に頼んでください」

越川の言葉に、夏月が「そうでしたね」と立ち上がる。このまま取調べを終えていいのかどうか、自分で判断しなければならないとわかっていても、啓喜はその場から動くことができなかった。

――神戸八重子

「その事件ねー」

不意に、背後から声がした。

「ほんと何とも言えなくなるよね、そういうの」

八重子が振り返るより早く、声の主が前方に回り込んでくる。前期の補講最終日の学食はとても空いていて、どのテーブルにも自由に座れる。

嗅ぎ慣れた香水の匂いが、とても懐かしい。

「久しぶりだね、ちゃんと顔合わせるの」

よし香はそう言うと、サバ味噌煮定食の載ったトレイをテーブルに置いた。うねうねと斑(まだら)に波打つ味噌汁の中で薄い油揚げが揺れている。

八重子はぼんやりと眺めていた携帯電話を裏返し、「久しぶりだね」と呟く。懐かしいだけでなく、なんだか恥ずかしい。照れるような間柄ではないはずなのに、時間とは色んなものを勝手にリセットしてしまう。

「久しぶり」

そう微笑む友人と向き合っていると、ついさっきまで眺めていた報道が、遥か遠くへと滲んでいく。

それは、ツイッターのトレンドにあった〝無敵の人〟という言葉をタップした先に出てきた事件だった。ここからは遠いどこかの田舎町で、老齢の男性が子どもたちの遊ぶ公園に向かって盗難車を暴走させた事件。

「いただきます」

向かいの席で、よし香が手を合わせる。ゼミやら授業やらを欠席し続けていた八重子が補講の最終日まで大学に出てこなければならないのは当然だが、よし香はそんなことはないはずだ。どうして、と考えたところで、八重子はあっと口を噤んだ。

八月に入り、学祭の準備は本格化している。そのことに、よし香を目の前にしてようやく気が付くくらい、八重子はここしばらく外部との接触を断っていた。

大也が児童ポルノ所持で逮捕されたと聞いてから、ずっと。

「無敵の人、朝からずっとトレンドにいるよね」

よし香が、ずず、と、味噌汁を啜る。

公園に向かって車を暴走させた老齢の男性は、犯行動機として「水飲み場を爆発させたかった」「社会に恨みがあった」と供述したらしく、その理解不能な発言により精神異常者なのではないかと騒がれていた。また、その男性に逮捕歴があったこと、それからはずっと生活保護を受けながら独り暮らしをしていたことも分かっており、このように社会から断絶した〝無敵の人〟による犯罪は今後より増えるだろうという評論家のコメントも併せて掲載されていた。

「さっきみたいなニュース見ると、ほんと、自分が生きてるのって運がいいだけなんだなって思わされるよね」

そうだねと、八重子は相槌を打つ。

「そのニュースは岡山の話だったけどさ、頭おかしい人の暴走にいつ巻き込まれるかなんて誰にもわかんないわけじゃん」

味噌の甘い匂いが届く。

岡山県在住の無職、藤原悟容疑者。八重子の網膜にかろうじて焼き付いていた文字列が、遂にじんわりと消えていく。

「命とまで言わなくても、いきなり誰かに自分の大切なもの奪われるっていうのは、うちらもあるあるじゃん？」

上がる語尾のフックに引っ掛けられるように、八重子は「ん？」と首を傾げる。

「車で突っ込まれるまでいかなくても、不意に投げつけられる無理解な一言に傷つくことは日常茶飯事ってこと」

よし香はそう言うと、八重子の目を見てニッと微笑んだ。

「そういう社会からの攻撃に負けないように、今のうちから同じ問題意識を持った仲間と繋がり合える場所を作ろうっていうのが、今年の学祭のテーマなんですけど？　八重子さん？　もう準備に参加できそうですか？」

いたずらをする子どものように、よし香が顔を近づけてくる。どうやらもとから、学祭の話に繋げるつもりだったらしい。

「ごめんね、連絡くれてたのに無視しちゃってて」

八重子は素直に謝る。この数週間、バイトも無断欠勤を続けてしまった。きっともうクビだろう。

「全然。気にしないで」

よし香の表情が優しくなる。

「ＳＮＳ見られるようになったってことは、それなりに復活してきた感じ？」

大也が逮捕された後、ネットに多くの記事が出た。児童ポルノとイケメン大学生、二つの単語がトレンド入りしたことで、八重子はしばらくＳＮＳも見られないような状態が続いていた。

「うん、ちょっとずつ」

そう呟きながら、八重子は笑顔を作る。

今でもたまに、不意に、自分があの家の前に立っている気持ちになるときがある。

ゼミ合宿の朝、思わず向かってしまったあの家の前に。

「じゃあ、このあと会議室で学祭の打ち合わせするんだけど、来ない？」

「え？　いいの？」申し訳なさから、八重子の眉が下がる。

「もちろん。皆も八重子のこと待ってるよ」

そう微笑む優しい友人の瞳は、明るい光に満ちている。

自分が作り上げるものでこの社会を正しい方向に動かすのだ――そんな欲求が、流行りの色のアイメイクに縁取られた瞳いっぱいに満ちている。

「じゃあ、合流してもいい？　迷惑かけてごめんね、ほんとに」

「全然だよ！　よかったー！」よし香の瞳の光が一層強くなる。「今年もさ、テーマは〝繋がり〟だよ。去年八重子が考えてくれた、〝繋がり〟」

うん、と、八重子は頷く。

繋がり。

今でもたまに、不意に、自分があの青空の下に立っている気持ちになるときがある。

気温が上がっていく直前の、雲ひとつない初夏の青空。

あのとき自分がどうにかして彼を止めていれば、あんなことにはならなかったのではないかと思う瞬間がある。

同時に、あのとき自分が彼を止めなかったから、彼があれからも生き延びられているのではないかと思う瞬間もある。

——あんたが散々言ってた繋がりってやつが、やっと俺にもできそうなんだ。

「繋がり」

——私のことも、繋がりのうちに数えておいてね。

八重子は、先ほど裏返した携帯を手に取る。

両目を善意で輝かせた友人が〝頭おかしい人の暴走〟と断じたニュースは、いつの間にか、ブラックアウトした画面の奥へと消えてしまっている。

主な参考文献

市川寛著『検事失格』(新潮文庫)

阪井光平著『検事の仕事　ある新任検事の軌跡』(立花書房)

「季刊　刑事弁護」87号(現代人文社)

また、執筆にあたり、水野英樹弁護士、村瀬拓男弁護士にご教示いただきました。

この場を借りて御礼を申し上げます。

本書は作家生活十周年記念の書下ろし作品です。

カバー写真

菱沼勇夫「Let Me Out」
2015 © Isao Hishinuma
Courtesy of Zen Foto Gallery

装幀

新潮社装幀室

著者紹介

一九八九年、岐阜県生まれ。小説家。二〇〇九年、『桐島、部活やめるってよ』で第二二回小説すばる新人賞を受賞しデビュー。一三年『何者』で第一四八回直木賞、一四年『世界地図の下書き』で第二九回坪田譲治文学賞を受賞。他の小説作品に『チア男子!!』『星やどりの声』『もういちど生まれる』『少女は卒業しない』『スペードの3』『武道館』『世にも奇妙な君物語』『ままならないから私とあなた』『何様』『死にがいを求めて生きているの』『どうしても生きてる』『発注いただきました!』『スター』、エッセイ集に『時をかけるゆとり』『風と共にゆとりぬ』がある。

正欲(せいよく)

著者　朝井(あさい)リョウ

発行　二〇二一年三月二五日
六刷　二〇二一年一〇月二五日

発行者　佐藤隆信

発行所　株式会社新潮社
〒162-8711　東京都新宿区矢来町71
電話:編集部03-3266-5411
読者係03-3266-5111
https://www.shinchosha.co.jp

印刷所　錦明印刷株式会社
製本所　加藤製本株式会社

乱丁・落丁本は、ご面倒ですが小社読者係宛お送り下さい。送料小社負担にてお取替えいたします。
価格はカバーに表示してあります。

ISBN978-4-10-333063-9　C0093

何者　朝井リョウ

「あんた、本当は私のこと笑ってるんでしょ」就活大学生五人の切実な現実。影を宿しながら光に向いて進む就活大学生の自意識をあぶり出す書下ろし長編小説。

何様　朝井リョウ

光を求めて進み、熱を感じて立ち止まる。何者かになっただなんて何様のつもりなんだ——。その先をみつめる『何者』アナザーストーリー、六篇の作品集。

湖の女たち　吉田修一

百歳の男が殺された。謎が広がり深まる中、刑事と容疑者だった男と女は離れられなくなっていく——。吉田修一史上「最悪の罪」と対峙する、衝撃の犯罪ミステリ。

地球星人　村田沙耶香

なにがあってもいきのびること。恋人と誓った魔法少女は、世界＝人間工場と対峙する。でも、私はいつまで生き延びればいいのだろう——。衝撃の芥川賞受賞第一作。

自転しながら公転する　山本文緒

結婚、仕事、親の介護、全部やらなきゃダメですか？　東京で働いていた32歳の都は親のために実家に戻ったが……。人生に思い惑う女性を描く共感度１００％小説！

とわの庭　小川糸

帰って来ない母を〈とわ〉は一人で待ち続ける。小さな庭の草木や花々、鳥の声。光に守られて生き抜く〈とわ〉。ちっぽけな私にも未来はある——待望の長篇。